U0926746

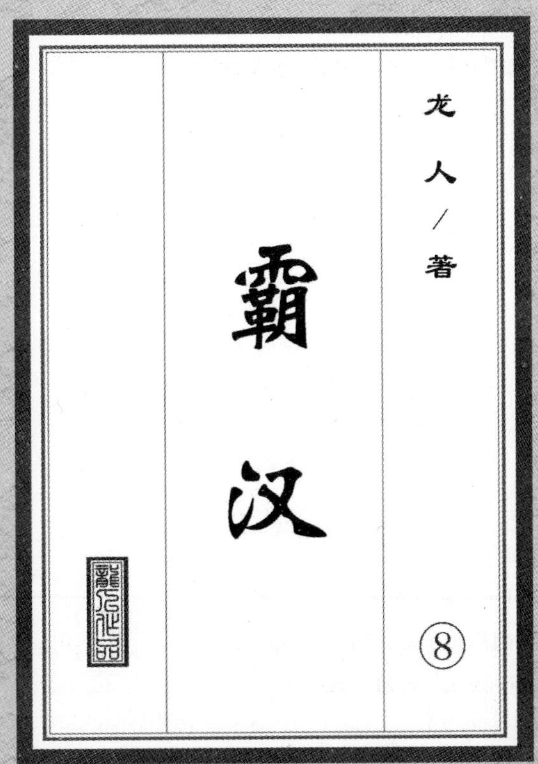

二十一世纪出版社集团
21st Century Publishing Group
全国百佳出版社

图书在版编目（CIP）数据

霸汉：全 10 册 / 龙人著 . -- 南昌：二十一世纪出版社集团，2017.10

ISBN 978-7-5568-3101-2

Ⅰ . ①霸… Ⅱ . ①龙… Ⅲ . ①长篇历史小说－中国－当代 Ⅳ . ① I247.5

中国版本图书馆 CIP 数据核字 (2017) 第 243760 号

霸汉：全10册 龙 人 著

责任编辑 敖登格日乐
出版发行 二十一世纪出版社集团
（江西省南昌市子安路75号 330025）
www.21cccc.com cc21@163.net
出 版 人 张秋林
经　　销 新华书店
印　　刷 北京龙跃印务有限公司
版　　次 2018年2月第1版 2018年2月第1次印刷
开　　本 710mm × 1000mm 1/16
印　　张 160
字　　数 1600千
书　　号 ISBN 978-7-5568-3101-2
定　　价 498.00元（全10册）

赣版权登字—04—2017—743

目　录

第七十二章　陈留之行

夜风很清爽，林渺静静地坐在城头的箭楼之上。

夜空明朗，月明，星稀，干干净净的却没有底。

惊醒林渺的是一阵很轻的脚步声，但他并没有回头，也不想回头，因为他知道来者是谁。

“这么晚了还没睡吗?”邓禹的声音很低沉，在静夜之中带着一丝异样的韵律。

“你不也没有睡吗?”林渺依然没有回头，只是很平淡地应了声。

“因为你没睡，所以我才会不想睡!”邓禹道。

林渺哂然一笑，扭头望了邓禹一眼，道：“若不是我知道你的为人，听了你这句话还以为你是好男色之人!”

邓禹不由得也笑了，很坦然地坐到林渺的身侧，双脚悬于城外的虚空中，似根本就不知道只要有人在后一推，他便会坠下近十丈高的城楼。

“这里的夜很安静。”邓禹突然道。

“因为这里的人已经有点害怕热闹，那些冤魂也没有谁敢惊动!”林渺淡淡地道。

“数月不见，你似乎变了很多。”

“你不也变了吗?比以前风流多了。”林渺笑着道。

邓禹不由得也一笑，正容道：“你为什么要带着伏牛山的人来救昆阳?”

“难道你义兄没有告诉过你吗?”林渺反问道。

“你知道我刚才去见了他?”邓禹也反问。

“我只知道我和他说话的时候，你在外面!”林渺不以为然地道。

邓禹一怔，随即淡淡一笑，坦然道：“不错，我听到了你们的对话，不过我并没有问他你为何会带来援兵!”

“因为我不想看到他死，就这么简单!”林渺回答得很干脆。

“可是你这不只是帮了他，更重要的却是帮了刘玄!”邓禹道。

“那不是一样吗?”林渺反问。

“不一样！你的所作所为只会早早地害了他们！没有强敌压境，刘玄便有足够的精力去对付异己了，有足够的理由对付他们!”邓禹道。

“这是他们的事，我已经跟他说过，这一切并不是不可避免的!”林渺满不在乎地道。

“如何避免?”邓禹道。

“杀了刘玄不就可以了?”林渺淡淡一笑道，邓禹不由得也笑了，道:“这是你认为的解决方法?”

“事在人为，那你认为有什么更好的办法?”林渺反问。

邓禹怔怔地审视着林渺，似乎是想从林渺的表情之中读出点什么，但林渺的表情却很平静，看不出一点让人意外的东西。

“难道没有更好的办法?”邓禹问道。

“没有，如果刘玄不死，他们兄弟便要死，权力之争本就是很残酷的，除非他们兄弟另起炉灶，但那样必会大大分散绿林军的力量，却便宜了王莽!”林渺肯定地道。

“可是你可知道刘玄现在已是更始皇帝，身边高手如云，谁能杀得了他?”邓禹道。

“有!”林渺再次肯定地道。

“如果真的杀了刘玄，新市兵和平林军会放过他们吗?”

“笨人才会自己动手！邪神重出江湖，你可知道？另外杀手盟的人也重现江湖，还有一个天下无敌的魔人，你义兄应该很清楚。而这些人又与你义兄他们毫无关系，如果刘玄意外地死在这些人的手中，谁敢怪你义兄?”林渺反问道。

“你以为这些人是这么好找的吗？你以为这些人肯帮我义兄?”邓禹反问。

“事在人为，天下间没有不可能的事情，只有没有想到的事情，在利害关系之下，任何事情都有可能!”林渺淡淡地道。

“你很希望刘玄死?”邓禹突然问道。

“因为他要我死!”林渺悠然道。

“你得罪了他?”邓禹意外地问道。

“只因为我知道了他太多的秘密!”林渺淡然道。

邓禹再度讶异，顿了顿才道:“所以你要杀了刘玄?”

林渺笑了笑道:“我并不只是因为这个原因。”

“还有更好的理由吗?”邓禹再次反问。

“那你为什么要离开绿林军?”林渺不答反问，目光之中略带一丝冷郁。

“因为我并不觉得这是我该留的地方。”邓禹想了想，才答道。

“如果换了更始帝不是刘玄，而是刘寅或刘秀呢?”林渺又反问道。

邓禹目光一正道:“那我就不会走了!”

“为什么你不喜欢刘玄?”林渺依然很平静。

邓禹深思了片刻，才道:“因为他并不是我所要找的明主!”

“那如果有一天他真的当上了大汉天子呢?难道那时候你仍会甘于平淡?”林渺质问。

“这个问题很遥远!”邓禹道。

“你在回避这一切，这并不是一件很遥远的事，昆阳大胜，王莽时日无多，刘玄又是汉室正统，众望所归，得江山者舍他其谁?绿林军兵山将海，人才多不胜数，只要理智一些，樊祟根本就无法望其项背，这是不争的事实。用不了一年，这汉室江山便不再姓王，而是姓刘!”林渺肯定地道。

“你也太高估了绿林军吧?”邓禹不以为然地道。

“我们俩打个赌如何?”林渺突然道。

“如何赌法?”邓禹反问。

“我赌十个月内长安城必破，天下不再是王家的天下，而是姓刘!”林渺悠然道。

“十个月?”邓禹微感惊讶，像是不敢相信。

“不错，就十个月，多一天算我输!”林渺肯定地道。

“如果你输了呢?”邓禹反问，语气很肯定。

“我答应你一个条件!”林渺肃然道。

“什么条件都可以？”

“不错，什么条件都可以，包括要我去死！”林渺肯定地道。

邓禹不由得笑了，很有兴致地望着林渺，似乎是在审视着什么。

林渺的脸色极为平静，像是没有任何事情能够影响他的情绪。

“你这么自信自己能赢？”邓禹反问道。

“我喜欢赌，你也可以自信一点！”林渺淡笑着反驳道。

“好，我和你赌！”邓禹笑了，爽快地道。

“你还没问我，如果你输了需要怎样呢？”林渺提醒道。

“不管怎样，我也和你赌，你可以付出这样的赌注，难道我邓禹不敢吗？”邓禹豪情万丈地道。

“这样是再好不过了，你输了，你也得答应我一个条件！”林渺悠然道。

“什么条件？”邓禹不以为然地道。

“我要你到河北助我，当我的军参！”林渺眼中闪过一丝狡黠的光彩。

“当你的军参？”邓禹怔了怔，似没有料到林渺的条件竟是这般轻易之事。

“不错，当我的军参，全心全意助我主政治军！”林渺肯定地道。

“这有何难？如果你真赢了，我一定去北方见你！”邓禹肯定地道。

“好，十个月后我们再相会！”林渺欣然道。

“你还不知道我的条件。”邓禹道。

“你可以不必说得这么早，什么时候告诉我都一样，只要我还活着！”林渺自信地道。

邓禹不由得对林渺更是另眼相看，旋又笑了笑道：“如果刘玄真的死了呢？”

“如果刘玄死了，只要是刘家得江山，都一样！”林渺肯定地道。

“那你还想不想杀刘玄？”邓禹又问道。

“如果给我一个机会的话，我并不会手软，只可惜我并没有这样的机会，刘玄也不会给我这般机会！”林渺吸了口气道。

“你害怕他得了天下？”邓禹问道。

“我只是替天下的百姓担心！”林渺坦率地道。

“你也太远虑了，即使刘玄不是个明君，但我想他也不至于亏待百姓！”

林渺只是笑了笑，他没有必要解释，也不想解释太多。

刘秀再得兵符，已是一军之帅，统兵十万，而林渺却已自行北上，刘秀无法留住邓禹，但却没有忘记林渺与邓禹的话。

刘秀并不是笨人，他知道该怎么做，更清楚这般做的后果。没有人不想称帝！不过，他有他的目的和行事方式，是以派人去舂陵找来刘嘉，这个他最信任，也最可以信任的人。

昆阳大胜，绿林军之名更是震慑天下，无人不知。大小义军，竞相依附，本来很多坐壁上观的人，此刻再不犹豫。

没有人能想到绿林军会胜得如此轻易，以区区三万人便大败王邑百万大军，这简直是不可能，但事实是不可以否认的。

江湖之中，本来流传着邪神的重出江湖和松鹤道长的被杀，及在谷城大街的那一战，可是自昆阳大战之后，立刻又改变了话题，而且还将之传得神乎其神。

昆阳之战流传得比较真实，最佳的主角却是三位。

刘秀当然是一个主角，林渺也成了其中当之无愧的主角，另一个主角却是邓禹，一个单枪匹马杀入百万大军而毫无惧色，只为相救义兄而不顾生死的热血男儿。

邓禹是一个有勇有义的好男儿，因为他是刘秀的最好朋友，因此，江湖之中将他传得也极好。

而对林渺，却与邓禹并不是同一个类型的说法，其实，江湖中人喜欢把林渺传得有模有样，近来好像每件让江湖轰动的事中总有这个人的身影存在，是以，人们也习惯将这个崛起江湖不久的年轻人充当主角。

林渺领着伏牛山的义军横空杀出，大败官兵的中军，这才使得官兵大败，于是江湖中人再一次运用他们丰富的想象力，想象着林渺是如何把握战机，是如何勇猛无敌，仿佛每个人都亲见了林渺在百万大军中轻取上将首级一般。

林渺的名字之所以传得如此快，是因为那些溃逃的官兵在败退之前听到了一句印象极深刻的话："枭城林渺在此——谁敢与我一战！"

林渺的声音并没有受战鼓之声的影响，传遍了战场的每一个角落。于是，每一个参与了昆阳之战的官兵都知道这个人的存在，他们自己都不知道是怎样败阵的，反正稀里糊涂地就败了，然后逃跑。到最后，他们只好为自己的败阵找一个自以为很好的借口，那便是这个枭城城主林渺太可怕了，简直是所向无敌，杀得中军七零八落，连主帅都被打得抱头鼠窜，于是他们就这样被林渺和刘秀杀败了。

一时之间，林渺的名字可谓是如日中天。

由于在谷城之中有很多人已经见识过林渺那惊世骇俗的刀法，因此，这些溃逃的官兵在谈起林渺在军中纵横无敌之时，并没有多少人反对，反而更激起许多江湖人的仰慕和向往。

刘秀也是众人谈论的对象，这是一个极具才智的人，但由于往日便已经很有名气，这次成为主角并不让人觉得意外，反而没有林渺谈起来让人觉得有意思。

昆阳大捷，宛城被破，刘玄更是大打恢复汉室江山的旗号，中原豪杰纷纷响应，大小城池的守将也纷纷附上降表。

见风使舵的人本就极多，此次王邑聚集了朝廷所属全部兵力，却在昆阳败于区区三万义军的手下，这使每一个人都深切地感受到王莽的末日已经到来了。那些守将为了自己的利益，自不愿再为王莽卖命，纷纷倒戈。而一些不愿投降的守将，许多皆被自己所辖之地的豪强所杀，于是众豪强自封为将军，只待绿林军一到，他们便举城而降。一时之间，绿林军仿佛已经成了天下的主宰一般。

而与绿林军处境并不相同的赤眉军，却是四处转战，虽然胜多败少，但在声威和气势之上完全被绿林军比下去了。

在天下人眼中，绿林军乃正统，而赤眉军却没有这么好的待遇。

战争与江湖已经不再脱节，在特殊的时期，江湖也以特殊的形式存在。

好斗的江湖豪杰，总会不甘寂寞，在这种法纪和道德空洞的时代，武力便显得极为重要。

生存，便是武力与武力的争斗；富贵，也是在武力与武力之间的纠葛中衍生的优越礼遇。因此，乱世和战争都成了武林人物一个很好的发展空间，他们不再受法纪的约束，在江湖规矩已被战争打乱的情况下，他们可以任意地发挥自己的优势，为自己争取更多的利益和更好的地位。

无论是贼、匪、寇，还是大侠、恶魔，在这种极端的时刻，都有自己一展所长的地方，而这些身份也绝不会影响到在战争中的形象，因为战争之中，只有攻击与被攻击，及胜利与失败这两种衡量的方式。

林渺并不想管刘秀的战事，他知道刘秀会挂帅，还知道刘秀会取胜，更清楚他的二哥傅俊绝不会让王邑在父城有好日子过。

父城那巴掌大的一块地方，根本就屯积不了那近五十万的残兵。

粮草器械的损失更是无法在短时间内所能够弥补的，因此，即使刘秀不攻，拖也会把王邑拖垮。何况，官兵将士已经没有斗志，何来取胜之望？即使王邑有严尤、陈茂、冯茂这等名将，也是回天无力。

更何况，严尤和陈茂自己也寒了心。

当然，这些林渺并不想搭理，与他并不相干，即使是刘秀胜了，最终得利的人却是刘玄，而刘玄是不会放过自己的。

其实，林渺并不觉得知道刘玄与天魔门的关系有什么大不了的，而刘玄却那么小气地要对付他，不过，他知道这个消息对湖阳世家或许有用。

湖阳世家近来很低调，低调得让人几乎忽视了他们，但林渺却知道，湖阳世家这经历了一百多年而长盛未衰的大家族，并不是甘于寂寞的！低调的作风并不是其所长，因此，湖阳世家一定是酝酿着什么。

当然，这只是猜测，对于湖阳世家，林渺有一种异样的情愫。或许，那是因为白玉兰，抑或不是。

已有很长一段时间林渺都让自己刻意地不去想这个女人，甚至迫使自己忘了这个女人，所以，他将龙腾刀送给了戚成功，可是他真的能够忘得了白玉兰吗？他真的可以不想白玉兰吗？他自己都觉得这是对白玉兰的残忍抉择。

世上许多事情本身就是残忍的，人只不过是在这些事件中身不由己地扮演着各种角色。

林渺也觉得，命运像是一只无形的手，在操控着一切，每个人都是命运的泥偶，被这只手搬来搬去，从这里到那里，从那里到另一个地方，一不小心便会碎裂，生命也便消失。也许，生命比泥偶还要脆弱。

林渺庆幸自己还活着，这是在无法改变的命运中对自己唯一的安慰。

林渺取道陈留，这是一条颇不安静的道，这一路上的败军和难民一样多。

战火，燎燃了整个中原，而在战火之中受苦受难的却只是一些普通的百姓。

走在难民之间，这并不是林渺第一次经历，他也曾经如同这些溃逃的官兵一样，偷偷地返回自己的家乡。是以，他对这些人很是理解，当然，这些人并不认识他，也没有人有意识地与他打招呼。

陈留，也算是个要塞重城，处于狼汤河和获水的夹角地带，南北漕运的要道，而这里的纺织业和服装极是有名。

此地更是驻有重兵，城大人多，而陈留太守邳彤是远近闻名的强硬人物，善于治城，是以陈留郡一向兵乱少有。

当然，这也是因为陈留郡所在地势平阔，才会少了许多山贼盗寇之类的。在这里的百姓虽然同样要负担极多的苛税，但至少还勉强可以维持下去。

百姓的要求其实不高，其纯朴的思想之中，只要自己的日子还能过得去就行，多一事不如少一事，因此也都相对安稳。

在这难得安稳的地方，进城却是一件比较困难的事。战乱太多，这让陈留太守也有点担心，谁都不想让奸细混入城中，因此，没有在城中相识的人或亲戚，是不可以进城的。而且，还要报上自己想要找的人，如果有此人的话才可进城。当然，还要准确地报出这人的住址，可见盘查之严。

不过，如果你有大把银子够大方的话，也同样可以进城，你可以是商人，交了入城税的商人。

即使是再好的官也管不了这些，是以守城门有时候是个苦差，有时候也是个福差。

林渺便是这样的商人，有钱，有势，还有派头，说起话来很有一套，这些守城的官兵爱听，而且还有点害怕，所以他们进城很轻松。

林渺身边的人不少，而且很有气派，出手大方，便是跟在他们后面的那一群改了装的逃兵也走了运，混进了城。

这些人当然颇有些感激林渺这一行的近十人，不过，林渺并不在意这些。

陈留是个好地方，这一点林渺并不是第一次才知道，但是这确实是他第一次前来陈留，他在想，小刀六和姜万宝肯定不止一次前来这里，至少也比他先到过此地。

姜万宝和小刀六确实是极精明的生意人，有着很好的眼力，是以如果真有好地方，他们一定不会放过的。

在陈留，自然有小刀六的生意，中原地带，几乎每一座大城之中都少不了有小刀六的插手，尽管小刀六已经很有钱，只是这些钱多已投资到了各个行业，而这些投资的地方也正在大量地回收金银。

小刀六与林渺一样，喜欢赌，也敢于赌，是以，他能够用别人从没有试过的方式去投资，去赚钱。

林渺很庆幸有这样两个朋友，一年多前，他还是一穷二白，可今日的他，再也不必愁钱花，出手更是豪阔，许多后顾之忧都没了。

当然，这也应该谢谢湖阳世家的那二十万两白银。不过，这一切都是他应得的，为此，他得罪了天魔门，得罪了刘玄，所付出的也绝不只这些，为湖阳世家挽回的也不只这些，所以他心安理得。

今日的林渺已非昔日的林渺，也不再是昔日孤家寡人的他，所考虑的问题也不再是单纯的。他不能否认内心的压力，正因为这种压力和责任使他不能不好好地开发自己的每一点智慧。

有些时候，聪明是逼出来的，只有在沉重的压力之下，才能够真正地让自己成长，让一个人真正地体现出自己的力量，证实自己的存在。不可否认，林渺本来就是个聪明人，只是在沉重的压力之下，他更擅于将自己的聪明发挥出来。

这一路上，并没有遇到什么阻碍，而阴魂不散的雷霆威居然没有出现，这使林渺多少有些意外。

那日，林渺伤了玄剑，却出现了那神秘的绝杀，此人功力深不可测，如果是这人也出手的话，结果确实很难预料，也是防不胜防。

雷霆威已经让人够头大了，而这个人比雷霆威更可怕，仅排在当年十三杀手的归鸿迹和水中无二之后，可算邪派人物的第四大高手。

有人说，当年杀手盟与邪神之间有很大的关系，因为同属邪派人物；也有人传说邪神和杀手盟的高手曾参与当年长安城与武林皇帝的一战，所以，有人传说，邪神实际上是杀手盟的统领。

当然，传闻只是传闻，并没有人曾经证实过。不过，杀手盟的高手确实都是名动一时的人物，这并不是虚谈。

林渺的体会是切身的！

不过，林渺前来陈留，并不是为了避开雷霆威的追杀，因为几乎没有人能够避开雷霆威的追踪，所以，林渺根本就不用费心去避。他来陈留，却只是想见一个人。

王邑到父城，虽然尚有优势的兵力，但是父城之中豪强和百姓闹个窝里反，与刘秀里应外合，王邑再被杀得大败而逃。

无奈之下，王邑只好奔去郏城，留下五万大军断后，他自己则领人返回颍川。他也已经斗志尽丧，无心再战，而绿林军以锐不可挡的攻势破开父城，抵郏城而驻，被冯茂留下的大军阻住。

郏城虽然并不大，但是若冯茂严守，倒让刘秀一时也攻不下。若绕过郏城去追击王邑的话，则担心王邑再设下伏兵，而陷入被王邑大军和郏城前后合击之势，那可就得不偿失了。是以，刘秀先在郏城之外稳住。

刘秀自然不急，他知道许多事情在他看不见的地方正在发生。也许，是在他意料之中，也许并不是，但他相信自己有足够的能力处理好这一切，而杜吴的再一次到来，更增强了他的信心。

燕尾巷在陈留的最北面，自一条安静破烂的小街走进去。

燕尾巷倒是很好辨认，其标志便是两棵横长的古樟树，所以并不难找。

林渺第一次前来陈留，却并不是第一次听说过燕尾巷，这条小巷在陈留很有些名气，也许是因为这两棵被人们认为有神灵居住的树，抑或是因为这里汇集了陈留大部分的穷儒。因此，燕尾巷又在陈留被叫作穷儒巷。

林渺要找的人，便是一个穷儒。当然，这个人是否真的穷他并不是太清楚，只知当年父亲说他很穷，从陈留走到宛城，就是为了向他父亲借二两银子。

那时候林渺十四岁，并不小，记人记事都很清楚。当他知道这人走了几百里路就是要向他父亲借二两银子之时，不由大感好笑，也笑了！那人并未恼，反而拍了拍他的肩膀，说他很聪明，是个好孩子。也正因为如此，他对这个人印象特别深刻。

在当时，林渺心中也在想，看来这个人真的太穷，比他家还穷，不过，当时父亲还是借了他二两银子，不多不少，就二两！还说是因为老朋友，这才借他二两，别人来了肯定不会借给他。

林渺觉得父亲有点小气，人家跑了数百里，走破了两双草鞋，行了半个月，前来借二两银子，就真的只给二两。如果是他，一定去别的地方想方设法再弄些银子，多给点这个穷儒。可是那穷儒并没有怨言，反而很是感谢，后来父亲死前并没忘掉那二两银子，还反复叮嘱林渺要去陈留找这个人要回那二两银子。

林渺有些瞧不起父亲，若不是因为父亲是个将死之人，他肯定会大发一通脾气。一个好朋友千里迢迢来借了二两银子，至死也不肯忘记，不就是二两银子吗？只走这么远的冤枉路便不止二两银子了。不过，当时林渺答应了，因为这是老父临终的愿望。可是后来他一直都没去陈留，他不在乎那二两银子，更不想显得那么小气，尽管他对那个人的记忆仍然深刻，对那燕尾巷仍耳熟能详，但他心中对当年那个穷儒只有同情，认为自己哪天发财了，说不定去送点银子给这位穷苦的儒生。

如今父亲死了有两年多了，他依然记得那个小气落魄的穷儒父亲临死时的唠叨。是以，他才决定前来陈留看看。

看看那个穷儒，看看那住满了穷儒的燕尾巷。只不过，今日来的意义并不同。

他有钱了，不必再要那二两银子，可是他却感到，那二两银子并不简单，一个千里迢迢专来借二两银子的人，不是疯子就是傻瓜，但是那个穷儒不疯不傻。那一年林渺已经有十四岁了，十四岁的他已很聪明，熟读了四书五经，学会了吃喝嫖赌，打架闹事，那时候的他便已对天下经学大师、诗书礼仪知晓得很全面，就像那个时候他精通坑、蒙、拐、骗、偷一样。

连他父亲都不能不承认他是个奇才，一个不知道学好，老是挨打的奇才。所以，尽管当时林渺只有十四岁，但他看人绝对错不了，那个借钱的穷儒不疯也不傻。

就这样，林渺决定顺路来陈留一趟，他要找到那个叫桓奇的穷儒！

杜吴来的时候总是很神秘的样子，不过刘秀并不介意他的这种表现。

一个喜欢把自己扮成很神秘的样子的人肯定有点手段，一般人根本就无法让自己更神秘一些。

不过，在刘秀面前，杜吴并不敢显得很神秘，因为刘秀是复汉大将军，乃一军之主帅，身份地位都很崇高。当然，杜吴并不是一个怕位高权重的人，这样的人他见得多了，甚至有些位高权重者会偷偷地来求他，尽管他是一个商人，但却是一个很有能力的商人。只是，在刘秀面前，他仍显得很卑恭，这只是他们自己才明白的身份界限。

杜吴越来越卑恭，刘秀很满意这些。不可否认，杜吴是个很会做人的商人，也绝不是个普通的商人，刘秀甚至感觉到这个商人越来越擅长揣摸他的心思了。因此，他有点喜欢这个人。

一个擅长揣测人心思的人，总会把你交给他的事情完成得很好。至少，不会让你去操更多的心。

杜吴摘下遮挡阳光的斗篷，露出一脸永远也不会消失的笑脸。

刘秀甚至相信，即使是你的刀架在他的脖子上，杜吴也能保持这迷人的笑容，就像鸣凤楼中的姑娘待客时一般，笑得很甜，也很暧昧。

“恭喜少主，主公已经出山了，你吩咐我办的事情也已办妥！”杜吴开口便带喜色地道。

“师尊为何不让人杀了那小子？”刘秀反问道，表情之中有些不悦。

“主人认为眼下我们不必急于诛杀这小子，天魔门的人近来很猖獗，正好让这小子去让他们头痛，这对少主有百利而无一害！”杜吴解释道，顿了顿，又接道：“这小子行事总让人有些不可揣度，如果在沔水之中绝杀杀了他，只怕这次昆阳就很难有这样好的结果了！”

刘秀瞪了杜吴一眼，旋又笑了笑道：“你倒很能解释，不错，如果不是林渺，昆阳只怕会成为一个死结，幸亏绝杀并没有出手！”

杜吴悻悻然笑了笑道："这小子确实是有点能耐，刘玄很想将之诛杀！这小子不仅破坏了天魔门引正道中人相互残杀的计划，还杀了吴新，使天魔门大为震怒，我看他们已经势如水火了。因此，主人认为让他们狗咬狗反而会更好一些！"

"这个我知道，这小子的事可以先放在一边，你可有找到风痴的下落？"刘秀问道。

"我已经找到了，风痴与火怪这两个老妖怪竟然是武皇当年的二仆！眼下，在赤练峰上！"杜吴道。

刘秀神色一动，道："哦，那样就更好说了，看来我要亲自走一遭了！"

"少主真的决定要如此做？"杜吴脸色有点难看地道。

"这是最简单的方法，以我的力量根本就不可能是平林和新市两部的对手，如果真的杀了刘玄，绿林军势力大乱阵脚，反而便宜了王莽，让他有缓气的机会。因此，只有偷龙转凤才能避开风险！"刘秀冷冷地道。

"可是如果万一……"

"成大事者，岂在乎这点风险？只要师尊出手，刘玄便不会有机会，他做梦也不会想到廖湛的身份！"刘秀肯定地道。

"那少主什么时候动身？"杜吴似乎也有些迫不及待地道。

"等刘玄对付了我长兄之后！"刘秀深深地吸了口气。

杜吴只感到一股寒意自背脊升起，脸上的笑容竟有点僵硬。

"你放心，如果我得这江山，绝对不会亏待你！"刘秀肯定地道。

"谢谢少主！"杜吴大喜谢恩。

"记住，这只是我们之间的秘密，我不想有太多的人知道！"刘秀冷冷地道。

"少主放心，我什么也没听到，走出这大帐之外，我便什么都忘记了，杀了我也想不起来！"杜吴断然道。

"很好！你什么都没听到，什么都忘记了！"刘秀欣然点头道，旋又道："不过，有一件事情你绝不能忘！"

"少主叫我不忘的，我就永远都不会忘！"

"你去查一下姜万宝和小刀六这两人近来究竟干了些什么，他们究竟有多大的实力。"刘秀淡淡地道。

“这个好说!”杜吴自信地道。

“你去吧，不要让太多的人知道你来了我这里。”刘秀叮嘱道。

杜吴应了声，恭敬地退了出去。

燕尾巷比天和街还要破败，那老樟树之下却并不清静，居然还有人在很有雅兴地下棋。

黑白子的对决之中，两个衣衫上打满了补丁的老儒似乎并没有发现林渺的到来。

林渺本想问一下桓奇所住的地方，但见这两个老儒下棋下得那么入神，竟不好意思相问。

他并不想带太多的人来，这只是一点私人的事情，一个借了二两银子一直未还的故人。

想到这些林渺就觉有些好笑，不过，这里的穷儒还真不少，也都很有兴致，这兵荒马乱的年代，尚有兴致下棋的人也算是雅人了。

在这古樟之下，有几块打磨得很平的青石板，而在这青石板之上都刻有棋盘，只不过，现在只有一张棋盘被占用而已。

可以看得出，这个穷巷子里喜欢下棋的人并不在少数，苦中作乐，倒也是一种不错的享受。

黑白子已经下到中盘，并未见优劣，是以这两个老儒才会很关注。中盘极重要，一着失算，便可能满盘皆输。

林渺只是看了两眼，可是他突然发现在两个老儒头顶的树杆上还有一个很顽皮的小娃，此刻正拿着一根旱烟管不断地拨弄着。

林渺不由得笑了，那小孩向他扮了个鬼脸，似乎很得意的样子，这使林渺更感兴趣，看来这旱烟管定是这两个老儒中的其中一人的，不过他可没太多的兴趣理这件事。小的时候，他也同样干过这样的事，甚至把那烟管中灌一些胡椒粉……

自古樟擦身而过，林渺似乎突然意识到什么，不由得扭头。

扭头之时，却骇然发现满眼皆是飞旋的黑白子。

三百六十一颗黑白子铺天盖地席卷而至，那两个打满了补丁的老儒的身子也在黑白子之后化成了一抹淡淡的影子。

林渺不能不吃惊，每一颗棋子都似乎封住了他的一个可能出手的方位，全身的每一寸肌肤都仿佛尽在黑白子的笼罩之下。

“铮……”一声轻吟，林渺的剑锋如一片卷起的雪光，以一道极奇诡的弧迹旋洒于每一寸空间。

“叮叮叮……”三百六十一颗黑白子在剑光之下纷纷自中而裂，如雨点般从虚空中洒落坠下。

剑光未歇，直逼向两位老儒，而在此时，林渺只感头顶风声大作，那小孩带着那根把玩的旱烟管当空泄下，气势有如万里重云压下。

“叮……叮……”林渺不得不横移剑锋，在弹开那烟管时，那两老儒的剑已经逼入尺内，既快且狠，这让人很难想象这便是刚才那冷静思考，又穷又老的儒生。

林渺退，一连交换了二十余步才堪堪避开这要命的两剑。

“有点意思！”那小孩的声音竟然有点苍老，但在他这句话说完之时，身形已在两位老儒的肩上弹起，长长的旱烟管如无孔不入的长枪般幻起层层虚影。

林渺不知自哪里冒出这样几个煞星，他感到有些头大，不过他倒想起了三个人——蝶谷三怪。

蝶谷三怪！三个老头之中有一个不老神仙，便与这娃娃颇为相似。不过，林渺仿佛已经看出这娃娃的黑发是染出来的，这个在开始他倒没有注意到。

娃娃的攻击快极，力道也极为沉重，瞬间竟在虚空中居高临下连连出了一百多击，而林渺也连连封挡了一百余剑。

林渺并没怎么还击，也许他并没有机会，也许不是，不过，他却连连退了二十余步。

但那娃娃的攻击也有穷尽之时，当他的攻势一缓，两个老儒的剑便又来了，似乎补充了那之间唯一的一点空当，而娃娃又落在其中一人的肩上，仿佛他的手足从来都不愿沾地一般，也难怪长不高。

当然，林渺没来得及这么想，他很忙，忙着在这两柄不给他任何喘息机会的剑中寻找空隙，并后退。

燕尾巷很宁静，空荡荡的像是久荒的山野，此刻林渺距两棵古樟也越去越远。这三人的攻击似乎仍是那么凶狠、猛烈，不过，林渺好像已渐渐习惯了这种超强的攻击，他已可以还出一剑。

林渺还出一剑，这三人竟然全部惊退！林渺并没有追击，反而后退两步，负剑悠然而立，其状甚是悠闲。

那三人竟一怔，也骤然收手，相互对视了一眼，不明白林渺弄的什么鬼，但林渺刚才突然还出的一剑极奇诡，奇诡得让他们一时不敢强攻。

“你们便是江湖中鼎鼎大名的蝶谷三怪？”林渺不战，反而首先开口问道。

三人微怔之下，那娃娃开口道：“鼎鼎大名倒不敢当，不过怪是怪了点！”

“我自问并没有得罪三位，何以三位要与我这后生晚辈为难呢？这不是让江湖同道笑话吗？”林渺不惊不怒，很平静地问道。

“有些时候，杀人并不需要理由的！”娃娃不屑地道。

“这么说来，三位是有心要与我为难了？”林渺冷冷问道。

“如果你连这一点都感觉不出来，应该是个白痴！”刚才那执黑子的老头不屑地道。

林渺不怒反而笑了！

“三哥召我来可有何事？”刘嘉神情肃穆地问道。

“家族中近来可有发生何事？”刘秀淡淡地问道，目光悠然地落在刘嘉的脸上。

“三嫂近来似乎……”刘嘉欲言又止地道。

刘秀不由得笑了笑道：“这个我知道，我是问其他的。”

“其他的倒没什么，不过，在我来昆阳之前，长兄似乎正召集族中长老议事，好像是有什么事要发生！”刘嘉道。

“他们知不知道你来见我了？”刘秀反问道。

“不知道！三哥让我悄然而来，我便绝不会让人知道！”刘嘉肯定地道。

“很好！”刘秀沉吟了一会儿，他也有点弄不清刘寅召集家族中的长老所为何事，不过他并不担心，刘寅并不会真个瞒他，他很明白这个长兄为人的心性。

"如果我要你从这个世上消失，你愿不愿意?"刘秀突然问道。

刘嘉的脸色大变，有些难看地问道："为什么？难道是我犯了什么错惹三哥生气了?"

"没有！你没犯任何错，更没有惹我生气，我只是要这个世上再没有刘嘉这个人，但你却仍活着!"刘秀吸了口气道。

"没有刘嘉这个人？但我还活着？这，这，这是什么道理?"刘嘉惑然。

刘秀拍了拍掌，帐后的帘子被掀了起来。

刘嘉举目失声叫道："三哥!"

"刑奴见过少主!"那自帘后出来的人向刘秀行了一礼，恭敬地道。

刘嘉却呆住了，因为那自帘后出来的人竟与刘秀长得一模一样，只是声音略有不同，这怎不让他傻眼?

"起来!"刘秀向那自称刑奴的人叫了声，这才向刘嘉道："他以前叫刑奴，但现在他可以不叫刑奴，而是叫刘秀!"

"三哥也要我变成另外的人?"刘嘉顿时明白，问道。

"不错，刑奴虽然能在容貌和体型上像我，但是在气势、声音和举止之上根本就无法与我相似，天下之间便只有你能够模仿我，自气势、眼神和动作举止上!"刘秀肯定地道。

"三哥要我变成你的样子?"刘嘉吃惊地问道。

"不错！舂陵刘家才是真正的汉室江山之主，我要你助我完成大业!"刘秀眸子里闪过一丝火热的光芒，肯定地道。

刘嘉似乎有些意外，也有点激动，自小他便很崇拜刘秀，与刘秀的关系最好，许多言行举止之上都不自觉地模仿刘秀，这在刘家并不是秘密，只是他没想到刘秀居然要他做替身，但他仍心存疑惑地问道："那三哥自己呢?"

"我将以另外一种身份出现，你将在有一天永远地成为我这个角色，我也永远不再换回自己!"刘秀吸了口气，沉吟地道。

刘嘉不由得呆住了，眼中闪出一丝迷惑，但却不自觉地点了点头。

“夫君是不是仍有什么事情瞒着我？难道夫君还信不过为妻吗？”李盈香神色有些凄然地道。

“没有，你不必问这么多，只要到时候按我的吩咐做就行了！”刘寅深深地吸了口气道。

“那为什么夫君会说出这样不吉利的话？还要我带着琦琪去北方找那个从不熟悉的林渺？”李盈香一向都极娴淑，只是今日她感到刘寅的情绪很怪。

“他不叫林渺，他是你的三弟，他才是真正的刘秀，是光武！”刘寅郑重地道。

“在我眼中，光武和刘秀只有一个，那便是在前线未归的那个！在刘家这么多年，我从来都没有听说过林渺此人！”李盈香有些不悦地道。

“这是刘家的秘密，不过天下人很快就会知道的。正叔已经去找过他，我也已派忠叔去找他了。这么多年来，让他受尽了苦，春陵刘家欠了他很多，如果不能在我有生之年为他正名，让他认祖归宗，我将无颜见列祖列宗！”刘寅断然道。

“为何夫君会如此丧气？夫君风华正茂，位高权重，定可长命百岁，为什么你总要……”

刘寅看了看这个与他同床共枕了数十年的妻子，他竟感到有些陌生，而且更感到她有点可怜，不由得叹了口气，抚摸了一下她那依然保养得很好的脸蛋，道：“你说得对，我才四十岁，位高权重，自然可以长命百岁，可是征战沙场，有些时候总会出现意外，可能是因为这次王邑大军压境，使我心中压力太大，才会说出这些丧气话，你别往心里去。”

李盈香这才笑了，刘寅却在心中暗暗叹了口气……

林渺笑了，笑得有些神秘，却让蝶谷三怪心中有点发毛。

蝶谷三怪不明白为什么林渺会发笑，而且还笑得这么诡秘，像是有什么重要的阴谋。

“你笑什么？”那娃娃冷冷问道。

“你居然问一个白痴笑什么，看来你也不会是个聪明人，也许天下的聪明人确实不多！”林渺不答反笑道。

那娃娃大怒，可是林渺用他们的话驳之，使他也无话可说。

“林渺果然是林渺，看来江湖中人对你的传闻并没有夸张……”

“只可惜，江湖人对蝶谷三怪的评价却错了，我以为是怎样聪明和有个性，却不料也跟我一样是三个傻子！”林渺打断老儒的话淡笑道。

“休要逞口舌之利，让老夫送你早些上路好了！”那娃娃冷冷地哼了声。

林渺不屑地道：“如果你们技仅如此，那就最好滚回去见你们的主子，免得还要让我派人给你们收尸！”

“好狂的口气！”那娃娃怒急反笑，身子如一只投林之燕直射向林渺，旱烟管依然化成无数点虚影，罩定林渺周身大穴。

林渺没动，目光悠然，自微眯的双眼之中如利刃般射出，又像是无止境地向一个内在的虚空投射。因此，目光显得很空洞。

空洞的不只是林渺的目光，更是蝶谷三怪的内心，恍然间他们的心神似被林渺的目光引入到一个无限深的空洞之中，找不到底，找不到着落，在虚无之中，只有一丝寒意自脑海中升起。

但那娃娃状的老怪手中的旱烟管已若花雨一般点下。

一丈、五尺、三尺——林渺骤然出剑！

简单、利落，绝无花巧的一剑，只是在空中亮起了一道光芒。

光芒一闪，便有一声脆响传了出来，那娃娃怪突然发现手中的旱烟管中嵌入一物。

两老儒的脸色大变，他们发现娃娃怪那漫天的杆影突然与那道光芒对接，随即在空中凝定，然后旱烟管居然被剑一分为二。

林渺的剑以无与伦比的速度剖开旱烟管，剑尖如蛇信一般自烟杆尾部冲出。

娃娃怪大惊，飞退，退的速度甚至比进攻之速更快，但是却快不过林渺的剑。

一切都静止了，娃娃怪没死，林渺的剑未动，只是轻轻地抵在娃娃怪的咽喉之上。

夏日的风自燕尾巷的另一端吹来，带着一缕微微的凉意，但这种凉意对蝶谷三怪来说，却有点冷。

那两个老儒的剑凝于空中，将出未出，却不知是该出手还是收回。因此，所有人的动作都静止了，本来就很寂静的燕尾巷显得更为安静。

五月的阳光也有点毒辣，看那三张流汗的脸就可以知道，不过，不包括林渺。

林渺依然在笑，淡淡的笑，像是想到了某件开心的事情，目光依然空洞悠远。

两截旱烟管便在林渺的脚下。

娃娃怪的脸色有点苍白，仰望着林渺的眼神之中略有些惊惧，只要林渺的剑再进一分，他便只好去投胎了。

“我说过，你们杀不了我，而我并不是一个喜欢杀戮的人，如果你们真的要逼我出手，对你们并没有好处！一点都没有！”林渺轻轻地叹了口气。

蝶谷三怪依然怔立当场不敢稍动，因为他们的每一个举动都可能是在逼林渺杀娃娃怪。这一刻他们才发现，眼前这个年轻人比他们想象中要可怕得多。

林渺打量了三人一眼，淡淡地道：“我的仇人并不太多，想必你们应该是天魔门的人了。”

蝶谷三怪依然没答，但表情已经显示出林渺的猜测并没有错。

林渺突然收剑，以很悠雅的姿势将剑插入腰间的鞘中。

蝶谷三怪顿时都怔住了，傻傻地望着林渺，他们不相信林渺这么轻易地便放过他们。可是除此之外，又如何解释林渺何以还剑入鞘呢？

“你们走吧，我不想再看到你们，如果你们仍想要我的命，那下次换一杆铁烟管。回去告诉你们的主人，我并不是刻意要与天魔门为难，只是因为总是适逢其会，逼着我动手。只要你们不来惹我，我们便井水不犯河水，相安无事。如果天魔门执意要对付我，那也没办法，但请你们记住，下次我绝不会再对试图杀我的人手软！大家都只是为了生存，谁不要我生存，我也会让他难受！”林渺断然道。

蝶谷三怪这才知道，林渺是真的不杀他们，这让他们很意外。不过，他们确实已经没有必要再厚着脸皮战下去了，尽管娃娃怪刚才太大意了些，但不可否认，他们想凭三人之力击杀林渺，的确做不到。

“今日的教训我们记住了，定会将你的话转到!”蝶谷三怪冷然道。

“还烦请告诉你们的少主，我还当他是朋友!”林渺突地又加了一句。

蝶谷三怪更怔，吸了口气，打量了林渺一眼，有些惊愕，旋即表情之中略显客气地道：“我们定会转到！告辞，他日定当还你今日之德!”

林渺未答，只是转身信步而去，似乎并不担心蝶谷三怪自背后偷袭。

蝶谷三怪吸了口气，相互对视一眼，暗叹了口气，也都转身朝相反的方向行去。

第七十三章　身份之秘

小门，大院。

扫把与地面摩擦出了一些轻微的脆响，“沙，沙……”很有节奏感。

几棵高高的梧桐树开着一些有点惨淡的白花，风吹过之时，偶然会有一两朵在风中打着旋儿飞落，颇为潇洒惬意。

很干净的地面，墙角处还植着几株月季，看得出这大院之中住的并不是破落人家，至少，不会是太俗气的人。

林渺踏入小院，只觉清风扑面，神清气爽，但目光却落在那佝偻着背扫地的老人身上。

很弯的背，很大的扫把，赶着几朵飘落的梧桐花，很悠闲地舞动着，但气氛却有点沉重。

“老伯，请问——”

“嘘……”那佝偻着背的老人突然转过身来，向林渺做了个噤声的手势。

林渺错愕间，老人又转过身去，以大扫把赶着那几朵白花，像是在玩鞠蹴一般自得其乐，使得林渺有点哭笑不得，只好绕开老人，行走几步，却见一张石桌之后竟蹲着一人，稍近，林渺才发现这也是一个穷儒，在地上用一根细木棒画着什么。

林渺有些好奇，走近，那老穷儒似乎丝毫未觉，依然很自在地比画着，画了几画，又用手将地面抹平，再画，再抹平，又画。

“老先生！”林渺看得一头雾水，不由得唤了一声。

那老穷儒突地抬头，瞪着极大的眼盯了林渺半晌，十分不耐烦地道：“你没看见老夫在画‘万里江山图’吗？还来打扰我，真是没礼貌！”说完便又蹲在那里，用手中的细木棒在地上比划着，根本就不当林渺存在。

林渺不由得愕立当场，口中却喃喃地念着："万里江山图，万里江山图……"念到后来不由得笑了，心中却惑然，忖道："这究竟是什么地方？怎么这么多疯子？"

"年轻人，你认为他们是疯子，是吗？"一个声音自侧方传来，毫无征兆。

林渺倒吓了一跳，循声望去，却见一个老儒在凉棚下一个人下着围棋，左手执黑子，右手执白子，看都不看林渺一眼。

林渺望了那老儒几眼，讶异地问道："刚才是老伯在说话吗？"

"不是我，你以为屋子里的那几个老怪物还敢开口说话呀？"那下棋的老儒依然不抬头，一边下棋一边道。

林渺骇然，又问道："老伯知道我心里在想什么？"

"你不说我怎知你在想什么？"老儒答得极快。

"可是……"

"刚才是吗？每个人看到这两个人时，心里都会这么想，你也是那每个人中的一个！"

林渺释然，心中不禁感到好笑，倒觉得这老儒很有趣，不由走上前去，正欲开口，那老儒却抢先道："如果你想问人，请你不要在我面前说出来！"

林渺再惊，一时之间他竟不知这老儒是真的知道他心中所想，还是每个来此的人都这样，不由得问道："为什么？"

"因为这里没有人！"老儒漫不经心地道。

林渺一怔，不由得笑了，道："老伯说笑了，难道老伯不是人吗？"

"不是！"老儒答得很干脆。

林渺不由得大感意外，不由问道："那是什么？"

"是疯子！"老儒依然没有抬头，只是很平静地答道。

"疯子难道不是人吗？"林渺不以为然。

"你见过自己跟自己下棋的人吗？"老儒不答反问。

"没有！"林渺答道。

"那就是了！"老儒又道。

“那老伯见过自己跟自己下棋的疯子吗？”林渺不禁反问。

“见过！”

“在哪里？”林渺不信。

“就在你眼前！”老儒淡淡地道。

林渺不由得笑了，这老儒确实有趣，只几句话竟把他给套了进去，不由问道：“你在这里下了很长时间的棋吗？”

老儒道：“十年。”

“那我也见过自己跟自己下棋的人！”林渺随即改口道。

“年轻人，说出去的话，如泼出去的水，出尔反尔不是大丈夫所为。你刚才说过没有，现在却说有，你是在骗疯子吗？”老儒不悦地道。

“不错，我在刚才之前是没有见过自己跟自己下棋的人，但现在不是刚才！”林渺理直气壮地道。

“现在不是刚才？”老儒一怔，也不由得笑了，自语般道：“现在不是刚才！”突又问道：“那现在是什么？”

“现在便是现在，不是什么。”林渺微皱眉道。

“年轻人，你要是不乐意回答我不要勉强自己，皱眉是很不礼貌的。”那老儒依然没抬头，只是很专注地盯着棋盘。

林渺一怔，讶异地问：“你没抬头怎知我皱眉？”

“因为我有镜子！”老儒道。

“镜子？在哪里？”林渺惑然，他并未发现镜子。

“在我心里，每个疯子都有一面镜子，人却没有！”老儒淡淡地道。

“我不明白老伯的话意。”林渺摇头道。

“你不明白，是因为你不是疯子。”

林渺盯着老儒，他不知这个老头是故意在装疯卖傻，还是真的疯傻，但看其说话极有条理，根本就不像个疯子。他的目光不由得投到那只下了一半的棋局上，一看之下，他不由得笑了，指着棋盘上的一片黑子和刚落下的一颗白子笑道：“这片黑子明明可以被杀掉，你为何要将白子落在这个位置？”

“因为我不会下棋！”老儒突然石破天惊地道。

林渺先是一怔，旋又不由得大笑起来，他还从没听过比这更滑稽的话。在此下棋十载，而且如此如痴如醉的样子，居然说自己根本就不会下棋，这岂不是很好笑的一件事吗？

笑了半晌，林渺打住笑声，因为老儒终于抬起了头，而且以一种怜悯的眼神望着林渺，这是林渺打住笑声的原因。

“你觉得这好笑吗？”老儒淡淡地反问道。

“难道你不觉得这很好笑吗？”林渺也反问。

老儒摇了摇头，很肯定地道：“一点也不好笑！”

林渺一怔，惑然问道：“为什么？”

“因为我是疯子！”老儒悠然答道。

林渺不禁呆立当场。

疯子，三个疯子。

小门，大院，三个疯子，一局残棋。

林渺的心中涌起一种奇异的感觉，似乎有点明悟，又似乎更为迷惑。

一个说话极有条理，又似乎含有至理的疯子！这使人有些怀疑人生，怀疑活着的理由。

下棋的疯子又低下头去下棋，似乎这之中的意义大于一切。

林渺愣了半晌，他不觉得在这一局残棋之前立着会有什么意思，是以，他转身走了开去。

这是一个很大的院子，似乎有很多门户，应该算是一个大杂院。

“年轻人，你不看我把棋下完吗？”那下棋的疯子突然又道。

林渺不由得又笑了，反问道：“你会下吗？”

“人生不就像一局棋吗？会下也得下完，不会下也得下完，天下又有几人真会下棋呢？你看我能杀而不杀，认为很好笑，其实我又为什么要杀这片黑子呢？一个是左手，一个是右手，杀的都是自己！”说到这里，老儒呵呵一笑，傲然道：“老夫虽疯却知道这只是游戏，若说棋子是众生，那老夫便是神佛，是苍天大地，是万物之主，我要不杀这片黑子就不杀！我要它全部死亡，便砸破棋盘……”

林渺不由得怔立当场，他真的不明白这老头是真疯还是假疯。

大笑了良久，老儒突地睁开眼望着林渺，眸子中的光彩竟有点凄迷，半晌才道：“年轻人，我想你定经历了九死一生的劫难，当你认为自己死定了的时候，可是你又好好地活了过来，你知道这是为什么吗?”

林渺吸了口气，他感到这一切有点荒谬，但他还是答了一声：“是老天不想我这么快便死，所以我还活着!”

“你很聪明，年轻人，是老天不想让你死，命运只是在跟你开个玩笑，让你知道天威难测，当它捉弄够了你，又会给你一线生机，让你活下来，它觉得你这人很好玩。”说话间，老儒右手在棋盘上动了一下，将那颗白子移了一个位置，接道：“命运就像我这双手，本来可以把白子放在这个位置成必杀之局，但偏偏不下这里，而要在这偏角毫无意义地点一颗，于是给你一口气，你就活了，但命运也会像我这只手一样!”

“哗……”棋子全部飞洒地上，棋盘也翻落。

“命运随时都可以这样扰上一局，不管你是赢也好，输也好，全部在他的手下死去!”老儒深沉地道。

林渺心中升起一股明悟，只是他不知道这老儒为什么要跟他说这些，可是此刻他再不怀疑这老儒是疯子，而是真正的隐者高人，其思想隐入深处却不是世人所能轻易理解的。

“还请老伯指点，那我们身为黑白子又应该如何存于棋盘之上呢?”林渺诚恳地道。

老儒笑了，道：“这个是不能由你决定的，这是上苍的游戏，即使你想占那个位置，但是上天偏偏给你另外一个位置，你也无法反抗!”

“难道我们唯有认命?”林渺反问。

“抗争是上苍给你的一个扳局的机会，但并不是针对上苍和命运，而是针对你的对手，白子或者黑子！只要你表现得好，也许就可以战胜对手，并不是每一个下棋者都是无赖，身为黑白子，能做的便只有你刚才说的那句话：刚才是刚才，现在不是刚才。”

顿了顿，老儒又道：“是啊，现在不是刚才，虽然刚才你可以杀了我，可是你没杀，现在我又活了，我活在现在，不会想过去的痛苦，未来，我只用心内上苍唯一赐予我抗争的力量去战胜对手，赢得终盘!”

林渺突向老儒深施一礼，诚恳地道：“谢老伯的教诲，晚辈一定铭记于心!”

老儒突地又笑了，大笑。

老儒大笑良久，直到笑得有点喘不过气来方歇，道：“你居然听懂了，哈哈哈……敢情你也已经疯了！”

林渺不由得又一次愕然，旋又释然道：“疯子与人的区别只不过是一个会左手和右手下棋，还要耍赖，一个不会自己和自己下棋而已，也许，我是真的疯了。”

“说的好！年轻人的悟性极高，就像我这幅永远也画不完的画！”那蹲在地上画画的人也突然插嘴道。

林渺一怔，愕然反问：“悟性高得像一幅永远也画不完的画？”

“一幅永远也画不完的画，你便永远都无法知道它究竟有多好！当你没有把它展现在别人面前时，别人就永远不知道你这幅画的破绽在哪里。你的悟性好，却是没有人知道好到什么程度，难道不像永生也画不完的画吗？”那人不无傲意地解释道。

林渺想笑，但又笑不出来，这老头所说的话虽然有些牵强，却也深蕴至理，叫他也不知该如何反驳。他本来是来找人的，此刻却似乎变成与这些老头来辩论道理了，所幸他的时间并不是很紧迫，反倒真的相信桓奇是住在这里，因为住在这里的人都是一群怪人。想当初桓奇行走近千里到宛城就为借二两银子，他便已当对方是个疯子和傻子。当然，那时候他知道桓奇不傻，但至少是个很怪的人，而眼下这几个看似疯子的人也绝不是真的疯，甚至比任何人都要清醒。不过，称之为怪人却是一点也不为过。

“晚辈来此，只是为了找一个人！”林渺立刻又引入了正题。

“我说过，这里没有人，只有疯子！”下棋的老儒又一次重复道。

“那我也便是来找一个疯子吧！”林渺道。

“我们这里的疯子不只一个，而是好几个！”那扫地的老头也突然抬起头来，凑合道。

“但是叫桓奇的疯子只有一个！”林渺肯定地道。

“桓奇？”三个疯子全都脸色一变，表情显得有些古怪。

“请告诉我他在哪里？”林渺见三人神色，便知一定是熟悉此人的。

“你找他干什么？”下棋的老头道。

“找他要二两银子的债！”林渺想了想道。

“二两银子的债？”三人的脸色再变，相视扫了一眼。

“既然三位知道这二两银子的债，那是再好也没有了，我便是奉先父的遗愿来讨这二两银子的债的。”林渺淡然道。

“他死了吗?”那画画的老儒愕然问道。

“他居然会死掉，真是好笑!”下棋的怪人放声笑了起来。

“是人总会要死的，这有什么好奇怪的?”林渺有些愠怒地道。

那下棋的一怔，像是被林渺的气势给镇住了，但旋即又道：“说得也是，一盘棋下得再慢也会有个结局的时候!”

“他什么时候死的?”那扫地的老头突然问道。

“已经有两年了!”林渺道。此刻，他倒相信这些人都是认识父亲的，可是在他记忆之中，并未听父亲提到过这些人，若不是桓奇到宛城借二两银子，他还根本就不知道这地方之所在。但他却知道父亲博学多识，祖上也是世代书豪，因此，他并不怀疑父亲学识的出处，而眼前这些穷儒也一个个都像是智者，当年认识父亲并不是一件很值得奇怪的事情。

“两年了？那你为什么直到现在才来这里?”画画的穷儒质问道。

林渺笑了笑道：“因为那时候我并不缺钱花，对二两银子的债并不怎么在乎。”

“那你现在很穷?”下棋的穷儒问道。

“是很穷，穷得只有金子没有银子!”林渺漫不经心地道。

“哈哈哈……”三个老头一齐大笑，那下棋的穷儒笑道：“是很穷，真的是很穷！只有金子没有银子可以算是世上最穷的人了!”

“是的，是世上最穷的人，所以我来讨回这二两银子!”林渺道。

“可惜你来迟了。”画画的穷儒道。

“为什么?”林渺讶异地问道。

“因为他也已经死了!”下棋的穷儒道。

“死了?”林渺不由得一怔。

“不错，他已经死了，人死债清，他欠你的二两银子只能来世再还了。”画画的穷儒道。

林渺怔了怔，反问道：“他什么时候死的?”

“半年前!”下棋之人道。

“那他有没有说什么?”林渺期待地问道。

"什么也没说，他根本就不知道自己会死，但是他突然死了，所以没有留下一句话。"画画的道。

"该来的终究会来，所欠的，来世也是债，你们三人悟了这么多年仍没有悟透，真让我有些失望!"一个声音自内间的小屋之中飘了出来。

"主人!"三人顿时肃立，神情变得有些古怪地呼了一声。

"你就是林渺，是吗?"屋内的那个声音悠然地飘了出来。

林渺一怔，顿时记起这声音似乎有点熟悉，不由得脱口道："你便是桓奇伯父了?!"

"不错，你终于还是找来了，进来吧!"屋内的人叹了口气道。

林渺心中升起一丝异样的感觉，他竟没来由地有些紧张，这是他很少出现的情绪，而这一切却只是因为那个仅见过一面的长者，但他仍不由自主地向那小屋之中步去。

"主人!"那三个怪人不由得有些微急地呼了一声，但是里面的人却没有回应。

小刀六很惬意，这次自塞外而回历经了大漠风光，享受到了草原别样的风情，虽然遭遇数战，但却很是轻松地完成了大批交易，此刻洗去一身疲惫风尘，自然感到很轻松。

小刀六并不太喜欢住在枭城，相反，却喜欢在信都以一个商人的身份出现。在枭城之中，那些人都将他当个大人物，这让他很不自在。他始终没有忘记，自己一直都是个小人物出身。

当然，他在信都城中也有自己的府第，并不豪华，却很清静。只不过，他现在并不在府中，因为他怕烦。

敢烦小刀六的人并不多，而让小刀六躲开不敢见的人则更少，也许就只那么一个——那就是信都城中谁也不敢招惹的任大小姐任灵。

任灵是信都城中让许多人头痛的主儿，在城内百姓之中，无人不喜欢，可是对于某些人来说，却是很无可奈何。

耿纯是一个，任光也是一个，另外的人则是小刀六和有名无实的信都小侯爷刘植。

小刀六都被任灵打怕了，左耳拎得还红肿着，他身边的这么多高手护卫们却都形同虚设，像任灵和小刀六这般的高手对决，他们根本就插不上手，是以小刀六只好自叹倒霉了。

最让小刀六头痛的还不是这个，而是任灵逼着他要带她去塞外，要去见识千里荒漠和无边的大草原，这可是小刀六不敢答应的。就因此，任灵天天天刚亮便上小刀六府上，把小刀六揪起来，好像这位大小姐有用不完的力气和时间一样。因此，小刀六今天起得特别早，这是他自漠外回来几天中起来最早的一天，他真后悔吹嘘漠外的风景。

不过，起得早也是一件很舒服的事，尤其这夏天的早晨感觉特不错，找个临近河边的小茶馆，喝点香茗也不是一件坏事。

苏氏兄弟代替了影子一般的无名氏，小刀六也想让他老人家享享清福，每天总会给那老醉鬼几坛最好的酒，然后鱼肉之类的想吃什么，便给他什么。

无名氏不挑剔，这是一个很好的习惯，一盘花生可以下酒，一碟牛肉也可以下酒，一桌大餐也不会介意。

小刀六尊重这位老人，他从来都看不透这老人内心所想的东西，但他却明白这老人待他若子，更是他的师父，自己有这般的变化，与这个老人是分不开的。

此刻小刀六有点想笑，他在想，如果任灵在府上找不到他的人，一定会弄得鸡飞狗跳，不得安宁。平心而论，如果不是任灵太烦他的话，倒是个非常可爱的姑娘，健康、美丽，武功也不错，可惜坏就坏在武功也不错，要不然小刀六也不会被打得狼狈不堪。

太刁蛮任性的姑娘，小刀六向来是有点怕的，他可不是林渺，对付奸商或许他有一套，但对付刁蛮的姑娘，却不是那么在行了。是以，他宁愿选择躲。

不过，有些人总有许多霉运，最不想遇到的事，偏偏会遇到。

在小刀六端着香茗欣赏河面之上划过的小舟，看着那划过的水纹出神的时候，他手中的茶杯却破了，热茶泼了一手，虽然不烫，但却很是让小刀六吃了一惊。他回过神来之时，脸上立刻堆满了尴尬而勉强的笑容，与之相对的，正是任灵那横眉怒目的俏脸。

“哈哈，大姐也这么有雅兴，这么早来这里喝茶呀？”小刀六打破僵局，将沾满茶水的手在衣服上擦了擦，似乎并不怕弄脏了衣服，目光却一眨也不敢眨地望着任灵，似乎提防着任灵随时都有可能伸出的手。

“喝你个头啦，人家找了你一个大清早，你却躲在这里喝茶！”任灵嘟着嘴便开始训人了。

苏氏兄弟真替小刀六担心，但是他们除了对小刀六那可爱的表情掩口低笑外，根本就做不了什么。

“哦，大姐找我有事吗？你昨天就该说嘛，那样我就会在府中等你！你看，真是不好意思！”小刀六故意装傻道，说着便站了起来。

“你给我坐下！”任灵双手叉腰，凶巴巴地道。

小刀六可怜兮兮地望了苏氏兄弟一眼，苏氏兄弟却故意不看小刀六的目光，小刀六见二人无动静，只好无助地服从命令，又坐回了椅子上。

任灵忍俊不住“扑哧”一声笑了出来，旋又板起脸来，质问道：“你是不是故意躲着我？”

“怎么会呢？谁不知道大姐你不仅人美丽，而且心地又善良，人缘好，这么可爱的姑娘谁不想见？我怎会故意躲着你呢？”说到这里小刀六又无可奈何地道：“何况，谁又能躲得了你呢？”

任灵又笑了，仍不依不饶地道：“少给我油嘴滑舌了，我知道你怕我跟你一起去漠外玩，我现在也不用你带我去了。”

“真的？”小刀六大喜，失声问道。

“怎么？你很高兴吗？”任灵又问。

“嘿嘿……”小刀六干笑了一声道：“一般般啦！”

“什么叫一般般？那就是你很不欢迎我去塞外了？”任灵冷着脸道。

“那也不能这样说！”

“那就好，耿纯叔叔要找你，此刻正在你府上呢！”任灵道。

小刀六一惊，感到有些意外，这么一大早耿纯居然来找他，定是有要紧的事，不由忙起身道：“那我们回府吧！”

屋内极暗，沉郁的色调之中，依稀可以看清那盘坐于床上之人的面目。

“你都长这么高了！”床上之人先开口，声音有点苍迈和沉郁，或许可以说是有点暗哑。

“你便是桓奇伯父?”林渺有点不敢相认，虽然此人的面目依稀相似，但是却显得极度苍老，头发皆是银色，这之中虽然隔了六七年时间，但是却也不会有这么大的变化呀。

床上的老人笑了笑道：“不错，我就是你父亲林继之最好的兄弟桓奇!”

“小侄林渺叩见伯父!”林渺恭敬地行了一礼，他知道，此人确实是他父亲的故交，尽管那时候他尚不太大，但是直觉告诉他，此人与父亲关系非同寻常。

“坐吧，我双腿不便，你随便坐，桌上有茶，你口渴了自己倒着喝!”老人桓奇恬静地道。

“伯父的腿怎么了?”林渺讶异地问道。

“少阴心经与厥阴心包经俱断，这一辈子便只能坐在床上!”说着老人桓奇笑了笑，又道：“不说这些，此次前来，想必是你父亲叫你来讨二两银子的债吧?”

林渺吃了一惊，打量了这位老人几眼，见其脸色苍白，确已血气不调，不过，听其如此准确地报出经脉，若不是武林人物，便定是精于医道。

“让我看看!”林渺上前一把抓住桓奇的脉门道。

桓奇微惊，但是他似乎并没有力气反抗，任由林渺把住脉门。

“伯父是中了极为阴毒的掌劲，这才破坏了两条经脉！不知是谁下的这么狠的毒手?”林渺吃惊地自语道。

桓奇的眸子里闪过一丝讶异道：“贤侄没有说错，我确实是中了一种极阴毒的掌力!”

林渺收回手，他已经证实桓奇至少在受伤之前是一个极为厉害的高手，也便是说，这个人是江湖人物，亦即他父亲林继之也曾经是个江湖人物，而这样的人自然不会为着二两银子而奔上千里，那么这之中又有什么秘密呢?

“我爹以前是不是也是个江湖人?”林渺吸了口气问道。

桓奇笑了笑道：“江湖何其之大，每一个要想生活的人，就必须接触江湖，更难免陷身其中，上到王侯公爵，下至贩夫走卒，又有谁不是来自江湖?”

林渺一怔，又问：“那你们曾经是武林人物?”

“是的，难道你爹至死也没告诉你吗?”桓奇肯定地问道。

林渺摇了摇头，又道：“我爹是不是拥有裂风掌的高手?”

桓奇又笑了，盯着林渺，神情略有点淡漠，悠然道：“你爹不仅曾是拥有裂风掌的高手，还是一代宗师，更是江湖之中有数的掌法高手之一!”

林渺心头大震，这么说来，刘正并没有骗他，刘正说这些话的时候是清醒的，可是为什么父亲到临终之前都不告诉他事情的真相呢?这又是为什么?

“二十五年前，你父亲乃江湖之中最有前途的后起高手，博学多才，狂傲不羁，风流倜傥，江湖人称之为儒圣林世，但好好的一个受人敬仰的大侠却甘心成为他人之奴，我真是为他不值!”桓奇摇头叹道。

“儒圣林世?”林渺的心头为之颤了一下，一个曾经被江湖尊之为圣的人，可以想象是多么不简单，但却甘心做别人的奴仆，那么，这个人一定是武林皇帝刘正，也只有刘正这样的身份才配拥有这样的仆人。

“我爹临终前让我讨回二两银子的债，还请前辈指点迷津!”林渺深深地吸了口气道。

“我就知道，该来的终究会来!”说话间，桓奇的手在床头边摸索着什么，半晌，床头边响起了一声脆响，墙上竟裂开一个小格洞。

林渺立刻发现里面那块约摸二两重的碎银，依稀记得这便是当年父亲借给桓奇的二两银子。

桓奇自中取出小块碎银交到林渺的手中，淡淡地道：“这银子我没有用过，现在又归还给你，以你的指力裂开它!”

林渺一怔，立刻依言指间用力，碎银应声而裂，竟有一颗血色小珠自中滚落，林渺忙接住，小珠是串在一根极细的金属链子之上。

“这是什么东西?”林渺握着血珠，只感到有一股透心的热力，极舒坦。

“这是一枚由两百年前天下第一巧手精工细琢的微型玉玺!”桓奇吸了口气道。

“微型玉玺?”林渺愕然。

“这是一块比和氏璧更为稀少而珍贵的蓝田血玉，但是因其颗粒太小，于是当年武帝刘彻便请天下巧匠将其仿玉玺琢成这个模样。你用手触摸，便可以感觉到它的纹理，不信你在纸上押印一下！”桓奇道。

林渺以指尖轻抚，果觉其中有一道道纹理，那种感觉极微妙，于是他依言在桌面的帛纸上印了一下，在没有墨油的情况下，竟然显出一个血色小印，拿起仔细一看，竟发现印迹之中有两条盘绕的小龙，而在之中更刻有几个古篆小字，一笔一画皆极为清晰。他不由得骇然，如此小的东西之上居然能刻出这么复杂的纹理，而且确实是玉玺上的纹理。林渺见过在信都宣读的那张圣旨。

“这，这东西怎么会在这二两银子之中？”林渺讶异问道。

“这本是你小时候挂在脖子上的饰物，你爹以掌力将之包裹于碎银之中，这些年一直都存放在我这里，他说过，如果他死了，便会让你来我这里取，或是我送给你。今天，我便将它交给你，更把这之中的秘密也一并告诉你！”桓奇淡淡地道。

林渺心中已经猜到了许多，但他还是很耐心地听着，这东西既然是汉武帝让人所造，又是微型玉玺，那么持有它的人便一定是刘家宗室之人。而这既然是他小时候的饰物，那么这东西自然与他的身份极有关系了，只是为什么养父不告诉他这些？而要由一个外人来告诉他呢？

“我并不是姓林，是吗？”林渺吸了口气，问道。

桓奇点了点头，道：“你不姓林，而是姓刘！林世也不是你的生父，而只是你的养父！当年武林皇帝七破皇城之后，因天显奇象，血云弥空，异星突起，敛日月紫微之光华，天机神算趁机在武皇手下救了王莽，武皇正好要赶泰山之约，又怕王莽对刘家江山未来的希望施下毒手，遂命你养父把你从刘家带走，隐于最低俗的市井之中，以借市井的俗气掩去你身上天生俱来的帝气！”

“天生俱来的帝气？”林渺讶异地问道。

“不错，天生俱来的帝气。传说每一位刘家的子孙，若身具帝相者，身上必有火龙纹胎记，火龙纹越清晰明朗，其帝气就越重，越具帝相。而你生来便是身具火龙纹之人，本来你身上的帝气至少要在十余年后才能威逼紫微，但是由于武皇第七次破皇城力战十万禁军和杀手盟十二大杀手及邪神等近百高手，而引动天劫，方使你无意吸纳了天地间的灵气，才会在你一岁之时，本命星就大掩日月、紫微。因此，王莽绝不会让你活在世上，东方咏测算，如果不隐去你身上的帝气，必促使你早夭，是以武皇才将你寄于市井之间，除少数几人外，无人知道你的身份！”桓奇吸了口气道。

林渺怔怔地听着，心里却不知道是怎样一种滋味，如果这一切都是真的，那命运似乎……

他心中一片混乱，不知该说什么或是想什么，似乎本已编织好的梦，突然被一只手如捏气泡一般捏爆，然后又在虚无之中寻找那些理不清的碎片。

“这些年来，刘家的人和王莽的人也在不断地寻找你，但是谁也没有想到你会生活在宛城最阴暗而破败的天和街，武皇本来决定泰山之战后便找回你，但是人算不如天算，当日他七破皇城之后已受了伤，伤势未复之下再战泰山，终落个两败俱伤，从此闭关未出。这近二十年来，你的身世也便一直不为外人所知，而你也便一直流落江湖之中……”

林渺不由得笑了，苦苦的笑了，那棋痴所说的确实很有哲理，上苍就像一只手，人却只是黑白子中的一颗，它可以随心所欲地去发挥，可以让你死而不绝，也可以让你立刻死去，所有的一切，只不过是按照上苍的意愿去编导的一个闹剧。

“你又是谁？你为什么知道这么多？”林渺突然清醒了过来，冷冷地问道。

桓奇悠然望了林渺一眼，依然很平静地笑了笑道：“老夫本是第四代白虎观观主，但在武皇第七次破皇城之后，我便只是一个江湖穷儒，终日隐于小巷萧墙之内！”

“第四代白虎观观主？”林渺不由得吃了一惊，他自然知道白虎观乃是朝廷重地，能入白虎观者，必是大学士之流，其中藏龙卧虎，不乏大儒名流，而眼前这双腿残废者竟是白虎观之主，这怎不让林渺吃惊？如此说来，父亲林世与之相交并无怀疑，因为林家先人也是白虎观的名士，更参加过石渠阁的学派辩论。是以，与白虎观自有密切交往，而白虎观的力量更曾是代表刘家政权。

“这么多年你一直隐居于此?”

“不错，在这里，我很少见外人，在林世把你从刘家抱出来之后，他带你来过我这里，后来才去了宛城。当时武皇破长安，我也在场，所以你的事我很清楚，比春陵刘家的许多人都清楚!”桓奇自信地道。

“你手中的血玉玺是你身份的最好证明，只要你拿着它，绝没人敢怀疑你非刘家之后!”桓奇又道。

林渺盯着桓奇，半晌，突然反问道:“我为什么要证明自己是刘家之后?”

桓奇不由得被林渺的话给问呆住了，他本以为林渺会很高兴，谁知却得到这样一句话。

“有些事情并不是你想不想，而是事实便是这样!”桓奇道。

“事实和梦，并没有太大的分别，都只是命运弄出来欺骗人视觉和感觉的东西，只要你认为它是虚幻的，那么它便绝对不是真实的!”林渺冷冷地反驳。

“那你只会背离这个社会，背离世俗和这个世上所有的规矩和约束……!”

“那是一种超脱，走出去，才能看到世俗和红尘中的污点与缺陷!”林渺打断桓奇的话道。

“但你并没有真的走出去，因为你还在为自己辩驳!”桓奇平静地道。

林渺不由得不再言语，只是以一种极深沉的目光对视着桓奇，他觉得内心有点空洞，甚至是有点酸涩。也许他早已想到了结果，但是他仍难以接受这个事实，在突然之间，他感到一种从未有过的压力附于心间，命运的压力是无可抗拒的，即使你是最为强悍者，当你背上了命运的担子后，便会感到沉重，极端的沉重。

“我希望你面对它，你有能力面对这一切!”桓奇语重心长地道。

“你知道，这不公平!”林渺深深地吸了一口气道。

“天平只有加上法码才能平衡，这法码没有人会送给你，必须你自己去寻找!”桓奇道。

林渺目光抬起，仰视着那沉暗的屋顶。他深切地感到，命运，真的只不过是一个玩笑，而生活本就没有规则可寻，任何事情都成了有可能!他竟感到从未有过的迷茫，也许，他不该来这里，也许，他不该知道自己可能存在的命运。当他知道自己的命运之时，却要负担着如此之大的期待，仿佛他已经不再只是为自己而活，而是为了别人。

活着，究竟是为了什么？生存的意义又是什么？

桓奇只是望着林渺，不再说话，该说的他都已经说了，再多说一个字就变成了啰唆。

耿纯确实已经在府中等了好久，不过总算等到了小刀六。

这些日子来，小刀六比较轻闲，是因为有胡世和东郭子元及欧阳振羽的协助，许多事情根本就不用他亲自过问，这倒让他乐得有几天清静。

在信都城中，小刀六也很快便成了头面人物，因为他喜欢交友，更在信都城中连开了几个铺子和一家酒楼，自然很快就让人认识了他。

对于这个年代，特有钱的人总会有很多人关注，而且小刀六总是被另一位风云人物任灵揪着，想不成为头面人物都难。

"耿先生找我可有事？"小刀六客气地问道。

"我找你是想代兄长耿况请你帮个忙。"耿纯也开门见山地道。

"上谷太守？"小刀六讶异地问。

"不错，正是家兄。"耿纯道。

"既然都是自家人，先生何用说这些多余的话？有什么事尽管吩咐，萧六必定竭力而为！"小刀六肃然道。

"哈哈哈……"耿纯不由得欣然笑道："阿六果然是爽快之人！家兄想要购买一千匹匈奴马！"

"一千匹匈奴马？"小刀六反问。

"不错，价钱不是问题！与匈奴人打交道，我并不太熟，听说你这次做得很好，所以我才来找你。"耿纯道。

"没问题，一定最实惠的价格最好的马！"小刀六肯定地道。

"那就好！不过，我兄长想在一两个月内就要。"耿纯又道。

小刀六微皱眉，想了想道："时间有点紧，不过没问题，那明天我亲自去塞外一趟！"

"你别答应得这么早，这些马儿都得让我亲自挑选才行！"任灵突然开口道。

“由你亲自挑选?”小刀六瞪大眼睛吃惊地问道，不由得将目光投向了耿纯。

耿纯也无可奈何地苦笑了笑道：“灵丫头自小爱马，对马道比我都精通，这次既然想去，你便让她去吧。”

“这可不行，一个女孩子家，塞外风沙那么大，而且匈奴人可不是好相与的，万一出了点什么事我可就只好提着脑袋回来了!”

“这可由不得你，我是买主，你是做生意的，要是你不愿意做这笔生意就直说，大不了我去找别人!”任灵不无得意地道。

“你……”小刀六不由气得直瞪眼，愤愤地道：“你说过不要我带你去塞外的!”

“可是我没说自己不去呀!”任灵诡笑道。

“你去我就不去，我让胡世去!”小刀六愤愤然道。

“你敢?你要是不去，到了漠外我就一刀把胡世杀了!哼!”任灵也气了，威胁道。

“你讲不讲理呀?”小刀六脸都急红了。

“我不讲理，又怎样?”任灵一副蛮横到底的样子。

小刀六一时不由得呆呆地立在那里，不知说什么好，这是秀才遇到兵，有理说不清。

耿纯在一旁看着也只好无可奈何地苦笑，但看小刀六和任灵像是两只好斗的公鸡一样，又不由觉得好笑。在信都，好像还没有人斗得过任灵，或许林渺是个例外。

小刀六也想到了这个例外，所以在这个时候他突然改变了口气道：“阿渺过两天就要回枭城了，难道你想他找不到你吗?”

任灵脸色顿变，浮上一层红润，有些急地问道：“你说的是真的?三哥什么时候回来?”

“快则三天，迟则十天!”小刀六肯定地道。

“你没骗人?”任灵眨了一下眼睛，问道。

“我怎么忍心骗你这么一个可爱的大姐呢?”小刀六一副信誓旦旦地道。

“那你认为我是留下来见三哥好呢，还是跟你一起去塞外好玩一些呢?”任灵反问。

“当然是留下来陪阿渺好玩一些喽!”小刀六毫不犹豫地道。

“好哇，我就知道你讨厌我，嫌我烦，说我碍事，但我偏要去塞外，偏要烦你，偏要让你难受!”任灵突然大发娇嗔地道。

“你，你……”小刀六一急，有点脸红脖子粗，愤愤然道：“我跟你讲不清，但你必须先问太守!”

“那就是你答应了?”任灵大喜，欢喜地道：“我这就去问哥哥!”说完如风一般地走了。

小刀六与耿纯对视了一眼，小刀六只好一脸沮丧，他总是斗不过任灵。

走出小院，林渺的心依然乱极，甚至忘了问桓奇许多问题，纠缠在他心中的总是他的身世之类的。此刻他倒相信了刘正的话——养父并没有死!

如果林继之没有死，又为什么要假死呢?为什么远离他而去，不再守护他呢?而且这几年为什么不教他武功?如果林继之真的是当年儒圣，一代掌法宗师，可在与自己儿子相处了近二十载却不露一点痕迹，而且不教儿子一点武功，还装得那般落魄潦倒，这一切究竟是为什么呢?

突然之间，林渺想到了大哥吴汉。吴汉的武功超卓，掌法更是一绝，一直以来，吴汉都说自己是跟一个神秘之人所学，而这个人莫非是林继之?而吴汉所学的掌法便是裂风掌!

为什么吴汉也不说真话呢?难道他是真的不知道教他掌法的人是谁?难道他心中也隐藏着什么秘密?那么这些秘密又是什么呢?

林渺头都大了，好像突然之间世上只有他这样一个傻子，很傻很傻的傻子，所有的人都在对他说谎!他感到有点无奈，他真的希望自己永远都不知道这一切，可惜如今他却知道了。

望着那两棵古樟，林渺手中还紧握着那血玉玺，他竟有些迷茫，不知该去哪里才好，是先去宛城看一下，再到春陵认祖归宗，还是先回枭城处理好事务，再找吴汉问个清楚?

他想知道吴汉心中所藏的秘密，而吴汉也一定知道些什么，所以自小待他极好，亲若兄弟，可是如果这之中有着另外的成分的话，也显得太可怕，也太让他失望了。

抉择，总是让人很是为难。

“呀……”一声惨叫使林渺自虚幻中惊醒，扭头之时，又一次听到那大院中发出另一声惨叫。

林渺大惊，迅速奔向那大院，而到院门口之时，第三声惨叫再一次响起。

“棋痴！”林渺冲入大院，骇然发现三个疯痴之人竟已经全都气绝，而且内屋大门敞开，林渺想也不想便探身而入。

“哗……”林渺冲入屋内之时，屋顶突然爆开，一条人影自屋内冲了出去。

林渺伸手探了一下桓奇的鼻息，也同样气绝，他不由得大怒，这人为什么要杀这四人？为什么自己才走那么一会儿便出手？时间不容他多想，也迅速弹身自那破洞之中冲上瓦面，只见那道身影如风般已经越过了数重屋脊。

林渺心中充满愤怒和疑惑，又怎会放过这人？是以随后急追！以他眼下的速度，很自信。

陈留城中很是热闹，但靠燕尾巷周围却显得极为冷清，即使是有人来往，也只能对屋顶上如大鸟般掠过的两条人影发怔。

两人的速度竟同样快，林渺想追上此人，确实也不是一时之间的事。

疾奔片刻，那人竟自屋顶上窜落而下，林渺赶到之时，只见一道窗帘拂动了一下，却是一个大宅院的后院，院中还竖着一幢高大的房子，里面传来极其热闹的吆喝之声，他不由得皱了皱眉，也窜了进去。

窗子里是一间无人的小房，房门是开着的，而在房门之外则是一个只有几个无所事事的人走动着，还有一些端茶送菜忙得不亦乐乎的小厮。

林渺倒怔住了，顿时明白，这里不是赌场便是青楼，如果那人真的钻到这里面来了，想找出他确实是一件很难的事，而且刚才并未能看清那人的脸面，仅只是背影，虽然林渺拥有别人所没有的直觉，但如果那人立刻去搂着女人睡觉，他总不能每个房间搜查吧？

“阁下，你从哪儿进来的?”

林渺刚自那小房间里走出，那在大院之中无所事事的几个护院打手便惊讶地问了一声，围了过来，似乎终于可以找到一点事情做了。

“你们这么多人都没长眼睛吗？我进来时都没看到?”林渺反喝道。

“哟嗬——比我还横!”一名护院以一种挑衅的眼光打量着林渺，吐出嘴中叼着的一根牙签，但在他刚吐出那根牙签之时，脸上便重重地响起了一声脆音。

林渺这一巴掌几乎打下他半边脸，打了人还不罢手，口中怒叱道：“不长眼睛的狗东西，本公子这大活人你居然没看见？还敢在本公子面前撒泼?!”

那人刚捂住脸，一旁的护卫还没反应过来，林渺又一掌打在那人另一边脸上，口中依然凶巴巴地道：“还从来没有人敢在本公子面前这么狂过!”

那人连挨两记巴掌，几乎没跌出去，口中吐出几颗牙齿。

一旁的几名护卫都被林渺的这几句大话给吓住了，再看林渺一身锦衣，气派确实不小，而且出手这么狠，一看便像一个极为蛮横的贵公子。而只有那种向来目空一切的世家子弟才会如此张狂，而林渺旁若无人地打人，必有所恃，如果真是达官显贵府中的公子，那他们的确惹不起，是以，他们竟傻傻地怔立着。

“我杀了你——”那被打的护卫大怒，就待冲上，但却被同伴拉住了。

一个老成持重的护卫忙道：“算了算了。”还一边向林渺道歉，一边和同伴将那挨打的护卫拉开。

林渺只是冷哼了几声，还不忘教训一通，这才大摇大摆地从后门走入那高楼的前厅。

果然是一个赌坊。

“买了，买了……买大赔大，买小赔小……”

“开了，开了，想押快押，别错过……”

“大大……小小……”

大厅之中传出一阵阵吆喝之声，显得极为热闹，一个个面红耳赤，握着拳头，望着庄家那快要揭开的宝盒，都恨不得钻进去，喊大小的人固然唾沫横飞，看的人也跟着紧张不已。

厅内一桌桌，人头攒动，看来生意极好。林渺稍稍转了一圈，却并未看到那神秘人物，他不禁心头暗动，挤身来到一张赌大小的赌桌前。

“下了，下了，赌大赔大，赌小赔小!”庄家摇了一气骰子，放下宝盒呼喝着，目光却在四下挤着的人群中瞟了一眼，正要开宝之时，林渺轻喝了一声：“慢，我还没下注呢!”

“哦，这位公子要下，是大是小，就要开了!”庄家立刻顿住很客气地问道，他们自不会介意有人来赌。

“我押大!”林渺说话间将一叠银票向桌子上一放。

“哇……”场上立刻嘘声一片，人人惊讶。

庄家的脸色也变了，半晌才问道：“公子下这么多?”

“不错，也不多，就一万一千两而已!”林渺轻描淡写地道。

“一万一千两!”一旁的人都傻了，居然有人一注就下了一万一千两，就是他们做梦也没想到，或者说，在这赌场之上，还从没见过这样的豪客。

赌场里似乎很快传开了，附近几桌的人也都跑了过来。

第七十四章　再创魔门

“开呀!”林渺淡淡地道。

“开呀，开呀……”一旁的赌徒们也立刻起哄起来，这些人是唯恐没乱子，这种场面确实是很难得见到一回。

庄家的手都有些发抖，他竟然不敢开宝。

“怎么了，你快开呀!”林渺淡淡地道。

“我们这里不赌银票的!”庄家道。

“这可是寿通海的银票，这里不是经常有吗……?”

“是啊，寿通海的银票在你们这里也可以兑筹码的呀……!”

“你不敢开了是吗……?”“找什么借口……”

一时之间，赌徒们一齐起哄起来，他们在这里赌钱，跟庄家本来就像是冤家，此刻自然把平时输钱的窝火全都在这一刻给喊了出来。

“不赌银票，那你赌什么?”林渺反问道。

“赌现金和筹码!”庄家想了想，脸微微不自然地道。

“好，谁去把我这些银票换成筹码?”林渺淡淡地问道。

“我这里刚巧有这么多筹码，借兄台用一下吧!”一个粗豪的声音传了过来，人群立刻让出一条道，一名锦衣年轻人大步来到桌子之前，一名随从用盘子端了一大盘筹码送到林渺的身前。

“哦，那就先谢过这位兄台了!”林渺将那一大盘筹码押在桌上，淡淡地问道：“可以开了吗?”

庄家的脸色变得更难看。

“开!”一个冷冷的声音传了出来，一名中年人掀开内堂的门帘行出，表情平静得不带半点情绪。

“总管！”庄家恭敬地叫了一声，情绪似乎稳多了，终于找到一个人为他撑腰，至少输了他不会有太大的关系。

“你可以开了！”林渺打量了那中年人一眼，这才盯着庄家道。

庄家的手握着宝盒，很稳，但谁都可以看出他心中的紧张。

在场的除了那送筹码的年轻人，以及林渺与那赌场的总管之外，谁都很紧张，一个个都屏住呼吸，生怕惊动了里面的骰子。

“大！大！大……”有的赌徒们禁不住在一旁叫，似乎这一万多两银子便是他们的赌注一般，比林渺还要疯狂。

庄家开宝，怔了半晌，四五六——大！

“大，大……！”一群赌徒们呼叫起来。

“兄台你赢了！”那送来筹码的人拍了拍林渺的肩膀，很平静地道。

“谢谢你的筹码！”林渺显得也很平静。

庄家扭头望了望身后的赌场总管。

“赔！”那中年人很干脆地吩咐了一声，然后挤身来到林渺的对面，淡淡地道：“我们赌一把如何？”

林渺笑了笑，反问道：“如何赌法？”

“随你挑！你是客，我是主！”那中年人也笑了笑，很自信地道。

“可惜你这里只有赌现金和筹码！”林渺摇了摇头叹气道。

“呵，如果你愿意的话，寿通海的银票和金票我们都信得过！”中年人道

“如此好说！那我就和你赌骰子，比点数如何？”林渺道。

“拿大碗和骰子来！”那中年人向身后挥了一下手，立刻有人送上了一个烤瓷大碗和三颗玉石骰子，恭恭敬敬地摆在桌面上。

“兄弟，他就是陈留的赌王张意，小心点……”一旁的老赌徒好心地小声提醒林渺道。

林渺笑了笑，他自小生活在天和街，那里三教九流汇聚，当然赌鬼也多不胜数。林渺和小刀六一样好赌，只是被老父看得太紧，但是虎头帮的老帮主乃宛城之中公认的赌坛第一高手，林渺却是李心湖最得意的门生，其赌技自然不会差到哪里去，而且今日的他更是今非昔比。

“一把定输赢，不过，我觉得这三颗好像少了一点，至少要拿出十二

颗！”林渺不经意地道。

此话一出，所有人的脸色都变了，包括那张意在内。谁也没有料到林渺居然如此之狂，还嫌三颗骰子少，居然要赌十二颗，这确实是从没有人赌过的，即使是此道中的高手，想控制三粒骰子已经不容易了，六颗更难，九颗则是极少极少，世间很难找出这样的高手，而想同时控制十二颗骰子只怕是有手段也是无能为力了，那几乎是不敢想象的，抑或可以说是从没有人见过。而在赌场之上通常都不存在这种赌法，除非是特定的规矩，否则，这种赌法不可能上得了赌桌。

一旁的赌徒们也都兴奋起来，即使是刚输得屁滚尿流的人也都似乎忘了刚才的一切，跟在一起瞎起哄看热闹。

张意脸色变得有点难看，干笑了一声道：“这倒是很有意思，就赌十二颗骰子！”

刚才的庄家又立刻送来了九颗玉石骰子。

“请验一下！”张意客气地道。

林渺伸手将十二颗骰子一把抓起，在手中掂量了一下，随即又信手放到碗中，道：“这骰子乃是洛阳桂宛坊所出，可谓是上品。好，就这一副！”

林渺再说出这句话，张意的神色更变，便连一旁的赌徒们也讶异，这一刻他们才知道眼前这个年轻人并不是送上门的肉串这么简单，也是此道中的行家，刚才借给林渺筹码的年轻人也有些惊讶，显示出对林渺的兴趣。

“公子果然是识货的行家，桂宛坊的玉石骰子乃天下最精细匀称之作，而且绝不会有假，这是天下公认的！”张意道。

“不错，我们就比点数，最简单而又直接的方式，相信总管不会有什么意见吧？”

“当然不会有意见，不知公子这一把要赌多少呢？”张意反问。

“我身上的钱不是太多，刚赢了一万一千两现金，再加上一万一千两银票，还有一千两金票，我想就只有这么多了。”林渺说着将怀中的金票银票全都拿到桌上，还顺手掏出几颗龙眼大的夜明珠。

“哦，还有这几颗珠子，先留着吧，要是输了可以去换点盘缠好回家。”林渺自语道。

众赌徒先是大惊，后又哄然笑了起来，但一个个仍是傻眼了，两万二千两银子，一千两黄金，这是何等的豪赌，这一注确实也够惊世骇俗的。是以，赌场里的人也都压得喘不过气来，而明眼人一看，便知林渺刚掏出来的夜明珠也是极品，价值不菲。

许多人都不由得对这个年轻人的身份猜测起来：一个人身上带着如此之多的重金，确实也够吓人的，要知这么多银子金子足够平常人好好生活几辈子。

张意神色是一变再变，今日的赌局倒是他从未遇到过的，问题是对方显得太深不可测。

“哈，真是痛快，不知这位兄弟可否让我搭上股？”那刚借筹码的年轻人拍了拍林渺的肩头道。

“难道你不怕我输吗？”林渺淡淡一笑，反问道。

“钱财嘛，身外之物，但图一个痛快而已！”那年轻人洒脱地道。

林渺笑了，道：“如果你愿意就押进来吧。”

“我的钱也不多，加上那一些筹码只不过一万五千两而已。”

“哇……”赌徒们又是一片嘘声，因为又是一个富公子，一万五千两银子还说太少。

“好！就加你一万五千两！一共是三万七千两银子外加一千两黄金！”林渺肯定地道，旋又向张意道：“一把定输赢，如果谁掷出的点子是无法超过的，那下家便不能再赶，如果不是最大便可以任意赶；点数相同再掷，点数最小算输。你若不同意，可以提出你的意见参考！”

“我没问题！”

“那谁先掷？”那庄家问道。

“张总管决定，我不在乎谁先掷！”林渺自信地道。

“你是客人，自然是你先掷了！”张意故作大方地道，他不相信有人真能够操控十二颗骰子，更不会相信林渺会掷出“至尊无敌”，毕竟这不是三颗。

“哦，那我就不客气了！”林渺平静地笑道，说话间便已抓起了那十二颗玉石骰子，掂了掂，便悠然地撒落在那烤瓷大碗之中。

顿时所有的目光都凝于大碗之内。

“今南北匈奴正在作战，此际前往漠外，只怕易生枝节!”胡世提醒道。

“但是这一千匹战马乃是为王郎的入侵所准备的，不能迟缓，尽管此际南北单于正在交战。我们只不过是贸易之人，只要小心谨慎，应该不会有何问题。”小刀六肯定地道。

“那这一切便只能小心了，主人还是不要亲身犯险，这次便由属下代劳好了。”胡世诚恳地道。

小刀六不由得笑了笑道：“我答应耿老板，会亲自去一趟，关内仍有很多事需要你去处理，何况我还没有看够塞外的风光，想再去游历一番，看看漠外的形势如何!”

胡世见不能劝阻小刀六，便只好作罢，但又忧心地道：“任大小姐同行，会不会……”

小刀六见他欲言又止，不禁无可奈何地笑了笑道：“没人阻止得了她，除非城主立刻赶回，否则在信都就只有她最大了!”

胡世也不由得同情地笑了，任灵的刁蛮他也是见识过的。对此，他只能对小刀六抱以同情。

“你立刻去通知苏氏兄弟，让他们准备好明日与我一同出关!”小刀六道。

骰子旋转，牵着每一颗心都跟着旋转，不断地有停下来的，但随即又会被其他的撞翻。

三个六，四个、五个……九个、十个……只剩下最后两颗骰子仍在大碗的边缘旋转，众人都已经习惯了呼喊：“六，六，六……”

已经出现了十个六点，这已经使张意的额头之上出现了汗迹，至少表明他的对手有控制十颗骰子的能力，如果说这一切只是巧合的话，那这个巧合也巧得太让人吃惊了。

“啪……”那两颗玉石骰子在碗边相互撞击了一下，各翻了几翻，撞得另几颗骰子晃了晃，停下时是两个六点，但却有一粒骰子被撞翻了，翻成五点。

“哇……”所有的人都发出惊叹，十二颗骰子，十一颗六点，一颗五点，这简直是个奇迹，如果不是那倒撞而回的一颗撞翻了这个点数的话，那便将是“至尊豹子”，张意连掷的机会都没有。

赌场之中的每个人都愣愣发呆，他们知道这个点数将意味着什么，那便是张意只有出现奇迹才能够胜这一把，而且唯有一个点数才可以胜林渺。可是张意能掷出“至尊无敌”吗？几乎没有人对张意抱有信心，毕竟这是十二颗骰子而不是三颗或者是六颗……

张意怔怔地望着那大碗，他不知道林渺是故意留给他一个机会还是其技术尚差了一点。但他却知道，自己想将这十二颗一点手脚都没做的骰子控制得这般好，仍做不到，他知道自己今天是遇上了行家高手。

那借林渺筹码的年轻人也极吃惊地望着碗中的骰子，神情之间尚有点难以置信，他倒不在乎这一把所赢的一万五千两银子。

“轮到你了，如果你能掷出‘至尊无敌’，你就赢了，这些银子都是你的!”林渺很平静地道，似乎根本就没把这足足有五六万两的银子放在心上。

赌徒们不敢吵了，谁也不敢在这种时候惹张意发怒，他们知道张意绝对不是好惹的。如果他将输钱的气出在他们身上，那可就是吃不了兜着走了，是以这种时候他们唯有保持沉默，但心神却仍系在那大碗中的骰子上，尚未自刚才的震撼中回过神来。只是，他们的目光已全都锁在张意的脸上，当然，他们也发现了张意额头之上的汗珠。

张意毕竟是赌场上的高手，一个真正的赌道高手，无论在什么时候都能够很快冷静下来。他看不出林渺耍老千，事实上，也没有多少人在他的眼皮底下耍老千。所以，他很快冷静了下来，并没有伸手向碗中抓骰子，而是朝一旁的庄家道：“到账房开三万七千两的银单和一千两黄金的单子去库房取钱!”

庄家脸色一变，不由得叫了一声：“总管!”

张意止住庄家的话头，不悦地道：“你没耳朵吗?”

庄家只好去了。

“张总管准备认输吗？你还有机会呀!”那立于林渺身旁的年轻人笑了笑问道。

张意坦然道：“献丑不如藏拙，这一把是这位公子胜了，公子赌技已是神乎其神，张意自问不如，自然只有认输一途了！”

“你倒是很爽快，那好吧，记得赔我一千两金子和三万七千两银票就是，以及这位兄弟的一万五千两。另外，把我的这份筹码换成寿通海的银票吧，我可不太喜欢现金，那太重了，搬起来很不方便！”林渺悠然道。

“没问题，公子想以什么样的方式兑现都可以，我通豪赌坊绝对能做到！”张意不无傲然地道。

“那最好！”

此时一名伙计走到张意身旁，在其耳边低语了几句。

张意听罢向林渺笑了笑道：“我们东家想请二位公子到后厢一叙，还请赏脸！”

“哦?”林渺不以为意地应了一声。

一旁的赌徒们立刻识趣地散开，不由得为这两个年轻人惋惜起来，他们自然知道得罪了赌场老板的下场，要不然赌场养这么多闲人岂不是白养了。

“这位兄台也要去吗?”林渺朝身边的年轻人指了指，向张意问道。

“当然，我们东家请的是两位！”张意很坦然地应了声。

“那就请带路吧！”那年轻人很自若地道。

……

“欢迎二位的到来，坚覃公子居然肯光临我这小小的赌坊，真是我通豪赌坊的荣幸！”

林渺与那年轻人一走入内厢，便看到厢房上首一老者极有风度地道了声，而在老者身边静立着八人，如一根根铁柱般，巍然不动。

“坚覃?”林渺心中暗惊，不由得扭头望了一下身边的年轻人，立刻想起了任光曾经评说过这个人，还说此人豪气干云，今日一见，倒也颇有些气派，难怪能对金银如此淡漠。

“适逢其会，我有一个朋友前些日子在这里幸得周老板指教，今日是想顺道来谢恩的！”坚覃淡漠地笑了笑道，说话间也不等招呼，便径直坐到那老者的对面。

“哦，贵友不知是何人呢?”那老者淡然问道。

“东岳剑派的岳无尘!”坚覃道了声。

“哦，是他呀，他在我们这里输光了钱，还伤人闹事，我们也只是被迫才出手的!”老者稍有些意外，但仍很平静地解释道。

“所以，你们就砍了他握剑的三根手指?”坚覃冷笑着反问道。

老者并不为之所动，道：“老夫说过，我们是被迫无奈才这样做的，如果知道他是公子的朋友，我们必以礼相待!”

“是吗? 据我所知，是你们这里有人用了假骰子，所以他才出手的!”坚覃道。

“坚公子说笑了，我们通豪赌坊在这里已有近二十年，从来都不曾有过出老千的记录，想必公子所知有误吧?”张意道。

“当时在场的并不只有岳无尘一个人，还有许多赌友，我想即使是某一个人会误说，但是绝不可能每个人都误说同一种答案。因此，今日我只是想来向周老板讨回一个公道!”坚覃不屑地道。

“如果坚公子要这样的话，那可真是遗憾，这位想必是你请来的朋友吧?”老者依然很平静，打量了林渺一眼道。

“我们是朋友，但却不是他请来的，而是不请自至!”林渺终于插上了一句。

“哦，听说刚才公子掷出了十一个六点带一个五点，可知公子的赌技确已达到了超凡脱俗之境，不知该如何称呼?”老者很客气地道。

“过奖，我不过是一介江湖浪子，只是凑巧追击一个人至此而已，于是手痒便来赌了两把!”林渺漫不经心地道。

“这么说不是与坚公子一道而来了?”张意问道。

“那有什么区别吗?”林渺反问道。

“这只是我和他们之间的事，谢谢这位兄台的好意!”坚覃打断林渺的话道。

林渺并未回应，反而向那老者道：“我想向东家打听一个人。”

“哦，公子想要问什么人呢?”

“在一炷香之前去了燕尾巷穷儒堂的人!”林渺淡漠地道。

那老者脸色急变，但很快又平静下来，故作不解地问道：“这又是个什么人?”

"一个老板心知肚明却又不想告诉我的人!"林渺的身上泛起一层淡漠的寒意，使这初夏的季节竟多了几分秋日的清冷。

"我不明白公子此话是什么意思!"

"你应该明白的!"

"一炷香之前，你们有谁到过穷儒堂?"老者向身边的问道。

立于内厢的人皆摇头，老者不由有些忿然地转向林渺道："他们今天都没去过燕尾巷，自然不会知道有什么人到过那里，公子的话让人费解，是不相信老夫吗?"

"这位公子，我们东家敬阁下是一个人物，但请不要如此逼人太甚!"张意也有些不满地道。

"既然如此，那我也不用再多说什么了!"林渺冷冷道。

"看来两位都是来找麻烦的，我周传雄一生经历了这么多风风雨雨，倒也从来都不曾少惹麻烦，如果二位决意如此，我也只好相陪了!"那老者冷冷道。

"我很遗憾你的决定!"林渺吸了口气道，旋又扭头向坚覃笑了笑道："现在，这里便不只是你的事了!"

"如果有人硬要插进来，我从不会反对多一个伙伴!"坚覃也笑了。

"咚……"门帘全被掀开，自门外迅速走入近二十名壮汉，而林渺与坚覃顿陷其中。

林渺和坚覃却只是静静地坐在椅子上，对视着周传雄，面上依然挂着淡漠而沉吟的笑，似乎并不知道自己已经身陷重围之中。

"老夫并不想有这样的结果，这对谁都没有好处，坚公子乃是江湖名流，到目前为止，我依然希望二位只是朋友!"周传雄把玩着手中的一对铁胆，深沉地道。

"是不是朋友，选择并不是在我，而是周老板，我只要周老板交出那砍下岳无尘三指者的一只手，和这位兄台所要找之人的下落，一切都好说!"坚覃仍很平静地道。

"我们说不到一块!"周传雄道。

"那也只是命!"林渺极冷地说了一句。

"也许是命，今天居然有两位年轻俊杰同时找上门来，这可真是一件幸事！”周传雄吸了口气道。

与此同时，坚覃和林渺突觉座下的椅子一动，竟弹出几个铁扣。

林渺急欲弹起，但是这铁扣弹起太过突然，而且速度快极，发觉之时竟已经手脚被扣，身子顿被定在椅子上。

“卑鄙！”坚覃被扣住，不由得怒骂道。

周传雄与张意不由得大笑，道：“江湖之中，对敌人本就要无所不用其极，何谓卑鄙？相较来说，仅指手段而已！”

“哼，原来你们只不过是一群鸡鸣狗盗之辈！”坚覃不屑地道。

“我们自然是鸡鸣狗盗之辈，你们一个是江湖中大名鼎鼎的年轻豪杰，一个是名满天下，如日中天的枭城城主，我们这种小人物又如何能与之相比呢？”张意也不无揶揄地道。

“哦，你就是枭城城主林渺？”坚覃大感意外地扭头反问林渺。

林渺悠然一笑，道：“是的，正是林渺！”

“想不到能与林兄一起赌这一把，看来也不算是浪费此行了。”坚覃笑了，似乎全然不知自己身处险境一般。

“可惜却是一起输了一场！”林渺也不由得笑了。

“输和赢并没有什么分别，痛快才是最重要的！”坚覃道。

“果然是坚覃，只要痛快连死都不怕！”周传雄赞道，旋又将目光投向林渺，讥笑道：“都说枭城城主机敏过人，才智武功超卓不凡，但今日一见，似乎让我有点失望！”

“看来你们早就知道了我的身份！”林渺漠然道。

“进入通豪赌坊之中而我们不知身份的人很少，而像你们这般天下闻名的人物，若还不识，那我们还用在道上混吗？”张意道。

“看来这里是天魔门的分舵应该不会错了，在穷儒堂中杀人的凶手也是你们的人没错喽?!”林渺反问道。

林渺此话一出，周传雄的脸色微变，却很平静地道：“看来你知道得还真不少，既然是这样，那我就不能留你了！”

“选择我作对手，也许是你今生最大的悲哀！”林渺突然笑了一笑，很诡秘地道。

周传雄觉得有点不对劲的时候，林渺的手和脚已自铁扣之中如泥鳅般滑了出来，仿佛其中无半点骨头。

当一边的其他人惊觉时，林渺身前的桌子已经一分为二，同时剑出鞘，无影无踪，仿佛亘古便定格于虚空中某处，然后破空，便已到达了目标。

周传雄的反应速度确实也极快，在桌子裂开的那一刻，他手中的两颗铁胆已经射出，但是却只是落在了林渺的剑身之上。

横于虚空的剑是软的，软得像是一条充满张力的灵蛇。

铁胆本来的目标自然是林渺，但是却在自林渺剑锋边擦过之时被剑身改变了方向，而射向立于两旁的二十名通豪赌坊的护卫。

周传雄退，连人带椅一起退，便像是自光滑至极的冰面上滑过。

周传雄身体后滑，他身后的八人立刻出剑，剑如八片花瓣在虚空之中绽开，但是林渺的剑带着那分裂成两半的桌子，组合为一种张狂如风暴般的剑涡，以林渺自身为中心爆发！在那花瓣般绽开的剑花之中炸开！

两半桌子顿时化成细碎的木屑，在九柄利剑之间飞舞。

惨叫之声迭起，在那木屑飞舞的同时，林渺的剑也割开了两人的喉咙，更将两片碎木击入另两人的体内。

于是，剑花一绽即灭，就像星星之火，却无燎原之势。

林渺已如风般穿过了八人剑阵，以极速逼向那飞退的周传雄。

“哗……”周传雄身前突地爆开了一张大网，以极大的冲力罩向林渺，而在网之顶的楼板下竟垂直射落十余支利箭。

“小心——”坚覃也吃了一惊，这不太起眼的小屋之中竟然处处设有机关，让他有些意外，也有点惊讶，但是他却无法帮上忙，他可没有林渺那种瑜珈奇功。

林渺的瑜珈功虽然并不能算是很精纯，但是用来在危急之时逃命或是给人以致命一击却还是可以的，而在这种时刻，瑜珈功便可以发挥出意想不到的作用。

林渺骤退，退比进更快，更突然，他竟在刹那间又撞回了那四名未受伤的剑手之中。

箭矢落空，便在那张网快落空的时候，却有人飞入了网中，不只一个，而是两个，两名被林渺突然撞回猝不及防的剑手。

大网触人即收，就在大网疾收之时，林渺的身子已经自网边穿了过去。他似乎是一心一意要擒住周传雄，所谓擒贼先擒王，只是周传雄比他想象的还要狡猾。

周传雄的确狡猾至极，身子疾退，便撞上了后墙，而与此同时，后墙裂开一道门，如巨兽之口，周传雄便被吞没其中。当林渺赶到时，那扇门已经合上了，他本想击开这道门，可是却没有人愿意给他时间。

张意的刀已经如划开天际的流星般横空而至，林渺只好还击，抽身以最快的速度还击！

"叮……"张意连人带刀跌了出去，他与林渺之间的功力相去太远，根本就无法阻止林渺的攻击。

但遗憾的是，这内厢之中并不只有张意一人，还有二十余名身手不弱的剑手。如果这房中只有张意一人的话，那么他可能已经死了。

张意没死，因为这里并不只有他一人，那二十余名剑手已以极速冲杀而至，都欲将林渺剁成肉泥，所以每个人出手极狠、极快，当然也是不让林渺有机会追击周传雄。

"叮叮……"林渺如芭蕉挡雨一般，剑在虚空之中划过一抹光盾，触盾之刃皆弹起。

在二十余柄剑弹起之时，光盾顿化成一抹残虹或是追月的彗星，直破入那群剑手之间。

"叮叮……呀呀……"一阵脆响之中夹着几声惨叫。

林渺的剑如炸开的烟花一般，在那群人之间爆散，割裂了他们握剑的手。

没人能阻止林渺的剑和人，而剑与人最后炸开之处却是在坚覃的椅子上。

"叮叮……"铁扣在剑锋之下裂断，剑气更割开了那张大椅。

坚覃一声低啸，挣脱而起，尽管脚上仍系二扣，但双掌已经插入了两名扑上来的剑手胸膛之中，然后以血淋淋的手疾速扳断脚扣。

林渺的剑在坚覃的周围织起了一堵环墙，密不透气的墙，直到坚覃自己扳开脚扣，这堵环墙才崩溃，崩溃成星星点点零碎而错乱的光斑，挟着丝丝锐啸，以茫然之势弥漫了整间小屋。

惨叫再一次传开，能够在林渺剑下找到感觉的人几乎没有，快得无与伦比，奇诡得有些古怪，但这并不是重要的，重要的是能不能够杀人。

能杀人的招式才是好招！

林渺的招不算好招，但却够仁慈，他没杀人，只是挑破了这些人握剑的手，让这群人的剑洒落一地，像是一地破碎的自信，抑或是一地苦涩的无奈。

“哗……”地面突然裂开一个大洞。

林渺和坚覃大惊，只好冲天而上，直撞屋顶。

“轰……”屋顶碎裂而开，两人带着纷如雨下的碎木冲上了二楼，但迎接他们的却是一阵急促的箭雨。

二楼，一个空荡荡的空间却洞开着十数扇窗，而每扇窗的窗外都备有数张强弓硬弩，这一阵箭雨便正是为林渺二人所准备的。

林渺和坚覃原本以为他们撞开屋顶便可以见到太阳，根本就没有料到等待自己的，居然是这么多的弓箭手，而且还只是一间空荡荡的房子。

当他们意识到自己是置身于一个极热闹的楼房之中时，那些箭矢已经逼入身前三尺之内。

林渺与坚覃各以自己为中心，若陀螺一般旋转而起。既然存在，便必须面对，所以林渺和坚覃不得不以这种方式活下去。

棋痴说过，抗争是上苍赋予人类的本能，但每个人的抗争能力又有所不同，并不是每一个人都能够完全发挥自己的本能。

林渺和坚覃发挥得淋漓尽致！

箭虽多，虽疾，但并未能对二人造出多大的伤害。

“啪啪……”林渺与坚覃挡开箭矢的同时，那十数扇窗疾速关上，屋子之中竟陷入一片黑暗中，只有刚才他们破开的那个洞口内依然透出一丝光亮。这二楼之中，居然连一扇小门也没有，只有那十数扇密不透风的窗。

“哐……”正当林渺惊愕之时，只觉得脚底下一阵轻震，再传出一声脆响，那个破洞之下竟然有一层铁板快速合上。

“不好！”坚覃叫了一声，身形迅速向其中一扇窗奔去，同时一双铁掌沉沉地印在窗板之上。

"砰……"窗板未碎，而是发出了一声极沉的闷响，竟是厚铁板所做成的窗子，反将坚覃震了回来。

林渺的剑却刺在二楼的墙上，但是回应的结果却是同样的。在木墙背后，竟是铁板，这是由整座铁板封闭起来的楼阁，抑或只有这一层才是铁板所筑之物。

连试数处，其结果都是一样。此刻，林渺倒有点怀念起送给戚成功的刀来，若有龙腾在此，这层铁板并不能奈他们何，可是这一刻似乎并不能对这铁楼造成任何伤害。

林渺已经可以肯定，这必是天魔门的分坛，只有天魔门才喜欢弄这样的鬼名堂。他已经不是第一次陷身天魔门的机关之中，上次只是以诡计得以侥幸逃脱，而这次还会有这么幸运吗？

"看来我们是成了囚犯了！"坚覃无可奈何地道。

"我想应该是这样，幸好还有你给我做伴，不是太寂寞。"林渺耸耸肩道。

"要不要试试头顶之上是什么东西？"坚覃又问。

"我有点担心信心受挫。"

坚覃望了二楼楼顶一眼，身形疾速腾起，如旋动的风车般直冲而上。

"轰……"一层泥土木屑纷纷碎裂，如雨般落下，粉尘呛得让坚覃有点受不了。

坚覃落下，有些沮丧，他没有击开楼顶，因为在木板的夹层依然是一块极厚的铁板，反而双手震得有些麻木，落地之时，却被木屑粉尘呛得直咳嗽。

林渺身子闪到一角，避开这飞洒而下的尘末，无可奈何地道："这确实是一个很好的大笼子，他们可真是花了一番心血，如果我们这么快便将它破坏了，岂不是太对不起他们的这一番美意？"

坚覃也只好跟着苦笑了笑，在这种时候林渺还有心情开玩笑，倒让他有些佩服。

"江湖中盛传枭城城主年少英杰，乃罕见的奇才，更是极富个性，看来倒也不假，只不知他们的这一番美意要延续到什么时候。"坚覃道。

"大概要到我们饿得连一根手指都不想动的时候吧，那时对他们来说，比较安全。”林渺想了想笑道。

坚覃微错愕，但也无可奈何地笑了笑。

任光有点意外，邺城都尉熊业居然到信都来找他。

任光不觉得自己与熊业有什么交情，而与邺城的往来也因王郎的崛起而减少。此时邯郸最为紧迫，邺城都尉却来到了信都，当然，出于礼仪，他不能不见。

熊业的神情有些疲惫，但一双眼睛却依然很亮，微胖的身体倒颇有几分福态。

“邺城熊业见过太守大人！”熊业在殿上行了一个大礼道。

“熊大人这么急来信都是所为何事呀？”任光很淡然地道。

“熊业此来，只是想在太守所辖之地避难。前日邺城已降于王郎，下官与王郎素来不睦，因此只好带上家小避至信都，此特来向太守大人请安！”熊业不无怆然道。

“邺城在前日降于王郎？”任光吃惊地问道。

“不错，叶计与王郎联手，逼戴高交出兵符，下官无能，只好苟且而逃，还望太守为下官做主！”熊业道。

任光眉头微皱，王郎本已有了邯郸坚城，如今又有了邺城这处于清漳河对岸的城池，等于是断了清漳河上游的水运，而且得了邺城便等于得了魏郡。如此一来，王郎就等于是拥有了赵魏二郡之地，其势之大，较之河北其他的任何一支义军都要大。

当然，这一切可能与王郎这许多年来的苦心经营是分不开的，因此，一起事便后来居上，得赵魏二郡。

“给熊大人看座！”任光淡淡地道，旋又向熊业道：“熊大人为邺城都尉，相信对魏境的地形了若指掌吧？”

熊业笑了，道：“太守大人说的是，我这次离开邺城，就带来了魏境的地图和兵力分布图，我不想这些落在王郎手中！”说话间自袖中抽出一卷帛纸绢书。

立刻有人接过送到任光的案前。

任光打开稍稍一看，顿时大喜道：“熊大人做得好！大人可以安心在信都住下去，我会让人给你们安排一个宅院暂住，待他日收回郦城再说！”

“谢太守！”熊业喜道。

“好热！”坚覃突然说了一声。

林渺伸手在脚下的楼板之上按了一下，不由有些惊怒地道：“他们在楼下架起了火炉！”

坚覃脸色一变，苦笑道：“看来他们是要将我们烤着吃了，也真够狠的！”

林渺冷冷一笑道：“他们会很失望的！”

坚覃不由得精神一振，问道：“你有办法？”

林渺吸了口气，道：“让我试试，你把那窗子边的地板掀开一些，露出铁板。”

坚覃微惑，便却立刻照做，一掌重击而下，那地面的木板尽数裂开，裸露出散出炽热气息的铁板，看来周传雄在楼下真的架起了一个极大的火炉，抑或是好几个，想以炽热将他们烤死于其中。

“好毒的诡计！”坚覃的额角微显出汗珠，有些忿然地道。

“我来试试！”林渺竟脱掉双鞋，光着脚丫踩上地面那裸露而出散发出炽热气息的铁板。

坚覃吃了一惊，林渺竟站在火灼的铁板之上，真的像烤人肉了，但他知道林渺不是傻子，既然不是傻子，那做这种傻事一定有其理由。至于理由是什么，坚覃此刻尚无法猜出。

林渺立于铁板之上，似乎并没有感受到那火灼的炽热，而是缓缓地抬起手掌印向那嵌入墙内的铁板窗。

坚覃再惊，却是吃惊林渺的手，那双手竟亮起一丝如烙铁一般的暗色火光。与此同时，坚覃似乎感觉到有一股股热力在他的脚底下疾速流过，而这铁屋之中的热力渐减，反全都向林渺的身上聚去。

林渺便像是一个吸热的容器，无休止地吸收所有送入这室内和脚底下铁板的热力，而他的手掌也愈来愈亮，仿佛有一层火光在跳动，竟使屋子之中再一次充满了光亮，而林渺手掌所触的铁板窗也渐渐发红，如在烈火之中熔烤。

坚罩竟感到有点冷，这种感觉使他吃惊，林渺居然能够将所有的热力经由身体转移到别的地方，那便等于将底下所有火炉中火焰的热力聚于一点散出。如此一来，即使是铁板也终会熔化。他顿时明白林渺的意图，但却惊讶于林渺居然对这般热力竟毫无所惧，这怎能不让他吃惊？如果周传雄看到了这一切，只怕会晕死过去，不过，他绝想不到林渺的功力高至如斯境界，而且如此奇诡。

坚罩心忖："难怪林渺如此年纪便能名动天下，由一个无名小卒而成北方举足轻重的人物，果然是拥有别人所难以企及的实力！"他对林渺也颇有点深不可测的感觉。这个人不仅武功好，连赌术也那般精绝，真不知还有什么是他不会的。

那铁板窗，如烧红的烙铁一般，整块地红了起来，而林渺的手掌陷入了其中，整个窗面全都逐渐软化变形，也许是因其太厚的缘故，竟尚没能脱开墙洞。

"我再来试试！"坚罩吸了口气，双掌卷起沛然之气狂击向那通体变红、软化得改变了形体的铁窗。

"轰……"整个铁窗在两股沛然气劲相冲之下，带着炽热无比的热浪冲向铁屋之外。

林渺与坚罩的身形也极速冲出这死寂的铁屋。

"呀……"那烧得通红的铁窗冲断，一连砸伤数人，其强劲的热浪甚至让他们的衣服燃烧起来，被铁窗碰触之处，立刻皮开肉化，烫成了重伤。

铁窗一破，林渺的身上如燃起了一层魔火，形成一个巨大的火球，落在另一个开放性的大厅之中。

大厅之中，聚有许多人，每个人都如临大敌，他们没有料到林渺以这种方式出来，但在那铁窗通体发红之时，外面的人便已经知道可能是里面人要破窗了。因此，调聚了许多人手待林渺两人出来决战，他们根本就不敢太靠近那铁窗，炽热的气息让他们难以承受，而此刻林渺破窗而出，他们竟有点发呆。

坚罩也不想给他们回过神来的机会，暴闪而入，便已冲开了这群人的包围。

惨叫声中，林渺也不想再对这些人心慈手软，对敌人的仁慈，便是对自己的残忍！刚才险些中招而亡，因此对通豪赌坊中的人怀有极深的恨意。

这些人一触林渺，便立刻全身着火，更被强大至极的气劲弹飞，根本就没有能与林渺相抗之人。

杀这些人并不是一件很值得开心的事，是以，林渺揪住一人，让他带着去找周传雄，也只有这个老鬼才是罪魁祸首。

林渺与坚罩火烧了通豪赌坊，确实惊动了许多人，抑或说是整个陈留都知道了。

林渺和坚罩自不介意到通豪赌坊的库房中去拿走自己赢得的银子，或是多拿了一些精神损失费。

他们在通豪赌坊之中没有找到周传雄和张意，而又不想对那些不太相干的人痛下杀手，是以，便一把火将通豪赌坊烧了，也算是对周传雄要烤熟他们的毒计的一个报复吧。

周传雄似乎明白自己并不是林渺的对手，如果他没能利用机关杀死这两人，想要对付这两大年轻高手，确实力不从心。或者，他只是因为另外的原因才躲开，甚至在通豪赌坊被点燃之后，仍旧没有出现，这让林渺都感到有些意外。

林渺想找到杀桓奇的凶手，更想知道这人为什么要杀桓奇灭口，他见过此人的身法，其武功之好，应该不会比自己相去多少，如果有此人与周传雄联手的话，仅凭他与坚罩两人的力量尚不够，可是这个人偏偏没有出现，而且周传雄也没有出现，这便使他极为不解。

林渺觉得，桓奇应该还有些什么样的秘密，要不然在他进屋见桓奇之前，棋痴与另外两个疯子般的怪人就不会坚决反对，而且还有苦苦相劝之意，仿佛他们早就知道，如果将秘密告诉了林渺，只会遭到杀身之祸或是可能面对某种后果，而这种后果很可能便是死亡。

那么又是谁要让他们死亡呢？又是谁不想林渺知道这个秘密呢？若对方真不想林渺知道秘密，又何不在林渺来到这里之前杀了桓奇呢？而要如此急促地赶在林渺前脚刚走，后脚便跟来杀人，用得着这样吗？

抑或，桓奇还有什么极重要的事并没有告诉林渺，而这个人害怕林渺去而复返，桓奇又忍不住会说，因此，才会如此急切地要杀桓奇。若真如此，又是什么秘密呢？

“杀桓奇的人会是天魔门的人吗？那天魔门是如何知道自己要去找桓奇的呢？又是如何知道桓奇知晓那么多秘密的呢？而桓奇身上的伤究竟是谁下的毒手呢？”问题似乎极多，让林渺极为头大，杀是杀了一通，可是心情反而变得沉重了。

林渺自然不怕杀人，身在江湖，杀人总是难免的，他更没少杀人，昆阳之战，还有许多大大小小的战争之中，可是如果没能给自己杀人找一个理由，这则会是一种痛苦。

痛苦的时候，林渺也喜喝酒，所以他与坚覃相邀去喝酒了，在陈留最好的酒楼，喝最好的酒，吃最好的菜。他们口袋里有的是钱，通豪赌坊的库房极丰，这年头做贼和强盗并不是可耻的事。

另外，林渺拿了点钱让人到陈留最好的棺材铺定了四副最好的檀木棺材。他并没有忘记要去燕尾巷收尸，毕竟桓奇曾经是他养父的至交，更曾是白虎观的重要人物，再怎么说也曾是风光一时的人物。因此，林渺并不想这几人死得太落魄。

坚覃是个痛快人，尽管他不知道林渺的具体心事，但却知道林渺心中一定有事。不过，他没有问，林渺不说，他不问，他们只是喝酒，痛痛快快地喝酒。

两个聪明而都有抱负的年轻人聚到一起，总会有说不完的话，总会有相见恨晚的感觉。年轻人总是很容易投入到自己的梦想之中，也很容易接受能够认同自己思想的人，于是，两人成了朋友。

林渺从不觉得朋友多是一件坏事，尤其是很有能力的朋友，只是两人都是极忙之人，酒足之后，便只好互道珍重，一南一北分道而去。

朋友，只要他的存在，不管是在天涯的哪个角落，都是一样。

第七十五章　白家之秘

林渺很小心地回到了临时居住点，他并不想让别人知道他的行踪，更不想让人知道他在陈留潜在的生意网。他既然可以烧掉天魔门的分坛，别人同样也可以烧掉他的生意网。是以，他回来时显得很谨慎。

当然，谨慎不是一件坏事，只是并非谨慎便可避免许多事情的发生，比如说，别人的跟踪。

回到住处，铁头诸人都已等得有些心焦了。林渺自酒楼下来，又去殓葬了桓奇，绕了个大圈，回到住处时天已经黑了，铁头诸人自然很担心。他们怎会不明白，这里要杀林渺的人太多了，尽管林渺的伤已经痊愈，功力处于最好的状态，可是这个世上武功高强者大有人在，而且许多手段是防不胜防，谁能保证林渺能应付一切的变故？此刻见林渺回来，他们的心也便安了下来。不过，这只是片刻的。

林渺刚走入小院不久，便有人跟在其后，悠然踏入。

“我要见林城主!”来者是一个中年儒生，态度很是客气，让铁头无法发作。

“你是什么人?”驼子以冷而锐利的目光审视着中年儒生，冷冷地问道。

“在下乃洪兴布行的掌柜洪兴!”那中年儒生悠然道。

“洪兴布行的掌柜?”驼子眉头微微一皱，道：“你稍等!”

林渺听了驼子的禀报后有点意外，洪兴布行的掌柜竟然来找他，只是不知所为何事？但洪兴布行在陈留也算是个名头较响的大布行，他自然不能失礼，因此，并未拒见洪兴。

第一眼见洪兴，林渺觉得这人一定很精明，厅中巨烛的光亮将洪兴眸子里的光亮全都映得很清楚。

“洪兴见过城主!”洪兴很恭敬地行了一礼，好像林渺不是枭城城主，而是陈留城主一样，这种恭敬的态度让林渺感到意外。

“洪掌柜如何知道我在此地?”林渺惑然反问道。

“因为陈留城中到处都有我的眼线，自然不会不知道城主的下落。”洪兴不无自信地道。

“这么说来，你一直都在跟踪我了?”林渺神色微变，冷冷问道。

“也可以这么说，也可以说不是，因为我的人和我一共为城主除掉了三批跟踪城主的人。因此，到这里，便只有我的人才知道!”洪兴很平静地道，并不为林渺的气势所动。

“哦，你们为我除掉了三批跟踪者?”林渺有些意外。

“不错，陈留城中的情况复杂至极，而欲对城主不利的人也太多，目前至少有三路人马欲不利于城主，是以，我才来找城主!”洪兴淡然道。

“你又是什么人?”林渺眉头微皱，冷冷问道。

“我是湖阳世家的人，乃白善麟老爷子安排在陈留的负责人!”洪兴并不隐瞒自己的身份，坦然道。

林渺一怔，顿时想起了湖阳世家在中原各地的暗坞，他也知道这些暗坞的存在，却没想到这洪兴布行竟然便是其一，而且还主动来找他。

自从邯郸一别之后，白善麟的行事一直都极为低调，江湖之中几乎淡忘了这个名字，以至于林渺都快忽略了这个人的存在。

湖阳世家，从来都没有人敢小视，即使白善麟已与湖阳世家决裂，但其存在仍然是江湖中的一根支柱。

想到白善麟，林渺便不自觉地想起白玉兰，他曾让自己刻意不去想湖阳世家的人或事，甚至连龙腾刀都送人了，但有些事情想躲都躲不开，湖阳世家最终还是找上门来，使他不得不想许多本不愿去想的问题。

“哦，你们当家的可还好?”林渺让自己的口气极力平和一些，他并不恨白善麟，因为白善麟在最后的时刻已经同意了他带走白玉兰，可见白善麟确实对他另眼相看，只是命运与他开了一个玩笑，让已经离开邯郸的白玉兰又落到王郎的手中。他恨高湖军！只怪命运跟他开了一个让他无法接受的玩笑。

“当家的很好，他已经到了陈留，是以才让我们留意城主的行动，并让我来向城主问好，并转告陈留的形势！”洪兴答道。

“是吗？那谢谢你们当家的了，他是个有心人。不过，林渺的事情林渺自己会解决的！”林渺吸了口气，并不太领情地道。

“当家的知道城主心中可能还恨他，是以，他才没有亲来见城主。其实，许多事情，当家的也是身不由己，他只希望城主能消除昔日的成见，相信日后城主定能谅解当家的苦处！”洪兴吸了口气道。

“我不觉得有再恨你们当家的必要，我与湖阳世家的关系已经断绝了，就像对待任何陌生人一样，我没有必要去恨！”林渺心中不无苦涩，话语之中却多了点酸意。

鲁青听得心中也不是滋味，他知道林渺的心中是怎样的感受，因为他与林渺一起为白玉兰出生入死过，知道白玉兰与林渺之间的情感是如何的真挚，是以他并不多说任何话。

白善麟也许明白林渺与白玉兰的感情，所以他才不会亲自来访林渺。

洪兴只是淡淡地笑了笑，他是个聪明人，自然听得出林渺话语之中的意味，道：“其实，湖阳世家也只是不得已才会这样选择，有些时候为了更高的目标，总会有某些牺牲。城主乃知晓大义之人，我们当家的一直都极欣赏城主，如今城主名动天下，当家的果然是没有看错人。我今日前来相见城主，也是奉当家之命与城主商量一件事情的！”

“与我商量一件事情？”林渺反问道。

洪兴的目光不由得向鲁青和铁头望去，林渺挥了一下手，鲁青和铁头诸人立刻退去，厅中只留下林渺与洪兴相对。

“有什么事情洪掌柜直说无妨。”林渺淡漠地道。

“我来是想与城主合作的！”洪兴淡然道。

“与我合作？有这个可能和必要吗？”林渺反问道。

“有！城主先听我说完再作决定！”洪兴肃然道。

“那请说吧！”林渺不以为然地道。

“城主一定以为当初当家的决定将小姐嫁到邯郸，只是想将生意向北发展，只是为了功利，如果城主真这样认为，那就错了！”洪兴肯定地道。

“哦，难道不是吗？”林渺不置可否地反问。

“不是，城主一定听说过杀手盟这个组织吧？”洪兴问道。

“自然听说过!”林渺肯定地道，他岂只是听过？而是有着比别人更深刻的体会。

“二十多年前，湖阳世家便探知杀手盟的十三杀手背后有着一个极度可怕的人物，一直操纵着这十三个天下间最可怕的杀手。此人的身份也一直都是个谜，但却可以肯定，此人当年挑起了邪神与另一个人的决战，后来邪神败了。而此人再在武皇与这败邪神者决战之前，让杀手盟十二杀手重创武皇，于是武皇在与败邪神者决战之后从此匿迹江湖，邪神也因此而匿迹，而那与武皇决战之人也是两败俱伤而隐退。这人竟能够兵不见血刃地使天下三大绝世高手在两月之内尽数消失江湖，可以想象这是一个怎样的人物。当年追查此人的还有另外一个人，那便是崆峒派的前任掌门人，位列天下第二高手的青云道长!”

“这与玉兰下嫁邯郸有关系吗?”林渺虽然觉得有些讶异，却觉得洪兴扯得太远。

“自然有!”洪兴又继续道：“后来青云道长与此人交过手，结果也是两败俱伤。青云道长回崆峒不久便伤发而亡，但他却派人送了一封信至湖阳世家!”

“哦，青云道长是受伤而亡？我听说的却是他升入天道之中了?!”林渺讶异地问。

“以青云道长这天下第二人的身份，自不能够告诉外人是伤重而亡，那只会有损崆峒的声誉，是以崆峒才会隐去青云道长真正的死因，但那封信上却写的很清楚，那个神秘人物所用的竟是无间剑道!”

“无间剑道？这不是无忧林的武功吗?”林渺失声问道。

“原来城主也知道，不错！这是无忧林从不外传的绝世剑法，所以青云道长临终之前很是疑惑，才来信询问湖阳世家的老祖宗!”

“询问你们老祖宗？难道他知道这个人?”林渺讶异反问道。

“天下间知道湖阳世家老祖宗身份的人仅有几人，青云道长便是其中之一。事实上白家老祖宗乃是无忧林的亲传弟子，即这一代无忧林掌门人的师兄，是以青云道长这才寄信给老祖宗!”

林渺不由得大为讶异，他怎么也没有想到，湖阳世家现在仍活在世上的老祖宗居然会是无忧林的弟子，这确实是很难让人想象，但听洪兴所言，也应该不假。

“那你们老祖宗可知道此人是谁?”林渺不由得问道。

“是的，当年他有一位师兄叛出无忧林，便不知所踪，江湖之中也从未听说过此人的消息和名字，老祖宗断定此人定是那个叛出无忧林的师兄！于是他多方查证，却发现此人在邯郸娶妻生子，但此人也觉察到无忧林的人已找到了邯郸，同时也因与青云道长决斗之时受了重伤，因此便匿迹江湖，当无忧林人再去邯郸时却再也无法找到此人的下落。这么多年来，那人便像是凭空蒸发一般消失于江湖中。”

“那人的后人便是王郎?”林渺反问。

“如果没有算错的话，王郎应该是他的孙子辈，老祖宗为了找出此人，为江湖除去隐忧，这才不得不与王家联姻，想通过这些来查出当年事情的真相。”洪兴道。

“如果你们老爷子真有这番夙愿的话，为什么面对着你们家中的权力相争而不出面?”林渺不屑地道。

洪兴不由得笑了，淡然道：“你以为这一切都是真的吗?”

“难道还有假?”林渺反问。

“当然，其实白鹰老爷子根本就没有死，而且一直都活在唐子乡!”洪兴笑了笑道。

林渺一惊而起，惊问道：“这是真的?”

“我没有必要骗你，当家的不也是没死吗？这一切只不过是做给两个人看的!”洪兴道。

“两个人？哪两个?”林渺神色显得有些古怪，讶异地问道。

“一个当然是王郎，另一个却是天魔门的宗主!”洪兴肃然道。

“你究竟是谁?”林渺眸子里顿时闪过一丝冷冷的光彩，逼问道。

洪兴笑了，坦然道：“不错，我并不叫洪兴，但在陈留，所有人都是这样称呼我，我的真名叫白善喜!”

“你是白家的族人?”林渺讶异地问。

“不仅是族人，白善麟还是我的兄长，同父异母的兄长!”洪兴悠然道。

林渺恍然，但随即又惑然问道：“你为什么要告诉我这些秘密？难道你不怕我泄出这些秘密吗?”

白善喜肯定地摇摇头道:“你不会的，因为你即使可以对不起湖阳世家，却不会对不起无忧林!”

林渺稍怔，继而笑了笑，道:“你倒是很了解我!”

“如果连这一点把握也没有，那我就不会在今日找上门来了!”白善喜不无傲然地道。

“那你要我如何与你合作?”林渺吸了口气，反问道。

“你的敌人中有王郎，有天魔门，这便是我们可以合作的契机，不是吗?”白善喜道。

“不错，你倒是个很好的说客!”林渺道，旋又神情冷漠地道:“那你们不觉得这样对玉兰很不公平吗?你们又把玉兰摆在一个什么样的位置?她是无辜的!”

白善喜与林渺稍作对视片刻，表现得有些无奈道:“身为湖阳世家的一份子，注定要为道而殉，每个人都不能真正拥有自己的决定。玉兰是无辜的，她没做错什么，但却错在是生在湖阳世家，承有无忧林卫道的责任!”

“就只是因为那个无忧林的叛徒吗?就只因为一个快要死的老头，便要害几代人吗?难道就只有这一种解决方法吗?我觉得你们湖阳世家的人很自私!”林渺断然道。

“你错了，不只是因为无忧林的一个叛徒，更不只是为了一个快要死去的老头，而是一个与天魔门同样庞大复杂的组织——邪宗!”白善喜沉声道。

“邪宗?”林渺神色微变，他曾听说过这个名字，却从未接触过，不由道:“那不是邪神的组织吗?”

“你又错了，邪神虽为邪道第一高手，却并不是邪宗宗主，也不是他创的邪宗，而是另有其人，这个人便是邯郸王家的老祖宗!这是一个神秘并不比天魔门逊色的组织，你道王郎为什么起兵这两月时间，便有了赵魏二郡?是因为这里遍布了邪宗的力量!甚至连高湖之类的人物都有可能是邪宗门徒!正因为如此，王郎才能够在河北一呼百应!”白善喜神色沉重地道。

“当年若非邪宗，王莽又怎会有机会策谋汉室江山？那么多的忠臣良将又怎会平白无故而死？因此，湖阳世家不能不用尽一切办法揪出此人！”白善喜又道。

“那这人叫什么？”林渺惑然问道。

“无忧子，不过，他叛出无忧林之后想必不会再用这个名字，至于他在尘世之中的名字，我们便不太清楚了。”白善喜无可奈何地道。

“那他叛出无忧林又是在什么时候呢？”林渺又问。

“五十年前！”白善喜道。

“五十年前？”林渺也吃了一惊，一个五十年前便叛出无忧林的人，却在若干年后组织了一个庞大而复杂的邪宗，这么多年来却一直都不曾在江湖之中真正露面过，那这个人又会是怎样的一个人呢？他的心中不由得微有些发寒。

这个问题确实是牵涉到好几代人，但是他又想到了另外一个问题，不由问道：“那你可知你们所做的一切都只是在与你们的敌人合作？”

“城主有什么疑惑不妨直说！”白善喜道。

“你们分裂成两组人，在湖阳的与天魔门为伍，在河北的又与邪宗为伍，我真不明白，这对你们真的有好处吗？这岂不是助长了他们的气焰？”林渺惑然道。

“这也是为形势所逼，因为这么多年来，湖阳世家之中不仅有了许多邪宗的奸细，更多的却是天魔门的奸细，而这些人深入了我湖阳世家的内部，根本就无法清除。因此，我们只好这样做，以引出这些潜在的奸细。只要时机一到，我们就会立刻清理掉这些奸细！而眼下，只不过是一个过程而已。”白善喜解释道。

“我一直都以为，无忧林不过是红尘之外的圣地，却没想到在尘世之中也会有这么多的卫道之人！”林渺不由得慨然道。

“卫道之事是永远都需要人去维持的，无忧林并不只是寄居于世外，更会在每一代人中都会选择一个红尘中卫道的弟子，余人皆不会轻易出山，这是无忧林近千年的规矩，也是何以无忧林能够经历近千年而不衰，仍为天下人所敬仰的原因！”

“我可以答应与你们合作！”林渺轻轻地叹了口气，他想到了白玉兰，但命运总是这么残酷，他又能为其做些什么呢？

他能恨湖阳世家吗？他能怪白善麟吗？直到这一刻，林渺才发现，他确实太低估了湖阳世家，甚至是低估了无忧林乃至整个江湖。

江湖，比他想象的要复杂得多，邪神、武皇、青云、无忧子，还有那从来都是高深莫测的湖阳世家老祖宗，而他只不过是一个后起于江湖，一个尚未真正面对强敌的年轻人，他很难想象，如果自己真的在某一天某一刻突然与这些人相遇，那会是怎样的一种情况？与此同时，另外一个问题又在脑海中衍生——桓奇究竟是谁杀的？

桓奇是谁杀的呢？又是谁将他重伤，拥有那么阴毒的掌力呢？真的就是天魔门吗？或者是另有其人，比如是邪宗……这一切并不是没有可能。但是他根本就无法知道这之中所存在的理由，他们为什么要杀桓奇？为什么要伤桓奇呢？

也许桓奇可以告诉他答案，但是桓奇已经不能够说话了，永远地将答案带入了地下。

“白掌柜的人一直都在注意我的行踪吗？”林渺突然问道。

“不错！”白善喜道。

“那么我到燕尾巷的一举一动，你们也看得很清楚了？”林渺道。

“应该是如此！”白善喜道。

“那你们可有看到我在追逐一个人和这个人的样子？”林渺精神一振道。

“我回去查一下，应该可以得到消息！”白善喜肯定地道。

“那太好了，我要知道这个人是不是最后进入了通豪赌坊，如果能查到此人此刻在陈留的下落那就更好！”林渺道。

“这个交给我去办，不过，城主眼下最好是离开此地。”白善喜道。

“为什么？”林渺问道。

“城主烧了通豪赌坊，天魔门的人一定不肯善罢甘休，虽然我们已经清除了三批跟踪者，可是我总隐隐觉得自己的行踪有被人窥视的感觉。因此，我认为，一定是有人在暗中跟踪了我，如此一来，城主所居之地也便不再是秘密了！”白善喜叹了口气道。

林渺眉头微皱，如果白善喜所说是真的，那么这个神秘的跟踪者很可能已经在他的住处附近了，而这个人又是什么人呢？是天魔门或是邪宗或是其他的什么人？但无论是什么人，都不会对他有什么好处。不过，他依然很平静地道："如果就因为有一个人知道而换住所，那也未免太让人笑话了，该来的终归要来，躲是躲不掉的。何况，如果此人真的已跟踪至此的话，我们再躲也必瞒不过对方的耳目！"

"如此，那便任由城主了。不过，我有一个请求！"白善喜道。

"哦，白掌柜不妨直说！"林渺道。

"我知道城主有意造船，我想借城主与黄河帮的关系，联手自渤海做海外的生意！不知城主意下如何？"白善喜道。

"联手做海外的生意？这是一件很好的事情，又有何不可？寿通海做东海的生意，我们就做渤海的生意。听说乐浪城极为富有，当年王莽还派大军去进攻呢，只是无功而返！我们就走海上去好了！"林渺爽快地道。

"有城主此话，我便放心了！论及水上的力量，黄河帮的确有外人难以企及之处，有黄河帮的人相护远航，在海上就要安全多了！"白善喜道。

林渺心中暗道："商人毕竟是商人，事事都忘不了做生意。也许口中说着是卫道，心里想着的却是金银。"不过，林渺自然不会将这些说出口，想想换作是小刀六，或许也会是这样，只是林渺对生意不太感兴趣而已。

"我此次北上，便要经过黄河帮，我会将白掌柜的想法提出来。想必白掌柜是不想别人知道你们与湖阳世家的联系，这才弃湖阳世家的船而不用，借黄河帮之力，是吗？"林渺直言道。

"不错，这也是我找城主合作的原因，因为不能以湖阳世家的名义行事，又需防邪宗和天魔门的人，所以必须在北方找一个掩护，而城主正是我们所要谋求的对象。但我们绝不会让城主吃亏的，在情报和资金上，我们可以给城主提供最好的支援！"白善喜道。

"如果真是这样，确实很好，有空欢迎到枭城找我深谈。另外，代我向你当家的问声好！我已经不恨他了，但是我不会忘记过去的一切。"林渺深深地吸了口气道。

白善喜微怔，道："我会把城主的话转告给当家的，如果城主回了枭城，我便立刻让人去枭城与城主细商合作之事！"

"随时欢迎！"林渺道。

“今日话便至此，城主定要小心邪宗之人，此宗高手极多，当年十三大杀手便是邪宗之人，而听说城主与杀手盟有隙，还是小心为上!”白善喜提醒道。

“谢谢提醒，想要对付我林渺的人，都会付出代价的!”林渺淡漠地笑了笑道。

林渺与白善喜谈话期间，鲁青守在屋顶，铁头与驼子分守前后。

每一个方位都有人把守，相互之间的配合极为密切，白善喜都不由得不对林渺手下之人刮目相看。这也可以看出，林渺平时绝对是一个极为谨慎的人，行事注意到问题的细节，这群手下已经养成了一种自然的习惯。

白善喜庆幸自己并不是林渺的敌人，这个年轻人确有让人无法揣度的本领。

……

白善喜走后，林渺的心中突然生出一种强烈的不安之感来，也不知是为什么。

这种感觉使他并不想入睡，反而披上衣服推开窗子，让窗外的凉风透入有点闷气的房间，像是有暴风雨降临的感觉。

白善喜刚走，林渺脑海之中仍在想着两人刚才的对话，想着湖阳世家的事。突然，林渺呼了一声：“不好!”

“怎么了?”屋外守卫的鲁青听到了林渺的呼喊，不由得问了一句，而就在他问出这句话之时，林渺已经抓起剑狂掠而出。

白善喜心中又闪过了一丝不安，这种被跟踪的感觉，只是到进入林渺所居小院之后才没有，一出了那小院，这种感觉便又出现了。如此看来，这人并不是为林渺而来，而是为他而来。

白善喜并不在乎对方为谁而来，能让他生出感觉，而不被发现的人很少。他身边的随从并没有任何感觉，两个轿夫，依然抬着敞篷软轿，走路的样子很沉重。

白善喜身边的随从并不多，两个轿夫加四名保镖，这四人只是江湖中并不怎么有名的镖头，却是白善喜请来保护自己的。他是需要保护，至少在陈留是这样，很多人都知道他是大商贾，但却仅知是洪兴布行的老板，其他的便什么都不知道了。作为这样一个人，拥有几个保镖自然也是很正常的事。

胡同有点暗，天上的星光寥寥，颇为暗淡，让人生出影影约约的错觉。

两名保镖提着两盏林渺所送的风灯，倒也颇为光明。

黑暗中的灯火，确实很明亮，但在黑暗之中光明无法到达的地方，却让白善喜心中泛寒。

在黑暗之中，仿佛有无数双眼睛逼视着他，或者总可能在某一刻以犀利的目光刺穿他的胸膛，攫走他的生命。

白善喜不由得深吸了口气，闭上眼，让自己的思想内敛、浓缩，随软轿的颠簸起伏，用自己的每一丝感触去捕捉存于虚空暗处的目光和生机。

风灯骤灭！

白善喜虽然闭着眼睛，但是他知道风灯灭了，也便是在这一刹那，他自软轿之上弹射出去，然后就听到了软轿的碎裂之声。

骤然睁开眼，白善喜已经完全适应了黑暗，因为他刚才便是闭着眼，将心与灵魂都置于黑暗之中。所以，再睁开眼之时，黑暗并不陌生，于是，他看见了交错的人影，看到了向他扑来的身影，而两名提着灯笼的保镖已经身首异处，灯笼中的火也灭了。

胡同更暗，没有灯光，却多了杀机，来自四面八方的杀机，如这六月的晚风，微凉。

软轿爆碎，抬轿的竹杠也断成了四截，但意外的却是，有两根崩起，准确无比地插入了那袭击者的胸膛之中。

两个抬轿的轿夫像屠夫一样残忍，双手再猛地扳开竹杠，于是那破竹杠插入的人体也像竹杠一样分成两半，化成一蓬血雨飞洒而下，五脏六腑洒了一地，虚空之中只有响起两声绝望的惨嘶。

白善喜出手，在黑暗中亮起一丝萤光，闪烁而灵动，那身子如同夜空中的蝙蝠，划过一道奇异的弧迹，自飞扑而来的两道身影之间擦过，于是黑暗之中又多了两声惨号。

那护在白善喜身后的保镖出招速度比轿夫要慢，但却保证了自己暂时没死。他们好像也不能再多作出点什么贡献，或是没这个能力。的确，他们是没有这个能力，当两人退后五步之时，便被地上的东西绊倒了。

那是一根鞭子，在黑暗之中，无声无息的鞭子，就像是毒蛇一般缠住了他们的脚，然后他们便不由自主地倒下了，再发出两声惨叫，捅穿他们的是两杆长枪，几乎将他们钉在了地上。

那根鞭子没停，一击成功后，又像蛇一般袭向白善喜。

白善喜没看见这鞭子的到来，但是他听到了，感觉到了！他的心神仿佛已经完全融入黑夜，所以这鞭子虽然来得猛烈，却并不能缠住他的脚。

鞭子没缠住白善喜的脚，却缠住了他的手，于是两股力道在鞭子上鼓噪出刺耳的尖啸。

鞭子先是绷直，后又弯曲，然后施鞭者和被缠者自两个方向朝中间相撞。

“叮叮叮……”在虚空之中，白善喜刺出了七十八剑，仅在瞬间。

那人的鞭子被抓，只好自袖口中滑出一柄短刀，在这如暴风骤雨般的七十八剑之下，几乎让他身首异处。他没有料到白善喜的剑会如此之快，所以，在第七十九剑击出之时，他只好选择了弃鞭。

弃鞭，这是没有办法的抉择，没有人愿意在如暴风骤雨般的剑锋之下被活剐，握鞭者也不愿意。

白善喜夺鞭，随即将之甩出，鞭子像是一条灵蛇般缠住了那正在围攻轿夫的某人脖子上。他握的是鞭梢，但这并不影响鞭子的杀伤力。

这确实是一根好鞭，一根很轻易便能够卸下人脑袋的鞭子。

那人的脑袋被鞭子卸下，但是却并没有脱开鞭子，而是与鞭子一起结合成了带血的流星锤，砸向鞭子的主人。

力道运用得极为巧妙，速度和角度也并不受黑暗的环境影响。

“啪……”脑袋碎成骨渣，但那鞭子的主人却闷哼了一声，鞭芒在他的脸上擦开了一道血槽。

这是他的鞭，但却成了对方的凶器！白善喜没有趁机施下杀手，因为自胡同的两边落下了四柄剑，四把刀。

八个方位，如一张大网般罩下，而白善喜便成了这张网下的鱼。

一条可怜的鱼！

鱼的可怜是没有水，白善喜的可怜是别人当他是鱼。

他不是鱼，若是鱼，他早死了八百年！他不是鱼，刀与剑也不是网，而是凶人的凶器。

刀剑来速很快，自八个方位，让白善喜躲无可躲。

躲无可躲，只好不躲，因此白善喜出剑，如一朵黑夜中绽放的昙花，一现即灭。

在剑花骤灭之时，白善喜已自杀戮之中抽身纵起，如攀云的青鹤，带着剑啸风鸣，极有气势，但是白善喜跃上虚空之时，他才知道自己错了。

白善喜错了，而且错得很厉害，他想后悔，可那是不可能的。

让白善喜想后悔却又后悔不了的是一支箭，一支比音波传递之速要快得多的冷箭，绝对要命！绝对可以让天下百分之九十九的人后悔的箭。

没有人知道这支箭来自何方，没有人明白这支箭有多快和多霸道。它总是出现在它应该出现的时候和地方，总会出现在对手最不想它出现的地方，像是窜自地狱，或是来自异度空间，抑或这是一支亘古便在虚空中等待有缘之人的箭，等待着那个脆弱或坚硬的身体让它插入，然后带走所有的生机，抽干有缘人的最后一滴血液！

“绝杀箭——”白善喜心中呼了一声，他来不及把这三个字呼出口，便必须出剑！他不知道自己的剑是否会有这么快，却也只能尽力而为。

白善喜确实是个人物，毕竟也是湖阳世家的中坚力量，他的剑，堪堪扫过那射来的怒箭之上。

“当……”长剑发出一声脆响，竟然折断，白善喜一声惨号，那支怒箭的余势未竭，没入了他的身体，但庆幸的是已经偏离了方向，并没有直插心房，而是插入腹腔之中。

强大的冲击力将白善喜的身子在虚空之中横拖丈许，然后重重地落下。

“掌柜的！”两名轿夫惊呼，手中的竹杠蓦地炸开，化为条条竹箭爆射而出，射向那扑向白善喜下坠躯体的刺客们，而他们的手中却多了一柄剑。

那群人欲扑向白善喜，但是却无法躲开这黑暗之中的根根细竹箭，惨哼着跌出，更有两人欲对白善喜的躯体痛下杀手，却在半道之中丢了头颅。

取走这两人头颅的是那两名轿夫，这是两名好轿夫，好在他们不仅会抬轿，耍竹杠，还会用剑。

会用剑的轿夫不是很多，而用得很好的则更少，一般如这种下等人一生就只有卖苦力的份，用剑的，只有那些侠客公子们。不过，白善喜的轿夫便会用剑，还会杀人！他们杀人的动作极狠，杀人的气势极凶，这是为了白善喜。

两个轿夫接住了自空中坠落的白善喜。

白善喜伤势颇重，那一箭感觉并不好，只是他已无法后悔，也没有将一切重演的可能性，有些人也不会给他重演的机会。

这个人是绝杀，杀手绝杀！当年杀手盟的第三号从不失手的神秘人物！

绝杀来了，就像他的箭，不知从何处来，但总会出现在对手绝不想他出现的地方，那种速度也几乎可以追上他射出去的箭。正因为他拥有这般超凡的实力，所以从未失手过，也被江湖人称之为绝杀。

绝杀，顾名思义，便知道这是怎样一个人。

两名轿夫无惧，面对任何人都无惧，即使是面对当年的武林皇帝，他们脑海中也只存在着使命——保护白善喜！

为此，他们可以牺牲一切，包括生命。这就是真正的白家儿郎，白家死士，是以，挡在最前面的便是两名轿夫。

面对名动一时的超级杀手绝杀，两名小小的轿夫居然抢先出剑，死亡对于他们来说，只是一种过程，没有什么大不了的。

不怕死的人是可怕的，敢于拼命的人也是可怕的，绝杀遇到了两个不怕死敢拼命的人，他也不怕！或者说，他从来就不知道怕为何物，杀人和被杀，在他眼中看得太普通了。

不怕死的人遇上了另一个更不怕死的人，那便只好看武功。

比武功，那两个轿夫便只好死了，虽然他们的武功都很不错，事实上能成为湖阳世家秘密训练出来的死士，自然皆身手非凡，面对那些刺客，他们或游刃有余，但遗憾的却是他们遇上了这超级杀手！因此，除了死，他们没有别的路可以走。

杀死轿夫的是一张弓，看上去有如是金子锻造而出的弓，但真正致命的却是那弦，是这比刀锋更可怕的弦割断了这两名轿夫的喉咙，在电光石火之间，一切便已经发生了。

两名轿夫，就只是让绝杀的脚步稍稍顿了一下，不过，他们也应该为之感到骄傲，能让绝杀顿一步的人并不多。

绝杀并不喜欢拖泥带水，在一顿之际，手中的大弓再次挑出，那弯角处利如一柄尖刀，而这尖刀则只想刺穿白善喜的喉咙，但遗憾的是，绝杀顿了一步！

就一步之差，对于许多人来说，这一步的时间短得让人不能感觉到，但对于某些人来说，这一步的时间足够发生许许多多的事情，可以是生，可以是死，就这一步能决定许多人的命运。

错过这一步，绝杀没能杀了白善喜，因为一柄剑！

一柄横空出世，又恰到好处地截住绝杀手中大弓的剑！

“叮……”剑与弓相击，发出一声清脆悦耳的脆响。

绝杀退后了两步，剑的主人却撞到了胡同的墙上。

“城主！”黑暗中，白善喜不无惊喜和无奈地呼了一声。

来者是林渺，他赶上了最后一刻，但却遇到了这个他最不想见到的对手。

直觉告诉林渺，这个功力高绝用弓的人便是传说中的杀手绝杀！尽管他们已经不是第一次交手，但上次在河中他并没能看清这人的面貌，只是看到了那如鸥鸟般踏水而去的背影，而今日却是与之正面相对。

林渺没有看到绝杀的脸，绝杀的整张面容都掩在那乱乱的长发之下，只有两道如野狼一般的目光，在黑暗之中泛着冷色，似乎有点惊讶，又似乎有点恼怒。

林渺自然不会被这两道目光吓住，他照样杀人，杀那胆敢攻上来杀白善喜和他自己的人！

杀人，像斩瓜切菜一般，很是利落，这一刻，林渺并没有太多的顾忌。

绝杀自然不会让林渺杀人，从来都只有他杀别人，如果别人在他面前杀人，他会很不痛快，何况林渺杀的还是他的人，所以他立刻出手了。

林渺从没见过如同绝杀的这般打法，古怪得便像他初见秦复以瑜珈功与人作战一样，那无迹可寻的怪异攻势，让林渺左支右拙，仿佛在突然之间他竟忘了自己所有的武功一样。与绝杀交手，他才真的知道了什么是暴风骤雨，无孔不入，但他只有苦苦支撑着，只要他挪动一步，很可能死的人便是白善喜！他唯有让自己如一堵在风雨中摇摇欲倾的墙。

值得庆幸的是，鲁青来了，铁头和驼子他们也都来了，这些人追着林渺，莫名其妙地赶来了。于是他们看到了风雨飘摇的林渺，看到了那鼓噪叫嚣的杀手们，所以，他们想也不想地就跟着出手了。

铁头的大铁桨自后方劈向绝杀，他是个猛人，但猛人有猛人的好处，那便是不怕死！只知道倾尽全力地杀敌。

绝杀也不能不顾忌铁头的重桨，尽管在平日里他对这样的角色根本就不放在眼中，可是这一刻他是被另一个不可以轻忽的角色紧缠着。

林渺缓了一口气，随即一连攻出数剑，辛辣、快、狠，势若惊雷，仿佛欲将心中的闷气在这连续的几剑中全都发泄而出，剑气若怒潮一般。

绝杀挡开林渺的剑，却挡在了铁头的重桨之上。绝杀没事，铁头反跌出数步，待他再攻上来之时，绝杀已一声长啸，如夜鸟般纵身而去。

林渺正欲微松一口气之时，却发现黑暗之中竟先后射出十二支弩箭。

箭分前后三排，但让人吃惊的却是每一支箭的飞行方式竟截然不同，有拐弯的，有上下窜飞如波浪的，有斜窜直飞的……

十二支弩箭，十二种攻击方式，十二个绝不相同的方位，而更让人吃惊的是，这前后三排弩箭的速度各不同，也在变化之中……

林渺做梦也没有料到世间会有如此古怪而精绝的箭法，不用说，射箭之人定是绝杀，三组连珠箭，错落而犀利。

“小心！”林渺呼了一声，然后出剑，至少有六支箭是射向他和白善喜，另外的六支则是射向铁头诸人。

“叮叮……”箭矢斜掠乱飞，杂着几声惨哼，这箭势实在太过古怪，鲁青、驼子还有肖忆等人无不或轻或重地中箭，惟铁头的厚桨占了兵刃之优，挡开了贯胸的一箭，却震得微退一步。

林渺居然也被擦破了点皮肉，不过那几支箭总算挡开了，都钉在白善喜身边的墙上，险险便在白善喜身上再开几个洞。

林渺发现自己手中的剑崩了六个缺口之时，这群突袭的杀手们已经全部趁乱而去，只留下地上一片狼藉的血液和尸体。

鲁青诸人痛得直咧嘴，这些可以转弯的箭，让他们防不胜防，结果只能是箭矢没入体内老大一截。当然，箭转弯，这便影响了力道，否则的话，一定可以穿透他们的身体。

“你撑得住吗?”林渺望向皱着眉头的白善喜问道。

“谢城主出手相救，还撑得住!”白善喜捂着小腹处的伤口道。

林渺一看自己的一干手下，居然尽数伤在绝杀的箭下，确实让他感到意外。这杀手连珠箭之绝简直是无与伦比，试问世间谁人能够让箭在空中转弯呢?而且同发三组连珠箭，其手法之快，角度之准，技巧之圆通，都已达到了登峰造极之境，难怪昔年绝杀能位列十三大杀手第三，更成为江湖中最为神秘可怕的人物之一，仅次于十大杀手之首，比水中无二更可怕，因为只要不走水路，水中无二便不足以让人害怕。但是绝杀的箭，无论在什么地方，什么时候，都是最为致命的威胁。他根本就不用站在你面前，其箭就可以置你于死地!今日，林渺才真正地见识了绝杀的箭，但他却永远不希望再有第二次!

绝杀走了，和来的时候一样，了无痕迹，仿佛这个人从未出现过，若不是那留于地上的铁箭和白善喜身上的伤，林渺还真会以为刚才只是南柯一梦。

绝杀为什么要杀白善喜?绝杀真的与无忧林的叛徒无忧子有关系吗?杀手盟真的与邪宗有关系吗?

林渺知道，杀手盟与王郎应该有关系，当初鬼影子便是为了王郎才来杀他的，而后来雷霆威与王郎的人合作，同来追杀他，如此看来，杀手盟与王郎有关系那是可以肯定的。而王郎真的是邪宗之人吗?抑或这只是白善喜编出的一个故事，而实情却是别的?

林渺送白善喜回到了他的府上，随后便带着自己身边的伤者返回住处，而他住的地方并没有人来骚扰，但是他的心却无法平静下来。他知道，自己必须尽快赶回枭城，他在外面已经耽搁了太长的时间，今日的他已不是昔日的他，活着也并不只是为了自己而活。他再不能自私地将自己置于险地，而让太多的人为他担心。

陈留之行，让他知道了很多，也让他体会了很多，而这里是绝对不安全的，想要他命的人多不胜数，这只是因为他的敌人确实太强大了。

死亡沼泽之行，林渺找到了自信，因为他的武功彻底地上了一个层次，足以跻身超级高手之列。但越是这样，他就越发现这个世上比他强的人太多，如果他认为自己了不起的话，终有一天会死在轻敌之上。因此，他必须把这些日子之中所有的江湖经历，所有的际遇重新整理一下，将自己的思想和武功彻底地巩固起来。

他相信自己终有一天可以超越这个世上所有的高手，因为他年轻，也因为他拥有着别人从来都不曾经历过的经历，这是无法估量的财富，所以他很自信。

林渺并不太相信命运，但是已经不止一次地有人说他身具帝王之相，这使他心中增加了一份压力的同时，更多了一份信心。当然，有的时候他也不能不相信命运，因为他对许多问题都无法以常理去解释。

林渺等人沿济水而行，到了卢城才再走陆路去平原。

他本想等白善喜查找凶手，可得到的消息却是因为当时两人追赶的速度太快，以至于白善喜的人并不知道那凶手的样子和行踪。他们之所以找到林渺，还是因为林渺火烧了通豪赌坊。

这个结果让林渺有些失望，但是却又无可奈何。他自不能久留在陈留查找凶手，谁又能肯定这凶手不会第二天出城呢？何况陈留太守正派人四下通缉他和坚蕈，因为两人不仅杀人还放火，尽管王莽的朝法并没有多大用处，但是陈留的太平却让他两人给搅和了。所以，太守不得不下令在陈留城内抓他们。

陈留太守自然知道林渺和坚蕈两人的厉害，也不想太得罪两人，只是在城中贴几张通缉榜文就得了，并不想把事情弄大。

林渺当然不在乎这通缉榜文，他又不是第一次被通缉，只是他也不便在陈留呆太久，所以第二天便立刻动身前往平原见迟昭平。

经历了生死离别，他也极想念这位红颜知己，他曾答应过迟昭平，一定会回来见她的，所以他第一件事便是到平原。

赶到平原之时已是六月，这一路上耽搁了颇多的时间，不过，早就有快马入城相报林渺的到来。

迟昭平大喜过望，顾不得女人的矜持，亲自驱马出城十里相迎，在大庭广众之下与林渺喜极相拥，直让黄河帮众人大为莞尔。

林渺心中也颇为感动。

黄河帮的帮众对林渺大破王邑百万大军之举早有耳闻，知道林渺乃是昆阳大战的最大功臣之一，纵横千军万马之中，击溃中军，连斩敌十员大将，其威名早已在各路义军之中传开。因此，林渺很自然地成了英雄。

事实也确实不能不让天下各路义军心喜，因为他们都明白，王邑的大军聚集了朝廷所辖各州郡的大部分兵力，可以说是王莽绝对中坚的力量。如果这股力量不灭的话，天下间没有哪一路义军能吃得消。因此，天下各路义军无不关注着这一场决定性的战争，即使在平日与绿林军不睦的义军也会希望绿林军胜，但是他们绝没想到，仅凭昆阳不到三万的兵力却大败王邑的百万大军。

第七十六章　飙风战骑

昆阳一战，天下各路义军的士气都大振，看到了更大的希望，这决定性的一战更被天下之人编成了神话一般，于是这一战之中的主要人物全都成了天下义军的楷模，虽然林渺不是绿林军中人，却立下了可以与刘秀并肩的功劳，则更是无人不夸。

黄河帮的人自然也重英雄，所以他们尊重林渺，更何况林渺又是迟昭平的心上人。他们尊重和爱戴他们的帮主，因此在他们心中，也只有林渺这样的人物，才配成为他们帮主的男人。

另外一个原因当然也是因为枭城军和信都军对黄河帮的照顾，三支力量之间的关系日渐密切，使得黄河帮根本就没把身为枭城城主的林渺当作外人看待。

重返平原，林渺自然是极为欢喜，再见迟昭平，只觉其清瘦了许多，但显得更坚强，更有一种无法言喻的味道，冷静而大方，深邃而略显娇媚……看得让林渺有些心痛。

迟昭平终于等到了林渺返回，悬着近四个月的心终于落了下来。在没有林渺任何消息的日子中，她甚至流下了泪，但她从不在外人面前落泪，她是个女人，但她更知道自己是黄河帮的帮主，是一支万众组织的首领，生离死别的日子总是让人揪心。不过，今日终于盼得云开见日出，是以其中的欢喜是外人所难以言述的。

在没有人的清静之地，迟昭平与林渺沉默了近一炷香的时间，这期间，迟昭平只是托着腮痴望着林渺，后来林渺终于红了俊脸，这才扯起了话题，将这一路上所遇之事都讲了一遍，只听得迟昭平也跟着心惊肉跳，然后便小女儿态地叽叽喳喳说个不停。

这一天是完全属于他们两个的，没有人来打扰，所有人都极为知趣地远远避开。

直到天黑，两人这才牵手出现在众人的视线之中，因为所有的人都在等着他们二人参加一场专为林渺安返的庆祝篝火晚会，整个平原城都为之震动，为之振奋。

这一晚，林渺和迟昭平都醉了，太高兴，又有太多的感慨。

直到第二天日上三竿，林渺才睁开眼，但第一眼便看到了迟昭平。

迟昭平身着一袭洁白的长裙，便坐在他的床头，含笑望着他，眼中透出醉人的温柔，仿佛这样看着他也会是一件极为幸福的事。

林渺摇了摇头，昨晚喝得太多了，以至于迟昭平什么时候进来的都不知道。

“你睡觉的样子像一头小猪！”迟昭平不由得笑着道，眸子中闪过一丝欢悦的光彩。

林渺不由得也笑了，反问道：“你要不要像另一头小猪？”

迟昭平故意抬头想了想，道：“如果另一头小猪不打呼噜，不说梦话，我愿意！”

林渺不由得坐起身来，讶异地问：“我打呼噜说梦话了？”

“是啊！”迟昭平点头道。

林渺审视了迟昭平一会儿，笑道：“好哇，昭平什么时候也学会了说谎？看你样子也只是刚来不久，这么一会儿怎么可能听到我说梦话呢？何况我可是从不打呼噜的！”

迟昭平不由得白了林渺一眼，娇嗔道：“这么快便被你识破了，看来你的酒意真的是醒了，快穿上衣服，今天会有重要的客人要来，我想你陪我一起去见他！”

林渺望了一下自己光着的上身，忙用被子盖上，“嘿嘿”一笑道：“你怎就不脸红呢？”

迟昭平忍俊不住“扑哧”一声笑道：“你才要脸红呢！不就是没穿上衣吗？我早在几个月前就看了，为你疗伤七日，那时你什么都没穿也没脸红过！”

“啊……”林渺顿时脸颊发烫，搔了搔头，才道：“这不公平！”

迟昭平不由得再笑了起来，如万花齐绽，满室春意。

林渺不禁看呆了。

平原的贵客，是获索军的大龙头获索及其八大铁卫。

获索军占了黄河与济水之间平原地带的大部分面积，东至海滨，其实力绝不弱。在河北诸路义军之中也颇有声望，有数万之众，比平原的黄河帮更强，但是他们却没有黄河帮这么好的机缘，巧夺了平原城为基地。

平原城向来是两河之间平原之上的亮点，富平军和获索军都对之有野心，但是他们也知想得到此城绝不是易事。因此，只好放在心里。

获索、富平、迟昭平这三支义军平日里看上去似乎很和睦，二人对迟昭平尤其好，谁都知道迟昭平是未嫁之身，如果谁能得到迟昭平，那不仅抱得美人归，更是得到了整个平原城和整个黄河帮，这也是一种极度的诱惑。

不过，近来，迟昭平与林渺太过亲近的事早就传到了他们耳中，因此与平原之间的关系显得生疏而尴尬。

今天，获索再一次前来平原，只带来八大铁卫，却不知是所为何事。

林渺与迟昭平并肩迎出府门之外，而获索已与八大铁卫翻身下马。

“获大哥远道而来，小妹未能远迎，还请大哥勿怪！”迟昭平极爽快地上步而前，向获索微欠身施礼。

“小妹清减了许多，是不是城中俗务所累呀？”获索打量了迟昭平一眼，也故作豪爽地笑了笑，上前与迟昭平并肩，笑完再抬头之际，却发现林渺正立于台阶前。

“久闻获大龙头威名，今日一见果气宇不凡，林渺真是幸会了！”林渺一抱拳，悠然笑道，语气颇为诚恳。

获索一听眼前这年轻人竟是近来名动天下，而且极得迟昭平好感的年轻人，不禁多打量了几眼，才强作欢颜道：“想不到林城主也在此，今日城主威名可谓是响遍了神州大地，该说幸会的应该是在下才对！”

“大哥何用与他客气？都是自家人。”迟昭平故作坦然地道。

获索的神色一变，他不明白迟昭平口中的“自家人”是什么意思，隐约中他似乎意识到什么，问道：“小妹此话何意？”

“你是我大哥，他是我最好的知己，大家自然是一家人了，难道大哥不想在北方结成一片天吗？”迟昭平坦然自若地道。

获索一听，不禁朗声笑道：“小妹说的是，自然是一家人，能与枭城军和林城主这样的英雄人物成为一家人，我又怎会不乐意？”心中却暗感酸酸的，他又不是笨人，又怎听不出迟昭平话外之音？不过，迟昭平左一句大哥，右一句大哥，叫得那么自然而亲切，也使他感到心中稍稍欣慰，而且迟昭平这不将他当外人的态度至少在大多数人面前做得很好，给足了他面子。至于迟昭平心中在想些什么，却是他无法洞悉的，但他却知道，这个女人不仅美丽，而且精明强干，想在她身上打主意是一件极难之事。

“能与获索军联合，这北方应该有更大的一块天空在等着我们，我们入内再叙吧！”林渺也笑了笑道。

“请！”获索仍显得很客气，不过，此人确颇有大将风度。

厅内早已布置好，不过，并不是在议会大厅，而是布置在一个小厅之中。迟昭平坐于主席之上，林渺与获索一左一右地坐于客席上。小厅之内没有外人，就三人和三名斟茶水的婢女，气氛显得很轻松。

迟昭平并不喜欢那种很庄严的环境对待宾客，这一点获索早已经习惯，因为他每一次前来，都是在小厅之中只几人私谈，除非有重要的事需议，那才会召集帮中众长老。

“大哥有数月未来平原了，是不是近来很忙碌呀？”迟昭平悠然问道。

“近来确实有点忙，天下局势如此动荡，怎会轻闲？军中俗务每天都要处理一大堆，是以一直都抽不出时间来看小妹！”获索干笑一声，旋又对林渺道：“我真羡慕林城主，身在江湖之中四处游山玩水，枭城却能一派繁荣，日象更新！”

“龙头过奖了，林渺只不过是不知轻重，不过我也确实应该庆幸，因为我有那么多的好朋友，好兄弟，有他们为我打理枭城，我自然可以放心地四处闲逛了！”林渺不置可否地道。

“好朋友、好兄弟？”获索一怔。

“不错，如果只是我，即使累死累活也难成什么气候，只有大家齐心协力方能有所成就。这些日子来，林渺确实是偷懒了……”

“我倒不觉得，城主此行已是名满天下，谁不知道枭城城主之名？只要城主的名字在，便没有人敢乱打枭城的主意！城主这些日子的所作所为也是功劳不小呀！”获索打断林渺的话道。

“大哥今日前来，可有什么要事？”迟昭平似乎并不想让两个男人争下去，直接问道。

“有！昨日王郎向我来信，他说他乃成帝之子，为刘室的真正后人，让我与他联兵共复汉室江山，将来可给我王侯之位！”获索道。

迟昭平一怔，不由得冷笑道：“他是成帝之子？这岂不是一大笑话！他还真能瞎编，难道大哥相信？”

“我当然不信，但却有很多人相信了。近来，他的实力大增，赵魏二郡之地已在他的掌控之下。如今他的目标是马适求，但迟早会轮到我们！”获索道。

“这么说来，他这么做只是想稳住大哥，让大哥不在后方拖他的后腿了？”迟昭平眼珠一转，反问道。

“我想也是，我来，就是要与小妹商量，趁他在前方攻打马适求，我们不妨在其背后绕袭，让他疲于奔命，说不定还可以捞点便宜，或是将我们的力量向河北扩展！”获索道。

“大哥想联手对付王郎？”迟昭平问道。

“不错，联手，我们可以在王郎首尾不能兼顾之时杀他个措手不及，若能夺下邯郸更好，不能夺邯郸，至少也可到魏境分一杯羹！若能得邺城，那我们岂不是更好？”获索有些异想天开地道。

林渺不由得笑了，反问道：“大龙头认为马适求有那份能耐能完全牵制住王郎吗？”

获索道：“马适求并不是人单势孤，有你们信都军暗中支持，王郎也不见得能讨到很大的便宜！”

“但他也不会让人有机会偷咬他的屁股，别忘了高湖军和重连军也同样对我们虎视眈眈，如果我们劳师远征的话，高湖、重连若也对我们来个出其不意，只怕此去是有去无回了。”林渺淡然道。

“哼，高湖军也许会帮王郎，但重连军与我军交好，他只会与我们对付高湖。我们若破了王郎自然也有重连军的好处！”获索道。

“大哥肯定重连军会帮我们？”迟昭平也有些疑惑地反问道。

“那当然，重连一向与我关系不错，而他对王郎的不满已是不可否认的，我只要写封信去，保证他可以缠住高湖军!”获索自信地道。

“据我所知，重连军和高湖军向是同气连枝，不知他们是什么时候产生矛盾的?”林渺不置可否地道。

“他们是面和心不和，高湖军一心向王郎，而重连军则不愿意屈居人下，所以，他们并不是真的很和睦，只要晓以利害得失，重连军自然会和我们站在同一战线上!”获索颇有耐心地解释道。

“那大哥可有与富平兄商量此事?若只是我们两军出战，力量恐远远不够!”迟昭平迟疑了一会儿道。

“我自然要找他商量，要有他的支持，我们才能共同进退!”获索道。

“我想问龙头，若三支义军联合，能出多少兵马远征?”林渺淡淡地问道。

“至少可以派四万人马!”获索道。

“但是只魏郡便有兵马三万，赵国兵马更多，王郎部下至少有六万余众，若大龙头要征魏郡，那么粮草将屯积于何处?还有一个问题便是东郡的官兵会有何反应?还有濮阳、馆陶诸地的力量，他们又有何反应呢?”林渺反问道。

获索一时怔住了，他倒没有想过东郡和馆陶。

“其实，我觉得攻打王郎是不现实的，我们倒不如直接攻打高湖军。一来因为距离近，军备粮草容易运转；二是因为高湖乃王郎的爪牙，若除去其爪牙，也等于是伤了王郎；其三是减少了高湖对我们的后顾之忧；其四，有重连军在其中支持，必可出其不意而得意想不到的结果；其五，若降高湖，则可与巨鹿的马适求连成一片，形成一个稳定的联盟，到时候即使王郎想回头对付我们，也难以成事，我们又何必舍近而求远呢?”林渺淡然道。

获索又一怔，仔细打量了林渺一眼，道：“高湖军只怕没那么容易对付……”

“哈哈，大龙头认为邺城比高湖军好对付吗?”林渺不由得笑了起来，反问道。

获索脸色一变，恼问道：“城主此话是什么意思?”

“我并没有特别的意思，我只是希望能够一举而定，不走太多的弯路，少担一些风险。当然，我的意见仅作参考！”林渺道。

“久闻城主极善以少胜多，用兵奇诡，如果城主有四万大军去攻打魏境的话，该如何进攻呢？”获索似乎有点固执地想攻打魏郡。

“若我有四万大军，一定不会先去攻魏境破邺城。若要破魏境，我便会先破馆陶，以馆陶为跳板，屯军积粮，而无后顾之忧，这才对魏境边城逐个击破，再包围邺城。这样或许不太难，但一定需要时间，没有一步登天的可能。现在的战争已不像春秋战国时期，国无界，疆无边，直捣黄龙，现在处处坚城，若深入敌后不能速战速决，迅速破敌，必会身陷绝境，而不得破出重围，甚至是全军覆灭！”林渺肃然道。

“时间？”获索眉头一皱道：“如果我们诈降王郎……”

“这样则更不可取，以王郎之精明，一个不好，反会弄巧成拙！”林渺道。

“大哥真的要破王郎吗？”迟昭平正容问道。

“当然！”获索肯定地道。

“为什么呢？”迟昭平再问。

“只是觉得他必是北方的威胁，而且若能向河北扩展，这不正是我们的愿望吗？”获索道。

“是的，不过，小妹觉得黄河帮的实力尚有不及，所以并无北伐之心，如果大哥要远征的话，我只怕无法满足大哥的要求了！”迟昭平说得很直接。

获索脸色微变，深深打量了迟昭平一眼，眸子里闪过一丝怪异的神采，道：“难道小妹根本就不支持我们的发展？”

“我不会拿兄弟们的生命作赌注！如果支持是这样不考虑任何利害关系的话，那我选择不支持！”迟昭平肯定地道。

获索笑了，笑得有点冷，道：“既然小妹不支持，那我便只好去找富平军商量此事了，我希望小妹能想好！”

“我也希望大哥三思而后行！”迟昭平道。

获索神色有些冷峻。

“我们又何必谈这些不开心的事呢？相信大龙头远道而来，也应该饿了，不如我们先去用膳，昭平已为龙头设宴洗尘！”林渺转过话题笑道。

迟昭平也跟着附和一声，获索的脸色这才稍缓了下来。

六月，已是盛夏，漠外的骄阳极烈，尤其是在黄沙之中，地面上反射出来的光极为刺眼。

战马的四蹄掀起滚滚尘末，有点呛人，所幸，小刀六知道这片沙漠并不是很宽阔，仅有两百余里，然后便可抵达一望无际的大草原了。

在沙漠之中行走并不太容易，不能任意驰骋，因为他带到漠外的货物并不适合在沙地之中运行。

看着任灵一边抹汗，一边用手挡住阳光的样子，小刀六便有点想笑。

两百里的沙漠一般来说不会太难以忍受，小刀六听这里几个曾经在匈奴当过奴隶的战士说，他们曾到过乌孙，而在极西的那个地方有一块无边无际的沙漠，比这漠外的草原还要大，走进去便只有黄沙相伴，找不到一滴水，那种沙漠才叫真的可怕。不过，那几个人便是在那里逃出匈奴人的手心，只是一百多奴隶兄弟能活着出来的仅只有几人，余者不是喂了秃鹰，便是喂了狼群。

这片沙漠，小刀六已不是第一次走过，就在两月前他便走过，当时只觉得挺好玩，挺新鲜，因为他们拥有足够的水和粮食，早在出发之前便已经将一切都准备得很妥当。因此，在有备无患的情况下，他只当是旅行。

按照小刀六的计算，在前面二十里地应该有一个小镇，一个在沙漠里极为简陋的小镇，但却是一个很好的栖身之所，至少比露宿沙漠面对狼群要强多了。

“不可以歇一会儿吗？”任灵确实已经有点受不了，从早晨出发到现在已近黄昏，她连一棵树都没有见到，最幸运也只是看到几棵带着灰色的小草，稀稀落落的连半点生机都没有，这使她的眼睛都有些累了，又热又渴，让她这从未吃过苦头的大小姐确实是受不了。

“就受不了啊？这片沙漠还要走十多天才能到尽头呢！”小刀六故意夸大其词道。

“啊！”任灵顿时心都凉了，一脸苦相地道：“那就不能快一些吗？我想找个地方洗澡！”

小刀六和苏氏兄弟不禁都笑了起来，女人就是女人，在这种时候最先想到的便是干净。

“那可就难了，这沙漠之中想找喝的水都难，更别说洗澡了。”小刀六故意道。

“那匈奴人就不洗澡了？”任灵讶异地问道。

“他们一般一年洗一次，有的好几年才洗一次，你没见他们一般都比中原人壮吗？那是因为他们身上所积的污垢太厚了！”小刀六煞有介事地道。

一旁的飙风骑战士们听了，也不由得都笑了起来，可是任灵没笑，她反而怕了。她害怕要是让她几个月不洗澡，那她都不敢见人了。

小刀六见任灵怔了半晌不说话，故意激道：“怎么？你怕了吗？早就告诉过你，叫你不要来，可你偏不听。要是没来，说不定此刻正和你三哥在河边钓鱼呢！”

“去你的，少给我嚼舌，本姑娘从来没有怕过，跟他一起钓鱼有什么好稀罕的？他身边那么多女人，才不会理我呢！”任灵没好气地道。

“小丫头也知道吃醋……”

“啪……”小刀六一句话还没说完，任灵的马鞭便已抽在了他所乘坐的马屁股上。

战马顿时卷起一溜黄沙冲了出去。

“你好小气呀，难怪你三哥不和你钓鱼，哈哈哈……”小刀六不由得大笑。

“死六子，我剥了你的皮！”任灵大恼，也一带马缰追了上去。

苏氏兄弟不由得微微错愕，怕二人有失，也忙跟了上去，飙风骑的一百五十名战士则依然带着货物慢行。

原本五百飙风骑战士有一部分尚留在关内打点一切的后备工作，而另外一部分则由苏弃和东郭子元带着先去匈奴弓卢水畔购买战马，只待小刀六去，便易货成交。因此，此行小刀六身边只带了一百五十名飙风骑战士。

当然，这些人对于这荒无人烟的塞外来说，已经够多了，许多马贼也就只那么数十号人，大股马贼也不过几百人，因此，相比较起来，小刀六身边的这些精锐力量已经足够自卫了。

不过，若是到了大草原之上，与那些居于草原上的部落相比，他们确实尚显单薄，但这些人却是经过精心挑选、强化训练而出的，无论是单个行动还是集体行动，这些人都有着极强的杀伤力。

小刀六并未带紧马缰，只有二十里便可以抵达那座小镇了，他的人只要半个时辰便可随他之后来到这里，是以，他可以放心地先一步赶到小镇之上。

“那是什么?”途中，任灵望着前方竖在沙漠中高大的灰褐色的巨物，不由讶异地问道。

小刀六望着那高大如土丘一般，却有些破败的建筑，笑了，道：“那是城堡!”

“城堡?难道这便是到了匈奴的管辖之地?”任灵有些吃惊地问道。

“难道你还以为自己是在中原?”小刀六反问。

任灵沉默了一会儿，再反问道：“是城堡，那便是说有洗澡的地方了?”

小刀六无可奈何地苦笑着摇头，他真的不明白，女人难道将干净看得比生命更重要?为什么就没想到，城堡之中或许会有人要她的命呢?

不过，小刀六只是笑了笑，并没有说太多的话，遥遥地望着那城堡。

“你怎么了?怎么不说话?”任灵有些惑然地望着小刀六问道。

“你就没想到城堡中的匈奴人会把你杀了熬汤喝吗?”小刀六突然反问道。

任灵一怔，随即笑道：“我不怕!”

“为什么?”小刀六讶异地反问。

“因为你不会让他们得逞的，你会保护我的!”任灵狡黠地一笑道。

小刀六不禁再次苦笑，说来说去他还是被任灵算计了。回过头，他发现苏氏兄弟远远地跟着，并不太过靠近，显然是给他们留下自己的空间，抑或是害怕任灵将气撒到他们头上。但不管怎么说，这两人倒是做事极细心，小刀六就喜欢这种细心且懂得做人的人。

“走吧，我们先入镇。不过事先提醒你，这个小镇上什么样的人物都有，你最好把对我的脾气不要发在别人身上，否则只怕会有你头痛的!”小刀六叮嘱道。

“是你头痛还是我头痛?”任灵坏坏地一笑，意味深长地问道。

“好，好，是我头痛，我只望大小姐帮帮忙，这总该可以吧?”小刀六忙道。

“这还差不多!”任灵胜利地笑了笑。

走入小镇，小刀六才知道自己错了，因为小镇之上根本就没有人。

上次他来的时候，这小镇入口的两条满是黄沙的大街摆满了各种各样的物品，那些小贩有的是从中原而来，有的是自其他的部落而来。物品中有时还可见到一些平时难以见到的宝物，不过宝物的拥有者大多都是关内的大盗，他们把抢来偷来的东西送到关外出卖，这样便不用担心让人知道是他们偷的，也有些是从死人墓里掘出来的宝贝。

干掘墓勾当者大有人在，因此，很多古器之类的往往中原看不到，而在这里却能够找到。是以，第一次小刀六来到这地方，也感到极为惊讶，但这次却不同。

两道的两边很冷清，只有几块烂羊皮和烂不掉的羊毛之类的杂物，偶尔见到几个破烂不堪的竹筐，场面极为惨淡萧条。

在这小镇之上找不到砖和瓦，只有以土筑起来的土坯，屋顶也是筑起的土坯，偶有几扇木质的门窗也显得破烂，只能用帘子遮掩。

这是沙漠之中特有的风光，面对风尘，没有什么砖瓦比这种土坯房子更好，冬暖夏凉，朴素简洁，极具沙漠的特征。

“怎么一个人都没见到?”任灵很惊讶地问道。

小刀六也不知该怎么回答，他也无法告诉任灵这些人都到哪里去了。

“我也不知道，我上次来这里时不是这样的。”小刀六只好无可奈何地道。

“是不是因为匈奴战争，这些人都逃掉了?”任灵猜测道。

小刀六笑道：“这里距匈奴还远，他们又何必逃?要打仗，匈奴人也不会打到这里来呀!”

“哦?”任灵似是明白了一点的时候，小刀六已经下马，将马缰抛给任灵，自己却径直走到一个土坯屋外，敲了敲门，无人应声，便信手推开，不禁大吃一惊!

只见土坯屋中，竟是两具小孩和女人的尸体，女人的尸体赤裸着，地上一摊干涸的血迹，下身一片狼藉，死状极惨，显是被许多人强暴至死。

“有人吗?”任灵不知情地问道。

“没，没，没有人!”小刀六掩不住心中的愤慨，心坎如挨了一刀般，答话时竟失去了平日的自若。

“干吗吞吞吐吐?你又没做什么亏心事，里面有什么东西呀?”任灵见小刀六的表情极为古怪，说话也语气不对，不由惑然，也跳下马来就要进那土坯屋。

“不要进去!”小刀六一把拉住任灵，脸色极沉郁地道。

“怎么?你能看我就不能看呀!到底有什么古怪?”任灵不悦。

“不要看!我们走吧，到别的地方去。”小刀六强拉着任灵道。

小刀六越是这样，任灵就越是觉得好奇，可是此刻小刀六的态度却是极其坚决，平时一直让着她的小刀六此刻仿佛力气大得让她吃惊，手法稳而准，使她连挣扎的机会都没有。她只好不再坚持，还真的怕小刀六会发火。

小刀六向苏氏兄弟招了一下手，两人迅速赶了过来。

小刀六的脸色仍有点沉郁，吸了口气道：“你们去给我找一间干净点的屋子，顺便看看这镇子上有没有人!”

苏根苏叶也发现小刀六的脸色有些不对劲，但他们也对这个镇上的冷清感到极度的意外，只是并不知道小刀六看到了什么，但心中却明白小刀六一定是看到了什么。是以，他们也进了那屋子，然后出来，什么也没说，只是脸色有些阴郁，像小刀六一样。

三个不轻易露出情绪的男人都显示着同样的表情，这让任灵也明白，那屋中一定是发生了什么事，而且这事可能是她不可以看的，所以小刀六才拉住了她。但她不知道有什么是自己不能看的，大不了不就是个死人嘛，不过，她知道小刀六这样做一定有他的理由，抑或只是自己想得太简单。

苏根用一床草席裹着一筒东西，飞速上马而去；苏叶却骑马向小镇另一端去寻找着，找几个像样一些的土坯屋。

小刀六与任灵怔立当场!过了半晌，任灵的目光突然向那狭长的镇口望去，竟发现一阵黄沙向镇口卷来，那狭长高耸的土山缝隙之外，是大漠无边的昏黄。

“他们怎么这么快便赶来了?”任灵微感惊讶道。

小刀六扭头向外望了一眼，神色微变道：“这不是我们的人，我们的人马背上有东西，不可能跑得这么快!”

“那会是什么人?”任灵有些吃惊，问道。

“可能是马贼，也可能是匈奴兵，我们先躲开，看看再说!”小刀六吸了口气道。

获索匆匆而去，并没有在平原城耽搁的意思，似乎是迫不及待地要去攻打王郎一般。

这让迟昭平有点错愕，但林渺却说了一句让迟昭平吃惊的话。

“立刻派人去城外三十里内探查，若有任何异动，便立刻回城来报!”林渺说这句话时表情很认真，很严肃。

迟昭平一阵错愕，不解地问道：“怎么了？为什么要这样?”

“如果我估计没错的话，获索还会回来!”林渺肯定地道。

“他还会回来?”迟昭平更惑。

“是的，在今晚或明晨!”林渺道。

“难道会出什么事?”迟昭平不解地望着林渺，吸了口气问道。

“先让人去附近可以藏兵之处探查后，我再告诉你我的想法，记住，不可以错过任何一点可疑之处!”林渺吸了口气道。

“任何可以藏兵之处?”迟昭平立刻开始深思林渺的话，旋又传来许平生，将林渺的话再复述了一遍，并叮嘱让这些人务必在二更之前一定赶回来。

许平生虽也不太明白迟昭平此举的用意，但是立刻将最好的探马派出。他知道，迟昭平这般做定事出有因，到了该告诉他的时候也定会告诉他的。

“你怀疑获索会对我平原不利?”迟昭平望着林渺，神色有些凝重地问道。

林渺点了点头道：“我只是猜测，他走得太匆忙了，原本他不必如此匆忙的。作为一军之首，今天的许多话和表情与他的身份不太相合!”

"没有呀，好像他一直都是这样的!"迟昭平道。

"他不仅是黄河帮的合作伙伴，更是你的朋友，但我感觉他的眼神之中藏着一丝不会外泄的秘密，如果他一直都是这样，那说明他是一个很会演戏的人，至少在你面前是这样。一个能成为数万大军统帅的人，不应该是今天这样的表现，这只有一种可能，那便是他在故意装傻，让别人轻视他!"林渺肯定地道。

迟昭平眉头微皱，她不明白林渺为何会有这种想法，但她却知道林渺的分析自有他的道理，而且两人看问题的角度有所不同。

林渺对自己看人很自信，他是自小生活在市井之中的混混，对骗人和被骗有着无数的经验。因此，他看人的眼光很独到，但如果有人想在他面前演戏，那很难逃过他的眼光。不过，他不必向迟昭平解释这之中的问题，所有的一切，最好是用事实来证明，那比任何言语都有说服力。

迟昭平也不说什么，等到天黑之后自然会有分晓，此刻距天黑已经没有多长时间了。

小刀六与任灵爬上了那高有十数丈的土山之顶，在山隙的背阴面相倚而坐，战马则牵到土坡的背后散缰，让其啃着那灰褐色却可以吃的草。他们所处的位置正好可俯视全镇和远来的那队人马，但别人却无法看到他们。

这镇子不大，外墙以土筑起仅有三丈余高的土墙并不太完整，在城墙之外挖出一道道沟壑，却被风沙埋了大半。

这就像是一座被风化破落的小城，已经不能够承受太多的风吹雨打了。

当然，在这沙漠之中难得会有雨水的到来。

那卷着黄沙和尘土而来的果然不是飙风骑的战士，而是一彪只有数十人的响马。

这些人看上去极为狼狈，并没有太剽悍的气势，卷着黄沙冲入小镇之中，蹄声震得整个小镇都在发颤。

这群人冲入镇中，便在镇口的大街上带住马缰，似乎也惊讶这镇中竟会这般安静，不过却似乎并没有入袭土坯房的意思，看得出这些人并不是为劫掠小镇而来。

为首者头戴斗笠，半赤着上身，背上背着两壶羽箭，大弓斜挂在半赤的肩上。那衣衫如带子般在腰间打了个结，袒露的肌肉泛着黑红的油光，叽里咕噜地讲着小刀六和任灵听不懂的话。

“他们在说什么?”任灵小声地问道。

小刀六苦笑着摇了摇头，他虽然近来对塞外的语言学了一些，但是只能听得出几个很简单的词，大部分他根本就不明白。

“他们好像是在说什么乔巴山之类的。”小刀六道。

“乔巴山？这是什么东西?”任灵不解。

“自然是一座山喽。”小刀六没好气地道。

“他们不是马贼吗?”任灵又问。

“可能不是，也许是漠外的一个部落的人!”小刀六猜测道。

“那我们要不要下去与他们相见?”任灵有些好奇地道。

“如果万一他们是坏人怎么办？他们这么多人，我们可打不过人家!”小刀六道。

任灵望着小刀六那像是有点生气的样子，不由得笑了笑道：“你生气的样子好可爱!”

小刀六也不由得笑了，突然觉得有这样一个女孩子陪在身边也是一件颇令人开心的事情，虽然有时候难免要受点欺负，却至少为此次行程平添了几分温馨。

“你为什么一定要来这种鬼地方呢？就是为了好玩吗?”小刀六突然很想知道任灵心中在想些什么，不由得问道。

“你说呢?”任灵眨了一下狡黠的大眼睛，反问道。

“我说你是在中原玩腻了，所以才想来漠外看看这异于中原的风光!”小刀六猜道。

“傻瓜!”任灵不由得一噘小嘴，嗔骂了一句。

小刀六倒有些糊涂了，问道：“我猜错了？那是为什么呢?”

“有时候我发现你精明得连耿叔父都算计不过你，我以为你是天下最狡猾的人，可是有的时候你却笨得像头驴!”任灵没好气地道。

“那我是狡猾的人还是头笨驴呢?”小刀六无可奈何地道。

“什么也不是，你是头猪!”任灵笑骂道。

小刀六悻悻地笑了笑道："你就不可以直接告诉我呀？"

"为什么要告诉你？你猜不出来就别问，要不你去问无名前辈！"任灵道。

"他知道？"小刀六讶异地问道。

任灵又好气又好笑地道："他自然不知道，但醉鬼总比笨驴要聪明一些，他定可以猜得到！"

小刀六不由得苦笑了笑，却发现那群人迅速搬移大街之上废弃的杂物、土块之类的，快速堵住这小镇的入口；有些人则进入土坯房中把一些桌子、椅子、石桶，还有石礅之类的全都搬了过来。

"他们在干什么？"任灵大惊问道。

"他们在堵出镇口！"小刀六不解地道。

"难道他们不要我们的人入镇？"任灵讶异道。

"应该不会，可能他们是因为别的原因吧，这些东西哪能挡得住我们的人？只能阻止快骑进入！"小刀六吸了口气道。

"阻挡快骑进入？难道还会有人追他们？"任灵再次讶异地问。

"看他们的样子，有些人身上还有血迹，应该是在沙漠中进行了一场苦战，很有可能他们只是想借这座镇与敌人一战！"小刀六猜测道。

"要是飙风骑的战士待会儿来这里那怎么办？"任灵担心道。

"这么晚了，除非在外露营，否则便只好进这个镇子避避风沙了。这方圆百里之内，便只有这座镇子可以寄居，如果追杀这些人的是一大股马贼，我们若在沙漠中露营，必会遭到他们的袭击。因此，倒不如这镇中来得安全！"小刀六道。

顿了顿，又道："何况，我们还在这个小镇之中，除非能出去，但这些人肯定不会让我们轻易出去！"说到这里，突然惊道："不好，苏氏兄弟不知道这些人来了！"

任灵向下望去，果见苏根和苏叶自镇子的两端策马而来。

那群人顿时如临大敌，叫嚣着立刻策马上前相围，并叽里咕噜地说了一大堆话。

"我们只是在这个小镇上借宿的！"苏根和苏叶虽然已做戒备，但面色却很平静，他们并不觉得这群人有什么可怕的，或者说，他们并没把这些人放在眼里。

苏根和苏叶一开口，立刻自这群人中策骑走出一位老者，来到两人的面前问道：“你们是汉人？”说的却是不太流利顺畅的中原话。

“不错，我们是中原人，只是路过此地。”苏根道。

“你们是从关内而来？”

苏根点头，那老者立刻又跑到那半赤着上身的汉子面前叽咕了一阵，却不知是说了些什么。

“我们头领让你们离开这里，因为这里很快就要打仗了，你们若不想在战争中死去，就赶快离开这里，天黑之前能走多远就走多远！”那老者又道。

苏根和苏叶的目光却在寻找着小刀六的身影。

小刀六望了任灵一眼道：“我们也该下去了，他们看来在担心！”说完已拉着任灵自土坡上纵跃而下。

这一年来，小刀六改变了很多，自土坡之上纵下有若猿猴一般敏捷。任灵的身法比小刀六更好，只是她仅是随着小刀六而下，任由小刀六牵着她的手。

“主人，你没事吧？”苏根和苏叶赶上前问道。

“自然没事！”小刀六并不放开任灵的手，笑了笑道，旋又向那老者道：“你懂中原话，那很好，你告诉你们头领，我们并不怕打仗，待会儿我们的商队就要前来这里，要在这个小镇之上暂住，你们不要将这镇口堵住！”

那老者一阵惊异，而另外一群武士们则将小刀六几人围于中间，依然是以敌对的眼光相看。不过，大多数人都为任灵的美丽所倾倒，眸子中闪过如狼一般贪婪的光彩，却因没有他们首领的命令而不敢乱动，只是不住地吞着口水和怪笑着。

任灵对这些人的表情很是厌恶，但是她没办法阻止，至少，这一刻她处在被动状态，小刀六更抓住了她的手，让她难以发挥，否则，必会让这些人好看。

“你们的商队要来这座镇子？你知道会有什么人要来吗？”那老者又问。

“这个不重要，我觉得这是一个很不错的小镇！”小刀六笑了笑道。

“谁知你们是不是苏摩尔的奸细！头领，不如我们杀了他们，不让他们有机会里应外合！”一个硕壮浑身肌肉纠结的年轻武士以中原话道。

这些异族武士都能听得懂中原话！许多人都点头叽里呱啦的。

小刀六自然知道这些人是赞同那年轻武士的观点，他心中不由得有些恼怒，冷冷地道：“我根本就不知道苏摩尔是谁，不过我可以告诉你们，如果你们想要杀人，这对你们不会有半点好处！”

“你是在威胁我们?”那年轻武士怒问道。

“别以为你们人多有什么了不起，打架本小姐从来不怕，有本事你就来杀我呀！”任灵哪堪受这等闲气，不禁怒叱道。

“哼，你一个女人也敢如此说话，我木贴儿从不杀女人，不过我让你做我的老婆！”那年轻武士极为狂傲地道。

任灵脸色一变，呼地一下便挣脱了小刀六的手，身形如燕一般，在小刀六吃惊之时，任灵已到了木贴儿的马前。

“希聿聿……”木贴儿的战马惊嘶，人立而起。

众异族武士还没弄清怎么回事，木贴儿已经连连挡了任灵五剑，但却被任灵一脚踢下了马背。

任灵并不追杀，反而又倒翻回小刀六的身边，脸上泛起一种冷而不屑的神情。

木贴儿跌了一身的灰尘，大怒爬起，他怎么也没有料到这汉人女子速度竟如此快，而且出手毫无征兆，说打就打，一时之间竟丢此大丑，这怎叫他不怒呢?

“哼，就凭你这样的人也想娶我?如果你再胡说八道，我就让你永远都沾不了女人！”任灵哼着道，她是一副天不怕、地不怕的架势，似乎不知道自己人单势孤不能够惹这么多人。

“呀……”木贴儿气得“哇呀呀”大叫，挥舞着手中的大刀就要扑出。

“木贴儿——”那异族武士的首领呼喝了一声。

木贴儿只好将架势定在空中，表情依然愤怒，但是又不敢违令。

“哼，你不服气吗?不服可以和本小姐再比试比试呀！”任灵却得理不饶人地道。

“你……”

“你最好先把刀收起来，如果你们不想让你们的敌人来时把你们全部消灭的话，最好去做一些有意义的事，别把时间都浪费在这里！”小刀六也冷冷地喝了声。

那群武士立刻鼓噪起来，显然对小刀六狂傲的话有些不满。

“你们究竟是什么人？”那头领打马过来，声音很沉稳，目光也很犀利。

小刀六这才仔细地打量起对方来，这人四十上下，粗犷的面容之上有两条交错的刀疤，使本来还算英武的容颜多了一丝狰狞，但也更具一种粗悍的悍气，如同奔跑于沙漠之中的狼王，自然流露出战争的欲望和疯狂。

“我们是自中原而来的商队，我已经说过，我们只是想在这个镇上借住一晚，明日便会启程而去！”小刀六悠然道。

“你们会武功？”那武士头领又问道。

小刀六不由得笑了，道：“否则我为何敢来这烽火狼烟之地？”

那头领神色微变了变，沉吟了半晌，才道：“我相信你不是苏摩尔的人！只要你们不捣乱，我不会为难你们！”说完又向那群武士叽里呱啦地说了几句。

那群人立刻散开，仅多向任灵偷看了几眼，又各就各位地忙碌起来，再没有人理会小刀六几人的存在。

……

飙风骑果然在半个多时辰之后赶到，胡世在几名战士的相护之下走在最前面，后面则是马队。无名氏很悠哉地置身于马队之间，用一顶特大的斗篷挡着阳光，偶尔灌几口酒，倒也极为惬意。

飙风骑这支只有两百余骑的马队，在沙漠之中确实是一道亮丽的风景，但也着实将那群异族武士吓了一跳，他们以为是追杀他们的人，后来才知道不是。这长长的马队之中，大多数都是中原人，虽也有胡人，但只占其中三成，不过这群人确也让他们心忧，因为其力量绝对比他们要强。

所幸，他们刚才并没有得罪小刀六，知道这是小刀六的商队，在小刀六的强烈要求下，他们只好让这群商队进入小镇之中，然后再封堵小镇的入口。

小刀六的商队之中，有许多木箱之物，还有在沙地上滑动的橇车，这些都由战马拖拉着，之中也有几匹负重的骆驼。当然，因为这并不是一片特别宽阔的沙漠，也用不着带大批的骆驼，战马比骆驼要省事多了，而且在过了沙漠之后的草原之上可以用得着。

不过，这群人来到小镇之上，与那群异族武士并不相扰，尽管让死寂的小镇热闹了一点，却仍无法掩掩小镇上的异样的森冷。

小刀六不知道这小镇之上的人究竟去了哪里，又是谁杀了这小镇之上的妇孺，是马贼或是……？

如果有能够让小镇变得如此死寂的马贼，那么这群马贼的数目必定极多，而且极残忍好杀且极厉害。

要知道，这座小镇之上本就拥有自己的保护能力，而且许多外来的商旅也很多，许多来此交易的人也都有大批的同伴，若有人要破坏他们的交易市场，他们自然不会答应。因此，马贼所要面对的不只是小镇上的守卫，也是那群来小镇上的商旅。

这种荒漠之中，马贼出没太正常不过了，这些人以劫掠为生，残忍好杀，冷酷无情，便像是沙漠里的狼群一般，来去如风！从来都是让塞外诸部为之头痛的力量，但是这也是没有办法的，在这广阔的天地里，没有人知道这些马贼藏在什么地方，而且通常这里并不只有一股马贼，而是很多！就像中原纷乱的义军一样。

而在漠外本就没有一个绝对的强权，即使是强如匈奴，也是由大大小小的部落所组成的。

部落与部落之间又有着相当的距离，并不像中原人口那般集中，而且这些部落多是以游牧为主，流动性极强，这便成了马贼横行无忌的保障。因此，有杀人越货之类的情况发生，一般很难知道是哪一路人马干的。

小刀六也不知道，不过，他只是这座小镇上的过客，并不必太在意是谁清光了这小镇，只要等到能够顺利离开这里，并抵达目的地就行。

当然，每个人都渴望平安，但有时候并不是任人想要的，总会有许多事情并不是太如人意，小刀六也不能例外。

天刚黑，小刀六与他的人居于小镇的东面，他们的货物集中在其中的几个土坯屋之中，留下一些人警备，余者轮流休息。他们带了足够的米和食物，是以并不担心沙漠中的困境。

小刀六每天都习惯在饭后打坐，今天也不例外，但他才入定半晌，便觉大地在轻轻地震动，于是他醒了，他知道有大批的快马正向这座小镇的方向赶来，至于是什么人马，暂时却是无法知晓的。

探马极速返回平原城，带来的消息是在城东和城南两面二十里外的密林之中，有宿鸟不敢归巢，在林空之上盘旋不下，其他两面则一切正常，并无异样。

许平生听了这个消息，脸色变得有些古怪，但他还是迅速禀告了迟昭平，这一刻他似乎明白为什么迟昭平会有这样的安排。

迟昭平的脸色微微变了，吸了口气，却将目光投向正在喝茶的林渺。

林渺表情没有一丝波动，一切似乎都是在他意料之中，所以他仍有心情喝茶。也许，只是因为迟昭平亲自泡的茶味道极好吧。直到迟昭平望向他时，才悠然放下手中的茶杯，淡淡地问道：“平原城中有多少可用之兵?”

迟昭平和许平生一怔，他们没有料到林渺第一句话竟是问这个。

“有七千可以调动作战的战士!”迟昭平想了想道。

“七千可用之兵，再加上城中百姓，防守之上不必担心，平原城可以无恙!”林渺平静地道。

“你是说他们可能想夺平原城?”许平生讶异问道。

“当然，平原城乃是两河之间的一座要塞，也是一块人人欲食的肥肉，谁不想夺谁便是傻瓜!”林渺笑了笑道。

“那林城主认为这些人可能会是哪路人马呢?”许平生并不能猜到林渺所想。

“自然是获索军和富平军了，在两河之间，难道还有别人敢来轻犯平原?”林渺反问。

许平生的脸色一变，有些愤然地道：“我黄河帮与他们一直都是和睦共处的，他们竟然要这般劫我平原……”

“现在不是说这个的时候，战争，什么事情都可能发生，你立刻吩咐全城战士戒备!”迟昭平打断许平生的话道。

“不必这般急，既然他们有这般用心，我们也不必与之客气，如果这般死守，也太被动了，要让他们知道，黄河帮不是好惹的!昭平，给我两千五百人马，必让他们后悔今日之行！”林渺悠然道。

迟昭平望了林渺一眼，不由得笑了。她相信林渺，全心全意地相信，尽管她没有见过林渺作战，但是她却知道林渺到目前为止的算计还从未出过错，而且江湖之中盛传林渺最擅打以少胜多的仗，只要有林渺这一句话，她便可以完全放心地将平原城交到林渺的手中。

许平生并不会反对，他并不像迟昭平那般全心相信林渺，但是他却听说过林渺以三千人马夺下枭城并大败王校军，而更让天下人震惊的却是在昆阳大败王邑的百万大军，如此惊人的战绩，使任何人都会相信林渺确实拥有很高的军事天赋。

“好，你可以随便挑选二千五百战士！”迟昭平很爽快地道。

“如此甚好，另外你仍需在城中有一些安排！”林渺道。

“有你在，我可以轻松很多！”迟昭平不由得欣然笑了笑道。

许平生和林渺也不由得笑了，笑得很开心。

来向小刀六报告的是飙风骑黑鹰第一组的队长格朗。

格朗本是匈奴的奴隶，但后来逃入关内，以狩猎为生，但却因在逃亡和多年积累下来的经验中，他成了一个侦察的高手，拥有着对危机和战情的高度警觉，这也是他成为黑鹰第一组队长的原因。

飙风骑分为四部组成，青龙队、白虎队、黑鹰队和灵鹫队。

其中黑鹰与白虎每队各两组，青龙与灵鹫每队各二组，黑鹰队每组仅二十五人，负责侦察敌情。

青龙队每组为五十人，负责攻击和掩护。

白虎队每组也为五十人，负责押货，而灵鹫队每组七十五人，负责护行、突袭、埋伏之类的。

在飙风骑中的分工很明确，但却可以灵活地变动机制。无论是四队的哪一组，都具有超强的攻击能力，只不过，灵鹫队与青龙队相对更要凶猛一点。

小刀六对这些人很满意，他们五人为一小分组，遇到高手便可五对一相互配合。每一大组又由十小组构成，相互之间的配合更为默契，而队与队之间也能极佳地相互配合，单独的个人能力，也都极强，这是小刀六绝对自信的地方。当然，这是因为精挑细选的结果，真正的精英只有对比才能得出结果。

格朗来相报的情报是："主人，有大队未知人马向我们方向奔来，听蹄声有一百零七骑，另有十三骑蹄音空落，应该是背上无物的空马，无步卒，这队人马有九十四人！"

小刀六也不由得不佩服此人的耳力，只要俯在地面上倾听，便可以知道对方的人数，连空马也可以报得极准确，这确实不能不让人惊讶。

听了这些报告，小刀六轻松了下来，就一百多骑，并不足为虑，也许仅只是一群马贼而已，或者便是那群异族武士的敌人，而己方在人数之上占着绝对的优势，他根本就不必在意，只要对方不惹自己，也便不想管闲事。

"加强戒备，不要轻举妄动，若有人来犯，则不必客气！"小刀六说话的声音很沉冷。

格朗只是听和点头，他知道自己不必说太多的话，许多事情只要听就行，然后自然便会有人去办事，这便是飙风骑的规则。

"不要忘了查看这镇子之中的每一丝动静！"小刀六又叮嘱道。

"小人明白！在镇子的各处我们都布下了眼线，镇子内外各方向的动静都不会逃过我们的眼睛！"格朗极为自信地道。

小刀六又笑了，他很满意，点了点头只是说了两个字："去吧！"

格朗便去了。

蹄声，急促的蹄声让休歇在城头的迟昭平惊醒。

城头依然平静，当她立于城头之时，却见到了获索。

自远处奔赶而来的获索极为狼狈，八大铁卫人人挂彩，身后更跟着百余名残兵。这些人正是今日随获索同来的护卫军，只是这群人今日只是守在城外，并未跟获索入城。

这群狼狈逃向平原城的人，似乎是经过了一场生死大战，获索也有点甲歪盔斜，他本来有两百余名护卫军，但此刻却只剩一半。

"别放箭，是自己人！"获索在很远的地方便高喊。

"来人可是获索将军？"城头的一名守将高声道，他们知道获索与迟昭平的关系很不错，一向以兄妹相称，因此，在平原城中还没有人敢对获索无礼。

“正是我们的龙头，快开门，富平军降了王郎，正在追杀我们……”一名铁卫冲上向城头高喝道。

“快开门！”获索似乎也很急，呼喊道。

城头之上的守将不由得犹豫起来，这晚上是不可以轻易开城门的，至少没有迟昭平的命令，不过这人却是与迟昭平以兄妹相称的获索，也是迟昭平极为尊敬的人。

“你稍等，我立刻便去通知帮主！”城头上的守将向城下回应了一声。

“来不及了，他们就快要追来了！”获索大急，呼道，旋又道：“有什么事情便由我向你们帮主解释！”

城头之上的守将互望了一眼，仍有点犹豫，但已经有人去通知迟昭平了。

迟昭平便立在城头之上，自然不要人通知，只是获索并没有看见而已。

城头太高了，高得让人心中生出不可攀越的感觉。

城头上的守将犹豫了良久，获索看到他们似乎在说着什么，争吵着什么，而这时，他也听到了蹄声，急促的蹄声让大地都在摇晃，还有杂碎的脚步之声，他明白，追兵就要来了，他急！

获索真的急，若城门再迟一点打开的话，他们可能在城头便要被人杀光了，这绝对不是一件好玩的事。可是，这是迟昭平的城，不是他的城，不能由他的命令来决定是开门或是不开门，他能做的只能是用自己仅有的一点影响力，他与迟昭平那若断若续、若真若假的关系乞求这守城的将士为他开门。不过，他却是一方霸主，他不会乞求别人的施舍。

城头之上的人也听到了远处赶来那山摇地动的蹄声以及杂碎的脚步之声，城头之上的人也神色变了。

“开门！”在这一刹那，城头之上的守将作出了一个决定。

“轰……”沉重的吊桥放了下去，巨大厚重的城头也缓缓开启，城头的弓箭手立刻紧张起来，因为他们知道，他们的决定是危险的，绝对危险的！

第七十七章 平定平原

夜色极为明朗，大漠的明月散发出的光彩让任灵永生难忘，那在白日里的万里黄沙，在月色之中竟泛着奇异的光彩。

清冷而悠远，天空极为平静。

天是好天，夜是好夜，只是大漠的风自远处吹来了一阵淡淡的血腥，是自镇子的南面吹来，血腥是因为杀戮才有的。

灵活没睡，她睡不着，在想白天为什么小刀六不让她看那屋子之中的东西，这镇子之上究竟发生了什么事？还有那群封锁这小镇子的究竟是什么人？而这自远而来的一百多骑又是些什么人呢？

喊杀声、呼喝声与马嘶声很快便停止了，镇南的镇口已经被打开，那自远处连夜赶来的骑队如风般卷入镇中，急促的蹄声使整个镇子都在震动，掀起了呛人的尘埃。

当然，在夜色之中自然不会有人看到那扬起的尘埃，但每个人的心神都为之绷紧。

镇子入口的人只是与那群冲入镇中的人作了短暂的交锋，然后作了妥协，让那群人冲入了镇中。

深夜入镇的人是大漠中极负盛名的马贼群悍狼！

悍狼是一支马贼群的名字，也是这支马贼首领的名字。

小刀六收集过这些人的资料，对于关外的每一支马贼的资料他都会极力收集齐全，因为他将来很可能会与这群马贼打交道。想做塞外的生意，若不与马贼打交道那是不可能的。

小刀六一向是极为谨慎细心的人，每一件事都是有备无患，只有知己知彼才能游刃有余。

小刀六知道这群进入镇子的马贼是悍狼，所以他又下了一道命令：如果有人敢擅闯他们的驻地（镇北的三条胡同）的五十步内，立杀无赦！

小刀六不想与这股马贼打交道，即使是在大漠之中的其他马贼群也都不愿与这些人合作，只因为这些人不仅狠、狡诈，更不讲任何原则，他们从不会在乎黑吃黑，从不会留下任何活口，包括老人与小孩。在大漠之中的女人，知道悍狼来袭，都会准备匕首，在这群人破入帐中之前自杀！任何落到悍狼手中的女人都是生死不能，受尽千万般折磨和污辱才会死去。

是以，没有人愿意与这群马贼沾上一点关系，在大漠中他们没有伙伴和同盟者，因为他们的伙伴和同盟者都已经死在他们的手中，死得极惨。小刀六细数众马贼群，这小镇之上的惨案，极像是悍狼所为。

想要灭掉悍狼的人极多，但是能毁去悍狼的人却绝少！这群人是大漠的魔鬼，是马贼中的败类，是以，小刀六说过，任何靠近五十步的悍狼马贼格杀勿论。

当然，如果不是因为有任务在身，小刀六想在这一个月朗星稀的晚上将这一群恶魔全都送到他们应该去的世界！只是，这一刻，他并不想得罪太多的人，不想让自己的战士遭受任何损失，这不值得。毕竟，他只是个商人，一个稍微特别一点的商人。

悍狼有四名悍将，也都是大漠之中杀人无数的凶魔。知道悍狼的人，便一定知道狂狼、疯狼、野狼、饿狼四人，这四人与悍狼本是五兄弟，悍狼最大，也最凶悍、狠绝，所以他理所当然地成了这群狼人的首领。

悍狼冲入小镇，似乎松了口气，立刻协同那群异族武士封住小镇的入口，似乎害怕有人跟着他们也进入了镇子之中。

野狼似乎对这个镇子极熟悉，他一入镇，便立刻领着数十名马贼，横冲直撞地找歇足之处，仿佛这处镇子便是他们昔日的城堡一般。

“请止步，这里是我们的休歇之地，我们主人有令，擅入者杀无赦！”

一个冷冷的声音倒让野狼吓了一跳，跳动的火光之中，他看到了几张冷峻而森杀的脸。

“哈哈哈……”一干马贼不由得大笑起来，这似乎是他们听到的最好笑的事情。

“你知道老子是谁吗?”野狼狰狞地冷笑问道。

“野狼！”那答话的人冷而坚定地道，这种语气让人觉得他所有的话并不是一时冲动。

“知道你还敢阻拦？”野狼眸子里射出如狼一般凶狠残忍的光芒，不自觉地舔地一下舌头，仿佛是啃完骨头意犹未尽的恶狼。

“知道所以才会告诉你我主人的命令！”那人很冷静，冷静得让野狼都感到有些意外。

“你主人是谁？”野狼冷冷地问道。

“萧六！”那人依然很冷，脸上依然木无表情。

“萧六？”野狼一怔，旋又哈哈哈大笑，他从未听说过这个名字，先还以为必会是一个极为响亮的名字和一个大有来头的人，却没料到只不过是一个名不见经传的人。

野狼身边的马贼也跟着狂笑，一名马贼不屑地道：“老子便要闯闯看！”说话间打马便向北三胡同冲去，自那人和火把之间冲过。

野狼的笑突然打住，如被掐住了脖子的老鸭，因为他看到了那火焰狂跳了一下，有一缕光跳动了一下，一闪即灭。

那名冲过火光的马贼的笑声也在空中凝住，战马冲入了北三胡同，但那马贼却仰天跌倒，自头而裂，化成两截。

天地顿时静极，只有火花发出“噼剥”之声，数十马贼的狂笑之声似乎在刹那之间被切断。

“沙里飞！”野狼自牙缝之间迸出了三个字，那群马贼的眸子里都闪过了一丝惊愕和一丝恐惧——大漠的马贼没听说过“沙里飞”这三个字的人极少！

“沙里飞已经死了！”那表情依然很冷的人平静地道。

“那你的刀是哪里来的？”野狼的眸子里闪过一丝惊愕之色，冷冷问道。

“人死了，刀并未死！”那人依然极冷。

“他就是沙里飞，我见过他脸上的刀疤！”一名马贼突然惊呼了一声，于是，所有人都注意到那人脸上一刀几乎将左脸斜分为两半的刀疤。

“你就是沙里飞，为何不敢承认？昔日一窝蜂的头领沙里飞怕过谁？如今居然成了别人的看门狗，真让我意外！”野狼说完不由得大笑了起来。

“沙里飞已经随一窝蜂死了，这里不再有沙里飞!”那人依然很平静，没有半点恼怒，而此时却自黑暗之中走出一人。

很突然地走了出来，轻松地揪起地上的尸体，信手一丢，尸体立刻飞跌出四丈之外的界线，轰然落地。

野狼和那群马贼的笑声再一次哽住，眼中闪出了愤怒和疯狂的光彩，同时也有一点惊惧，一个能将百余斤重的尸体信手抛出四丈的人会是怎样的一个人，稍想一下便不难知道。

那突兀走出之人并没说话，只是将惊嘶的战马也继续赶了出去，他似乎并不想要这匹失去了主人的马，就像他抛那带血的尸体一般，不带半点感情，似乎那抛出去的并不是尸体，而是一堆垃圾。

“我不管你是不是沙里飞，杀我野狼的人，我绝对不会放过他!”野狼似乎意识到了点什么，顿时杀意上冲，冷冷地道。

沙里飞杀了他的手下，他没有动杀机，因为他慑于沙里飞的快刀，但是那人将尸体不经意地抛出，却带着极度的藐视，对他手下尸体的轻视，这使这名动大漠的马贼动了强烈的杀机!

沙里飞悠然地摇了摇头，眼神中有一丝淡漠和冷傲，道：“我说过，擅入此境者格杀，这是我家主人的命令，如果你们真要找麻烦的话，后果只好由你来承担了!”

“哼，在大漠，从来没有人敢这样对我野狼的人，我敬你沙里飞是个人物，只要你一只手作赔偿，否则你应该明白我野狼的手段!”

沙里飞依然只是笑了笑，很平静地道：“你知道他是谁吗?”沙里飞指了指刚才甩出尸体的人。

野狼的目光悠然移向那人，但那人似乎根本就不在乎别人的眼光，只是以黄沙掩去那一摊血迹。

野狼的目光顿了一下，脸色再变，因为那人的一只脚。

那人并不是以手捧黄沙，而是以脚!他的脚踏入那一摊血迹之中，血迹之下的黄沙立刻如同煮沸的水一般，上下翻腾起来，那片血迹立刻被自下面翻上来的新沙所掩，地面之上似乎什么都不曾有过。若不是仔细看，还不易在暗淡的火光之下看到这一切，但野狼的眼力却极好。

“赫连铁脚!”野狼吃惊地低呼了一声。

众马贼再惊，他们听说过沙里飞，那是因为沙里飞也曾是一帮马贼的头领，其带领的一窝蜂在大漠之中横行了十余年。沙里飞本是一窝蜂中的一个小角色，一步步地成了头领，但是带着一窝蜂在三年前因得罪了呼邪单于，于是一窝蜂被匈奴的铁骑踏碎，许多人都以为沙里飞在那一战之中也死了，却没料到竟出现在这里。

野狼自然认识沙里飞的刀和刀法，是以，沙里飞一出手他便认出来了，但这个赫连铁脚却是昔日匈奴大军中的高手，向来让马贼们头痛的人物，但因其武功超卓，为人更是精明谨慎，因此想杀他的马贼没几人能活着回来。因此，赫连铁脚便成了马贼们回避的对象，更尽量回避赫连铁脚的朋友，没有人想被这样的人万里追杀。

“你是赫连铁脚?”野狼神色惊疑不定地问道。

“你还记得我的名字，不错，我就是赫连铁脚!”那人终于抬起了头，一脸的沧桑，目光之中却多少带点意兴萧瑟的无奈。

那群马贼不由得紧带了一下缰绳，似乎害怕赫连铁脚突然攻击一般。

野狼的神色有点难看，他倒很想知道这两个人的主人究竟是谁，竟能让大漠之中两个最让人头痛的角色召到了一起。

“没想到沙里飞与赫连铁脚居然也聚到了一起，看来真是有趣得紧!不过，你杀了我的人总得有个交待吧?”野狼仍不死心，他有一百多战士，在不知道对方实力之前，他自不敢轻举妄动，但也不会惧怕这两个人，尽管这两人极有名气。

“如果诸位不死心的话，只怕诸位会后悔，我劝你们还是去找别的屋子休息吧，不要来此打扰我们主人的休息!”苏根也自暗处走出，语气极为平静，但野狼顿觉一阵森杀的剑意紧罩而来，让他不由自主地打了个冷战。

“叶先生!”沙里飞和赫连铁脚极恭敬地道。

野狼和那群马贼皆愕然，他们没有料到在他们眼中极为难缠的两人竟对一个中原打扮的中年书生如此恭敬，这使他们不由自主地猜测起来人的身份，但可惜他们对中原了解得太少了，而对眼前这中年人更是不清楚，但每个人都知道此人绝不简单，只自那气势之中便可以看出。

“我倒想看看你们有什么能耐!”野狼向来狂傲，在大漠之中从来都是杀人不眨眼，更从不曾受过闲气，却没料到今日在此竟遇上了这群难缠的对手。

野狼正待出手，蓦地将手定在空中，突然之间，他发现四面尽是对着他们的强弓硬弩，箭矢在黑暗之中闪着暗淡却摄人心魂的光芒。

野狼知道，如果他一挥手，部下将会有一半变成刺猬，而另一半则要承担无法承受的杀戮。所以，他只好让手定在空中，久久不敢落下。

能杀人者自然知道在怎样的情况下才能不被人杀，他不敢挥手，在他的身边只有二十余人，但那伏于四周的却有三十多名箭手，在人数上，他们占着绝对的劣势，而在个人的修为上，对方更有几个难缠至极的人物。是以，他只好无可奈何地收手，然后狠狠地说了句："走!"便带马转身向城南奔去。

野狼从不吃眼前亏，也只有这样才能真正的保命。

对于马贼来说，打不过便远扬千里，这也是一种生存的准则，因此明知不可为而为的事情他们绝不会做，是以野狼一发现自己的力量不如对方，想都不用想便退去，但他绝不会忘记这一耻辱，所以他去找悍狼了。

获索一马当先便冲入了城中，而不远处火光如龙，大批步骑夹杂的军卒蜂拥而至，如潮水般向平原城下漫至。

"起吊桥——"城头之上的守将也不由得吃了一惊，这四面涌来的敌军密密层层，当先更有一队快骑直奔那犹未能升起的吊桥。

"放箭……"一时之间，城头箭如雨下，吊桥也缓缓升起，城门悠然而合。

"杀——"大喝之人居然是获索!

"杀……"获索的八大铁卫与那一百多亲兵立时如猛虎般挥刀便斩。

城门口的黄河帮战士哪料到突生如此变故，还没弄清怎么回事之时，获索已如斩瓜切菜般杀了数十人。

那本来欲关上的城门一时竟无法合拢。

"杀……"城外的敌军大刀狂挥，高喝。

"轰……"而便在此同时，城头之上的巨大千斤闸缓缓沉下，即使城门一时无法关上，但是千斤闸也能够顶住片刻。

“杀……”城门口的三条大街之上立刻响起了一阵震天的吼声，三队人马自三个方向直向获索的队伍杀来。

城门大开，吊桥不能升，但千斤闸眼看就要降下，获索再见在大街之上竟准备了三队人马，不禁大惊，吼道：“移门柱！”

获索的吼声之中，立刻有几名亲卫将那抵城门的巨大撑门柱顶向那沉下的千斤闸。

黄河帮的战士见获索居然对他们下手，哪里还会不明白是怎么回事，不由得人人义愤填膺，迅速向获索杀至。

获索也杀红了眼，城门口无人能接下他两刀，凶狠得如一头噬血的雄狮，疯狂而野悍，并一级级地杀上城头，他要解除城头之上箭手的威胁。

“降者不杀！”

最先高呼的人居然是富平！

富平竟然与获索联手来夺平原城，而且施以如此阴险的毒计。

富平军与获索军相合，其力量之强，自然不是平原城所能抵抗的，是以，这些人必须以最快的速度关上城门，撤下吊桥。

富平自然大喜，他眼前吊桥被斩下，无法升起，城门大开，千斤闸被城门门柱顶住，如果不趁此机会杀入城中，便再也不会有这么好的机会了。只要能杀入城中，以他优势的兵力和战将，要夺下平原城只不过是轻而易举的事。

富平最惧的人不是迟昭平，而是迟暮，但他有最可靠的消息，知道迟暮去了东海，因为吕母去世了，因此中原各路义军都派人去凭悼。不可否认，这是一个让天下人都尊敬的女人，更是在各路义军中有着无法估量的影响力的人物，便是樊崇见吕母也要行大礼。迟暮代表黄河帮去吊丧，这也便成了富平和获索极好的机会。

城头之上的箭雨并不能威胁到富平，他的部下也执盾狂奔而至，虽然倒下之人甚众，可仍是前赴后继，没有人会不知道这是一个绝好的机会。

二十丈、十丈……五丈……眼见便要冲上吊桥之时，一道暗影如陨落的流星般自城楼之上落下。

“轰……”吊桥在那道自天空中陨落的身影下爆成碎片，断成两截，再悠然沉落河水之中。

一时之间所有人都傻了，有两匹已上冲桥的马也滑入河水之中。

“呼……”一道身影又自水中窜出，如冲天彩凤一般，身上的水珠四散溅开，击在那群冲至河边的敌军脸上，如同被疯狂的冰雹砸中，一阵奇寒，一阵惨呼，火把也灭了一片。

“迟昭平——”富平惊呼了一声，他这才发现那自天而降的人竟是迟昭平。

也只有迟昭平这样的高手才能够借高空下坠之力，一下子击断吊桥。

迟昭平并不在城门外逗留，而是如风影一般杀入城门洞之中，她绝不会容忍这些人在她的城中撒野，而大街之上的黄河帮战士也加入了战团，顿时将获索的人马全都包围于其中。

对于敌人，他们绝不留情！

获索也吃了一惊，他刚杀上城头，便看到迟昭平自一根绳索之上滑下城楼，然后他听到了吊桥断裂的声音和一阵惊呼，而城外的兵马便此打住。他本想去看个究竟，但立刻有人围攻而上，而且全都是黄河帮中的好手，虽然他勇悍无匹，但在这么多人的包围之中，也难以保全，尽管杀了数十名箭手，可是他也连连受伤。

“搭浮桥！”富平此战也是早有准备，见吊桥已断，立刻命人搭浮桥。

这四丈余宽的护城河并不堪大，因此，要搭浮桥也并不是一件难事。

但就在富平军浮桥快要搭好之时，忽闻身后喊杀声震天。

富平回首一望，只见后方大军一阵大乱，却不知发生了什么事。

获索却因站在高高的城头上，在火光之中，他立刻看到了那自后方狂杀而来的人是谁，禁不住惊呼：“林渺……”

林渺居然在城外，而且是在这种最要命的关头杀了回来。

林渺纵横于获索和富平的军中，如入无人之境，他身边的一千劲骑若龙卷风一般，所过之处，便是一条血路，这群一心想攻下平原城的联军哪里想到在他们身后会杀出这样一支天兵？而且来得这般突然，全无征兆，等他们反应过来时，这群人已杀入了他们的队伍之中，以林渺为锋锐，联军一碰非死即伤。

这一千人马将义军的阵脚全部打乱，一时之间义军竞相躲避，于是相互推挤，根本就无法组织起有效的对抗。

“富平，今日便是你的死期！”林渺挥刀高呼，声音如静夜的狂雷，掩盖了战场之上那疯狂的喊杀之声。

富平也大惊，他自然也看到了自己的战士乱成一团，阵脚大动，他还不知道敌人究竟有多少，一时之间，他的心也慌了，他不断地挥动着大旗，试图将纷乱不堪的阵脚稳住，但是林渺根本就不会给他机会，一路向中军狂攻而来。

当日在昆阳，百万大军都没有挡住林渺的冲杀，这一刻本已先乱阵脚的联军又怎能挡得了林渺？

遇将杀将，遇卒杀卒，林渺之来势直让富平也为之心寒，那些本来是攻城的联军战士只好掉头来围杀林渺的人马。

“杀……”而此时，平原城内却响起了一阵激昂无比的呼声，城中平原军也向城外狂冲而出，那由富平军刚刚搭好的浮桥却被平原军借用，似乎刚好是为平原军准备的一般。

冲入城内的富平亲兵被杀得一败涂地，那百余人尽数被歼，他们绝没料到城中早有准备，是以他们一出手，长街之上立刻冲出了三路平原军，以雷霆之势一举将包括获索八大铁卫在内的一百多人斩杀，而林渺的出现，使城内外配合得无比的默契。因此，在城外联军阵脚大乱之下，他们立刻施行林渺事先所安排的内外夹击的策略。

城外的联军人数虽比平原军多许多，但一开始便被林渺自后方偷袭给杀蒙了，斗志和锐气尽消，哪还经受得住城内冲出的平原军的这一阵狂冲，立时溃散。

富平也知道己方大势已去，兵败如山倒，即便他再多十倍的兵力也是无济于事，是以只好带着亲兵趁乱而逃。

“富平逃了，别让他逃了！”林渺一直都注意着这个人的行踪，虽然是黑夜之中，但他的目光却依然能看清这些人的面貌。

林渺这样一呼，城外的联军得知主帅都溜了，他们哪还有斗志，也立刻跟着四散而逃。

平原军和林渺紧追不舍，狂杀了十余里，斩敌过万，降者数千，富平只带着两千人逃走，因夜色极浓，不宜强追，是以林渺追杀了十余里后便不再追杀，他要处理降军，清理战场。

“主人，悍狼和那武士头领铁朗想见你！”格朗又来相报道。

“哦？”小刀六有些意外，这么晚，那悍狼和武士头领铁朗居然要来见他，他知道刚才沙里飞杀了悍狼的一个兄弟，料想应该不是为此而来，否则也不会两人同来求见。

“让他们进来！”小刀六淡淡地说了声。

悍狼高大沉郁，像一头人熊，脸上和手上一样，都布满了刀疤，让任何人都知道，这个人一生之中不知经历了多少次战斗，更不知道杀过多少人。此人与铁朗站在一起，立刻将那精悍的武士头领铁朗的气势给压了下去。

小刀六悠然而立，浅浅一笑道：“请坐！”

悍狼有些意外地打量了眼前这年轻人一眼，他看不出这年轻人有什么特别，清瘦，虽不显文弱，便也没多少霸气，是以，心中多了一点轻视。

“你就是萧六？”悍狼的声音很大，像是在敲打破锣，而且刺耳。

“不错，我就是萧六！”小刀六依然很淡漠，他的脸上一直都挂着一缕淡淡的笑。

“你的人杀了我的一位兄弟！”悍狼的眸子中闪过一丝凶芒，如一只饥饿的野狼，一动不动地盯着小刀六，似乎只要小刀六稍一动，他便立刻可以扑上去将之撕碎吞噬。

小刀六的目光并没有回避悍狼，而且平静得让悍狼心惊。

悍狼自然不知道，只要他稍有异动，在这屋子里至少有十种方式可以将他杀死，他绝对碰不到小刀六的半根指头。

“是的，我的人杀死了你的一个兄弟，但我的人曾经警告过他，只是他不听，所以他死了！”小刀六回答得很沉稳，便像是杀了人很有道理一般。

悍狼的身上散发出一股浓浓的杀机，他身后的饿狼也感受到了，是以饿狼舔了舔干裂的嘴唇。

“我想这只是个误会！”那武士头领铁朗插嘴道。

悍狼并没有听铁朗的话，或者他不屑听，从来没有人敢在他的面前说话这般狂，他做事也向来是任性而为。

“你信不信我可以将你撕碎？”悍狼眼里像是喷出火来，冷冷地问道。

“信！”小刀六很坦然地道。

“那你还敢在我面前说这些？还敢让你的属下杀人？”悍狼冷冷地问道。

小刀六笑了，笑得很自若，让铁朗惑然，却让悍狼恼怒。

“你笑什么？”悍狼恼怒地问道。

“那你相不相信只要你一出手，立刻可以死十次？”小刀六反问道。

悍狼呆住了，疯狼也呆住了，便是铁朗的神色也变了，他们的目光在小刀六身上打了几个转，才落在小刀六的脸上，但依然只发现小刀六那平静如水的表情和淡而悠然的笑意，于是他们的目光再打量了一下屋内。

土坯房中很空，除了他们便只有小刀六，连一个护卫也没有，在这间屋子之中，小刀六居然说他们可以在一刹那间死十次，这岂不是一种笑谈？难道小刀六会什么妖法？

“我不信！”悍狼深深地吸了口气，神色有些惊疑地道，他不相信凭小刀六一人能有这般能耐。

“那你可以试一试！”小刀六依然是高深莫测地笑了笑。

“试就试！”疯狼冷哼声中，刀光如雪般弹出，快若疾电般斩向小刀六。

铁朗不由得惊呼，悍狼却安然不动，他相信疯狼的刀，这柄刀至少斩下了一千多颗头颅，却没有卷刃，几乎已染上了噬的魔性，他倒要看看小刀六能怎样。

小刀六动也没动一下，脸上依然挂着一丝高深莫测的笑，连眼皮都不曾眨一下，仿佛那并不是一柄斩来的刀，而是一只飞向火中的蛾虫。

刀芒一闪，便到了小刀六身前，铁朗想救都来不及，不由得大骇，他怎会不知道，如果小刀六死了，他们几人休想活着离开，而小刀六居然连避也不避，这怎不让他惊？但他又突然发现这柄刀定在空中，距小刀六的面门半尺。

刀锋距小刀六的面门只有半尺，可是小刀六连眼睛都不眨一下，依然挂着那一缕挥之不去的笑容。

铁朗松了口气，疯狼还知道停刀，说明疯狼也知道杀了小刀六的后果，这让他惊了一跳，但他不由得赞道：“好胆色！”

确实，连悍狼也不得不承认小刀六的胆色过人，刀挥到了这个份上，居然连眼皮都不眨，还能脸挂微笑，这份胆量便不能不让人吃惊，仿佛小刀六早知道这一刀在这种距离便一定会停住一般，这还需拥有很好的眼力。

“果然是个人物，难道你就不怕他这一刀不停，而直接杀了你?”悍狼望着刀锋，又望了小刀六一眼，淡漠地问道。

“他杀不了我!”小刀六笑了笑，仿佛觉得悍狼的话很好笑。

“杀不了你?”悍狼也笑了，但他只是笑到一半，立刻如吞下一块哽喉的肥肉，声音一下子憋了下去，因为他看到了一柄剑。

剑身雪亮而窄长，轻轻地抵在疯狼的脖子上，仿佛是疯狼脖子之上的一根银带。

疯狼的表情极为古怪，像是刚吞下了一堆毛虫，眼神中充满了惊惧。

铁朗也看到了那柄剑，在他扭头看去的时候，他看到了一个人。

葛衣，瘦长，有点沧桑感的中年人，这人有一双极好的手，修长、白皙而有力。

悍狼的脸色极为难看，他明白了小刀六的话，是的，不是疯狼不杀小刀六，而是疯狼根本就不可能杀得了小刀六，只要疯狼的刀再前进一寸，便立刻会成为一具尸体，尸体自然不会杀人。

疯狼是一个擅长杀人的人，所以，他可以控制得了自己的刀，也因此，他绝不敢再向前攻进半寸。

除小刀六外，没有人知道这葛衣人是如何进来的，又是如何出剑的，因为刚才他们并没有发现这屋子之中有另外的人。至少，不会有这个葛衣的剑手。

铁朗识得此人，在一开始他便见过，尽管他并不知道此人叫苏根。

疯狼缓缓地收回刀，再缓缓地还入刀鞘之中，似乎怕有半点异动，这柄架在脖子之上的剑便会切断他的脑袋。

悍狼的目光又投到小刀六的脸上，但已经没有了刚才的狂傲和咄咄逼人的气焰，铁朗的神色也有些惊疑不定。

疯狼突然觉得脖子之上的冰寒顿消，想必剑锋已撤，他不由得松了口气，扭头，可是他什么也没看见，只有门帘似乎被风吹动了一下。

苏根走了，就像他来的时候一样，了无痕迹。

悍狼见疯狼转身，他们也回头，也同样骇然。苏根走的时候他们竟连一点感觉都没有，这一刻他们才真的明白，小刀六的话并不是虚谈，也绝不只是吓唬人，他们也不再为沙里飞和赫连铁脚这样的人成为小刀六的手下而惊讶。

“现在我们可以谈谈正事了，不知二位前来所为何事呢?”小刀六的声音依然很平静，像是一池吹不皱的春水。

富平被追杀得极为狼狈，在黑暗之中，唯有狂逃，也不知奔逃了多久，只是觉得身边的人越来越少，喊杀之声也渐奔渐远，他终于可以稍松一口气，却有种说不出的苦涩。他居然败了，就这样败得不明不白的。

富平不知道林渺怎会出现在城外，怎么又会自他的背后掩杀而至，但是他终于知道，传闻之中的林渺并不是虚谈，仿佛平原城中早知道了他们的一切，是以这才针对他们，在城外埋下了林渺这一路伏兵。

“将军，我们该怎么办?”一名偏将有些无可奈何地道，他似乎也失去了主见。

“将军，过了野狸坡便是洵山了，我们不如到洵山上休整一番再作打算吧。”富平的亲卫大将君鹰提议道。

富平望着平原的方向长长地叹了口气，这次居然败得一塌糊涂，他与获索合兵有三万余人，但是却被击得七零八落，身边只剩下三千多人，确实可悲，或许是他一直都小看了迟昭平，这本来是天衣无缝的计划，竟莫名其妙地成了这种局面。

“好吧，先去洵山!”富平点了点头。

“哈哈哈……”突地一阵大笑传来。

“富平，你逃不掉的!”一声巨喝响过，几乎让这些被追得如丧家之犬般的富平军心胆俱寒，这一刻他们哪里还有斗志，却没想到，在这野狸坡居然会有伏兵。

“呼呼……”那巨喝声一落，顿时火光漫天乱飞，一支支火箭不射人却尽落在野狸坡的四面。

片刻，野狸坡立刻陷入一片火海之中，这地上显然是早设下了许多引火之物。

“呀……希聿聿……”战士、战马一同惊呼惨叫，四面都是火，烧得他们的脸都绿了。富平的脸色也是极为苍白，他没想到这群人竟如此狠辣。

“给我冲!”富平一马当先，他知道，如果不冲出去，那他们死定了，他的战士却都乱了套，不过也有人跟着富平一起冲，也有人是单独冲，如此一来，这些人便像是热锅上的蚂蚁，全都慌了神。

“降者不杀……降者不杀……”

这野狸坡上的火并不是真能够将这些人置于绝路，若勇敢一点想逃出来仍不是太大的问题，但这一把火却完全烧毁了这些人仅存的一点斗志和信心。因此，一开始就变得混乱不堪，有些人虽冲出了火圈，但因完全暴露在光亮之中，立刻被射杀，也有些人选择了投降。

富平领着一小股人冲出了火圈，但迎接他们的却是密密的箭雨，射得这些人都喘不过气来。

能够活着冲出箭雨的只不过数十人，但他们立刻又遇上了一大队人马围攻而上，为首者正是手持巨大铁桨的铁头，气势如虹地迎上富平。

富平心中的沮丧无以复加，更是杀机大生，一上来便痛下杀手，但铁头也不甘势弱，其悍勇之处也让富平心惊。

铁头错马连挡数招，险些被富平挑下战马，所幸鲁青也及时赶上，两人合战富平，却依然苦苦支撑，不过，此际铁头的人数众多，富平的战士几乎死伤殆尽，洞庭二鬼也上来助阵，四将力战富平，这才将其威势压下。

战到最后，富平只觉对手越战越多，最要命的却是马下奔跑的驼子，防不胜防，使他连连中招，可是他唯有苦撑一途。

君鹰见主帅遭敌将围攻，心中大急，但他也无可奈何，因为缠住他的那老头的攻势几乎让他喘不过气来，更别说去救富平了。

君鹰也是高手，但他却知道这老头更可怕，他识得这老头的剑和剑法，那是二十年曾名气极响的赤练剑，在当时的七大剑客之中排在第五位。他没想到在这里居然遇上了赤练剑，因此，他只有苦撑。

富平也认出了君鹰的对手便是当年的七大剑客之一赤练剑，所以，他根本就没指望君鹰能助他，可是他在五大高手的围攻之下，连脱身的机会都没有。他没想到在黄河帮中还有这么多的勇将，一直以来他只惧迟暮一人，却没料到这群无名之人也让他无法展开手脚。他自不知道这些人并不是黄河帮的力量，而是林渺身边的人马。

不过，那并不重要，重要的却是他必须面对这群可怕的对手。

“萧公子可知我们为何要躲入这临仙镇上来吗？”铁朗深深地吸了口气道。

小刀六摇了摇头。

“那萧公子可听说过呼邪单于？”铁朗又问道。

小刀六不由得笑了，道：“前来大漠的人会有人没有听说过呼邪单于吗？”

悍狼听到这个名字之时，脸色显得有些难看，但旋又很平静。

“难道你们来这临仙镇便是为了躲呼邪单于？”小刀六随即反问道。

铁朗苦笑道：“不是躲，而是被他们追到此地！呼邪单于的大军很快就会来到这里！”

小刀六吃了一惊，讶异地问道：“他们为什么追你？难道你得罪了他？”

“给我们胆子也不敢去得罪这暴君，只是因为南北单于交战，粮草不足，于是呼邪单于下令搜罗诸部的兵丁和粮马供其交战，所有抗命者皆杀无赦，而我们不愿交出所有的财产，这才违令了，于是呼邪单于便派人围剿我们的部落！”铁朗苦笑道。

小刀六微微皱眉，他觉得呼邪单于的做法确实有些过分。

“那你又为何呢？”小刀六有些惊讶地转向悍狼问道。

“他抢了我抢的粮草、女人和货物，然后我便杀了他的人，但他们人太多，我们打不过，只好逃回临仙镇！”悍狼并不避讳地道。

小刀六恍然，随即又淡问道：“那你们来找我又是为何？”

“请你与我们一起对付呼邪单于！”悍狼道。

“我只是一介商人，并不想与呼邪单于为敌，你们的事与我并不相干！”小刀六吸了口气道。

“你错了，他不会放过任何一个从中原来的商人。你应该知道，呼邪单于最恨的不是北单于，而是汉人！如果不是汉人，他又怎会落到今日这地步？只要他知道你是汉人的商队，那么你的货物就休想离开临仙镇，连你们的人也都只会是死路一条！”悍狼悠然道。

小刀六神色不变，但心中却暗惊，他自然听说过呼邪单于最恨汉人的说法，而沈家也曾一再叮嘱过他，呼邪单于对汉人的仇恨，让他绝不要踏足呼邪单于的领地。

呼邪单于恨汉人，是因为王莽当年派大军北征，杀得呼邪单于的部族死伤无数，因此与汉人结下了不解的仇怨。

小刀六没想到呼邪单于的人马竟到了这里，现在是不碰也得碰了。

“他有多少人马?”小刀六吸了口气反问道。

“两千一百余人，领队的是呼邪单于的千夫长翰东海!”悍狼吸了口气，眸子里闪过一丝喜色，他知道小刀六这样问，便是有合作的意向了，只要小刀六愿意合作，有临仙镇可守，便不是没有一战的可能。但如果小刀六不合作，单靠他这一百余人，根本就不可能敌得过这么多呼邪单于的人马。

小刀六的眉头皱了皱，对方居然有两千余骑，这可有点棘手。

“如果我们不能合作的话，谁也出不了临仙镇!”铁朗吸了口气肃然道。

“你们肯定他们一定会来临仙镇?”小刀六又问道。

“一定会！天亮之前应该可以赶到，因为这方圆百里只有此地域可守，其余的地方根本就不可能抵得住他们铁骑的攻击!”悍狼道。

“如果他们真会在天亮之前赶来，那我们只好合作了！不过，这一切还得再商议，我不希望你们有任何多余的心思!”小刀六冷冷道。

“如此甚好，我们共临大敌，自然要相互信任!”铁朗喜道。

“至少在没有对付好呼邪单于前，我不会找你的麻烦!”悍狼冷笑，不屑地道。

获索居然负伤而逃，他自迟昭平荡下城头的那根绳索之上，荡过护城河，趁夜色而逃。

虽然在城头之时受到众黄河帮好手的合击，但是以获索的武功，这些人并不能挡得住他的去路，迟昭平因追袭城外的大军而抽不开身，许平生虽勇，但与获索这般一方之雄尚有极大的差别，因此竟让获索狼狈而去。

获索与富平的联军大败，平原城外尸横遍野。他们确实没有料到居然会败得如此之惨，但这一切都已经发生了，没有后悔的可能。

这一切本已是早就算计好的，在他们的初始计划里，这一切似乎是天衣无缝的，可是在实际的行动之中，却反而落入了对方的算计中，获索不知道问题是出在哪里，但问题一定是存在的。因此，当他发现林渺自后方掩杀而至，联军阵脚大乱之际，他便知道一切可能会以失败而告终，于是，他便逃下了城头，夹杂在乱军之中逃了。

获索很庆幸，林渺与迟昭平的兵力似是追着富平和大部人马而去，这倒让他减少了许多威胁。不过，他也是好不容易才杀出乱军之中，他本想重组军队与平原军一战，但结果却是他身不由己地被自己人冲得逃逸，想聚众再战根本就不可能，他只好也跟着逃走了。在混乱之中，他找到了自己军中两名溃逃的将领，再领着这些人向自己的领地败退。而此时能聚合在他身边的人，竟不足一千，这确实有点悲哀，想到开始之时兴致勃勃欲图黄河帮，可现在偷鸡不成反蚀把米。

奔离平原城二十里，还没来得及缓一口气，便见四面突然亮起无数的火把，山野顿时一片通明，四面八方的乱箭齐发。

获索大吃一惊，还没弄清是怎么回事时，他身边的战士已倒下一大片，他虽不惧这些乱箭，却护不了这些普通的战士，这时，他才知道自己已经陷入了伏击的阵式之中。

“跟我冲!”获索已经没有办法可想，在这种情况下，他唯有逃，本来就已经被杀寒了胆，好不容易逃出战场，如今又遇上这一队要命的伏兵，而且不知道人数多少，他身边的战士是毫无斗志，有如惊弓之鸟，根本就没有想到要还击，只知逃命。

“获索军听着，降者不杀，否则你们唯有死路一条!”一个冷豪而苍迈的声音传了出来。

一些人已经被杀破了胆，还真个想投降，不过因获索在场，其威尚在，他们也只好压下心中诱人的想法，向一面突围。

“哈哈哈哈……原来获索将军在呀，难怪这般顽固，给我放箭!”又是那苍迈的声音大笑道。

获索抬头，吃了一惊，在这里伏击的人居然是黄河帮的长老之一方影，但不管是谁，他都不可能选择投降，只好向外冲杀。但他所遇到的弩矢力道之强，竟可穿盾裂甲，他想到了近日来最盛行的具有超强杀伤力的天机弩，但当他意识到这些时，他的坐骑也被弩矢穿透惨死，身后的战士遇上这些强霸的弩矢，又哪有侥幸之理？

获索不由得心中长叹，他败得很惨！他从未想到过会落得如此地步，但他绝不放弃，依然勇悍地向外闯。这一次，他并不想领着众人，而是自己一人飞速潜行。

平原军大胜，此役死伤近两千人，但富平与获索联军死伤却是十倍之多，降军数千，顿使黄河帮战士忘记了本应有的悲愤，举城皆喜。

战争自然难免伤亡，但要看所付出的代价值还是不值，而没有会认为这一战是不值的。

富平与获索联军本只是想以迅雷不及掩耳之势偷袭夺下平原，因此，在粮草诸方面并未作太充足的准备，但数万人的装备也是极为可观的。

这一仗让两河之间的力量完全颠倒了过来，本来黄河帮是夹在两股力量之间生存的，其实力最弱，但却有平原坚城为守，因此才构成了与获索、富平两支义军以持平的场面。而富平与获索之间又相互忌讳，都不也对平原先动武，这三足鼎立之势已经持续了数年之久，但是今日一战之后，富平与获索的力量顿时折损大半，而黄河帮的力量急剧膨胀，立刻成了这三股力量中最强的。

这一切已经是不可逆改的事实，是以举城欢庆。

平原军已经好久都不曾打过这般漂亮而又痛快的仗了，一直绞尽脑汁游刃于两股力量之间，许多事情都要委曲求全，让富平和获索的力量占大，但今日之后却不再有这样的顾忌，在两河之中，黄河帮才是真正的老大。

迟昭平与林渺并马而回，全城百姓已经不管是不是黑夜，夹道相迎，更是满城灯火。每个人心中都有着难以言喻的欢悦。

这一战居然不曾伤及半个城中百姓，自然是让百姓极为感激。事实上，自黄河帮控制了平原城后，减去了全城百姓的苛捐杂税，极注重与民生息。是以，城中百姓皆能安居乐业，不用受那无端的苦楚，在王莽的政策统治之下，城中百姓如处于地狱般的世界，黄河帮当权，纪法明正，昔日欺行霸市之人全部被抓，为名申冤，除民之疾苦，这使得黄河帮在平原郡极得民心，而今黄河帮大胜，且胜得如此轻易，自然更让子民欢喜了。

城中战士和子民们当然不会忘记此战的大功臣林渺，如果不是林渺的安排和机警，今日结果恐怕便是另一回事了。黄河帮的将领无不对林渺心服，最开始他们对林渺这外人的呼来喝去极不乐意，可是这一刻皆心服了。

许多人曾听说过林渺大破王邑与王寻的百万大军皆有所不信，以为传言夸大，但在亲见林渺纵横敌军之中取上将首级如此轻松之时，才真的相信，那些传闻并不是空穴来风。

林渺出城之时，有些人知道是带了两千五百人出城的，但真正出动的仅一千人，另一些人却不知道在哪里，便是迟昭平也有些奇怪，不知这些人的去向。只不过，她相信林渺，她相信林渺绝不会做一些无聊的事，更不会浪费一兵一卒。不过，今日之战，已让迟昭平心满意足了，她还没想过能以她自己的兵力抗衡富平与获索这两路人马。

降军的编置和安排便全都交给了右护法赫连焕，这也确实是一件颇为繁琐的事情，迟暮不在平原，只能多倚重于右法护赫连焕了。

而正在众人猜测林渺的另一些人安排去了哪里之时，护法方影领着大队战士赶回了城中，俘敌二百余人，更抓住了获索手下的两员大将堂墨与左丘代。

方影首先向林渺禀报军情，神情略有些愧疚地道："城主神机妙算，方影早在跃虎沟等来了获索的残军，但方影无能，让获索逃脱，战死二十余名兄弟，有百余兄弟受伤，特回来请罪！"

黄河帮的众将一听，全都恍然，听方影说截住了获索与其残军，皆大喜，但闻听获索逃脱，又有些失望。

"长老何罪之有？获索乃一方之雄，已是顶级高手，想擒他并不是一件易事，又是如此黑夜，便是帮主或我亲自出手也不一定能擒住此人，你擒回了左丘代和堂墨，又俘获降军二百，已算是大功一件了。战士死伤总是难免，只要所付出的代价值得！”林渺悠然一笑，扭头向迟昭平一笑，问道：“昭平说是吗？”

“阿渺所说甚是，长老先去与赫连护法处理降军，明日我定当论功行赏！”迟昭平点了点头，她对林渺的安排也确实很满意，居然将这支人马伏于获索的归途，似乎早算准了这些人会败退一样，这确实难得，心中更为爱郎的神机妙算而自豪。她禁不住猜想，林渺会安排铁头去哪里呢？又会是怎样的结果呢？

而此时，有探马快步入帅帐高声相报：“报——铁将军和鲁青将军生擒富平，带着一千战士回城！”

“啊……”除林渺之外，帅帐之中所有人都惊喜而立，几乎不敢相信自己的耳朵。

“你说铁将军和鲁将军生擒了富平？”迟昭平再问了一遍。

“千真万确，此刻他们正在城门口！还俘获千余名富平军战士！”那探马补充道。

许平生听了不由得大笑，帐中诸将也皆欢笑不已，连迟昭平也绽出一缕极柔媚的笑，不过，她只是笑给林渺一个人看的，这一刻她才真的明白了林渺那两千五百人的用处了。

林渺只是很含蓄地向迟昭平笑了笑，他对这一切并不意外，也不会居功自傲，或者这种情况，他见得太多了，知道如何保持自己在别人眼中的分量。

“备马！”迟昭平立刻要亲自去迎接。

“昭平何用这般费事？让他们将富平带来不就行了？你这样会宠坏他们的！”林渺很平静地道。

帐中众黄河帮的将士对林渺禁不住又多生了几分敬意，自己不居功，对自己的亲卫大将也这般要求，这使他们本来略有的嫉妒全都消除。

迟昭平感激地看了林渺一眼，她知道林渺不想她使黄河帮的将士生出嫉妒，而她在高兴之余，确没注意到这点小小的细节。

“请许长老去接几位将军入城！”迟昭平向许平生道。

众将此刻确无异议，由许平生去迎确实应该，再怎么说擒住了富平可是一件大事，此人身为一方之雄，武功超卓，此刻虽成阶下囚，却也不能怠慢。

许平生立刻应命而去，对于这样的事他自是极乐意去做，能擒住富平，这对黄河帮的意义截然不同，这一场仗也可以说是真正意义上的大获全胜了。

“胡先生认为这一切可信吗?”小刀六吁了口气，淡然问道。

“可不可信天亮后就能真相大白了，不过以属下看，这种可能性很大。否则的话，以悍狼这样的马贼绝不会与铁朗这些人合作，而只会掠夺，正是某种外力促使他们不得不合作；而铁朗应该不是一个说谎的人，如果这强敌真的是呼邪单于，那么我们绝无法置身事外。呼邪单于性情暴虐，从来都不会放过汉人的商队，对汉人的仇恨不是单凭解释可以化开的。以我们的力量，在沙漠之中或是大草原上尚不能对抗他们的大军，倒不如与其联合击退大军后再行上路!”胡世想了想道。

小刀六点了点头，他并不想太节外生枝，如果换作是林渺的话，自然不会如他这般想如此之多，但小刀六是个商人，他想的可就要多许多了。不过，他明白，如果有些事情是不可避免的，那么就要尽量花最小的代价去解决问题。

“在这里，有临仙镇作掩护，如果对方仅只两千人马的话，根本就不是问题!”苏根自信地道。

小刀六不由得笑了笑道：“只怕事情不会这么简单！悍狼这群来去如风的马贼，如果真想逃的话，翰东海的两千人马又岂能追得上？但是他们没有逃，却要躲入临仙镇与翰东海决一死战，这之中定有问题!”

“主人是说悍狼另有目的?”苏根讶异地问道。

“也许，至于是什么目的便一时无法猜测了，但对于这样的人绝对不可以全信，防一手总会好一些。不过，这些人最大的可能性便是劫掠我们的货物！真正能与我们合作的，可能只有铁朗与他的武士!”小刀六淡淡地道。

“主人分析得极是，悍狼乃是大漠之中最不讲信义的马贼，什么事都干得出来，如果我们被翰东海的人缠住了，他们趁机劫走我们的货物，我们想追都不可能!”胡世脸色沉郁地道。

小刀六淡淡一笑，道："不知苏先生有没有兴趣去看一下悍狼在干些什么？"

苏根一怔，顿时明白小刀六的意思，道："这事便交给我去办吧！"

"行事小心点，我不想弄出什么毛病！"小刀六叮嘱了一声。

"我也要去！"任灵突然自外面行入道。

"你怎还不睡？"小刀六吃了一惊，不由得神色微变。

"我睡不着！"任灵嘟着嘴挤到小刀六身边。

苏根不由得望了望小刀六，他脸色也有点难看，任灵居然也要跟去，那行动怎会方便。

"我也要跟苏先生一起去！"任灵又道。

"别瞎闹了，这么晚了你还不休息，明天还要赶路呢！"小刀六也有点光火地道。

"你怕我有事吗？就凭这几个小马贼，又怎能奈本小姐何？别忘了三哥要赢我也要近百招呢！"任灵不无傲意地道。

小刀六不由哭笑不得，道："别拿阿渺比，你要是能在他手上走过百招我才不信呢！那次他不过是让着你，听说也不过三十招！还在我面前吹！"

任灵顿时也恼了，不服气地道："三十招又怎么了？反正比你要厉害一些！"

"那是那是！"小刀六忙道，旋又道："苏先生先去吧！"

苏根忙领命而去，任灵也跟着去，小刀六却一把拉住任灵的手，肃然道："你不能去！"

"为什么？"任灵反问，略带一丝挑衅的味道。

"我不想你去！"小刀六想了想道。

"为什么？"任灵还是这样问。

"我想你陪我说说话，我觉得现在很无聊。"小刀六突然诡秘地一笑道。

任灵和胡世忍禁不住笑了，胡世趣地退了出去，苏叶和另几名战士也忙退了出去。

"可是我不想和你说话！"任灵狡黠地笑了笑道。

“这可不行，我只喜欢和你说话！”小刀六抓着任灵的手，更紧了点。

“去你的，你喜欢关我什么事？”任灵脸上闪过一抹红润，佯怒道。

小刀六不由得笑了起来，立身而起，自侧方审视着任灵的俏脸，不怀好意地笑了笑。

“你看什么？”任灵又喜又羞，竟不敢看小刀六的眼光。

“我在看你是不是真的很有胆子！”小刀六答得有些让任灵意外。

“谁说我没胆子？”任灵顿时被激恼了。

“那就好，可敢与我一起去狼窝里走走？”小刀六话锋一转道。

“啊……”任灵一惊，大感意外，随即白了小刀六一眼，笑道：“你准我去了？”

“自然准，不过，可不准你和别的男人一起去，只准和我一起！”小刀六说着嘿嘿一笑，可是旋又一声痛呼，狠狠地挨了任灵一脚。

任灵踢一脚后神色间似笑非笑，却不无喜色，娇嗔道：“小气的男人，那以后你便把我跟紧点不就行了！”

小刀六耸耸肩，做了个鬼脸道：“那是当然，那是当然。”

任灵不由得笑了起来，却是一脸的妩媚和欣喜，在烛光之中，娇艳不可方物，只让小刀六看呆了。

第七十八章　扬威大漠

“还不给龙头松绑？”迟昭平向左右护卫沉声道。

富平不由得冷哼了一声，昂着头，神色依然傲然，衣衫和头发犹有火灼的痕迹，更在一一道道伤痕的衬托之下，展现出其极度狼狈的风采——让黄河帮帮众痛快的风采。

任何人都可以想象得到，富平刚才经过了怎样一番苦斗。

铁头和鲁青的样子也有些狼狈，富平的可怕他们算是见识了。不过，最终他们还是擒下了这个硬朗的家伙，多少让他们心中有些欣慰，这一仗打得也算是痛快，与富平一起的战士几乎没一个能逃脱，不是葬身火海，便是被射杀，余下的伤残之人都成了降兵，他们的部下竟未死一人，这确实是骄人的战绩。

当然，铁头并不在乎这些，再大的阵仗他也见识过。当日他随林渺置身百万大军救昆阳，同样是在百万大军中挡者披靡，那样也确实很痛快，他也渐渐习惯了战争。不过，富平是个高手，而且还是个很可怕的高手，高手与千军万马并不一样，所以他们五人联手才能制住富平。

“给龙头看座！”迟昭平的声音依然很平和，似乎一点也不为富平的傲慢生气，抑或说和一个阶下囚生气是不值得的。

“要杀便杀，何必假惺惺？我富平今日虽成阶下囚，却也不会让人折辱！”富平冷哼道。

“别不识抬举，迟帮主给你看座，你便老实坐下就是了！”铁头有些不耐烦地冷喝道。

富平依然冷哼不语，毫不回避地与迟昭平对视，心中却一阵苦涩。他曾经爱过这位女人，也因这女人爱上了别人，对他不理不睬，使他因爱成恨，这才发兵，却没料到如今却成了阶下囚。他已经失去了爱这个女人的资格，这怎不让他气苦！

“铁将军！”迟昭平轻喝了一声。

铁头一怔，有些不服，但却知道迟昭平是林渺的红颜知己，他自不敢顶嘴。

迟昭平向富平笑了笑道：“我为什么要杀龙头？昭平一向都以和为贵，龙头应该是知道的。龙头也是昭平最尊敬的人之一，虽今日之战已是事实，但其中也是有所误会，我希望龙头能抛却成见才好！”

“既成事实，何来误会？我没想过这是因为某些成见，我有今日也是罪有应得！”富平悲苦地说了声，随即又将目光投向林渺，很深切地说了声：“你好！”

林渺极为洒脱地淡笑一声道：“我好！托龙头的福！”

富平的眸子里闪过如刀一般锋利的光彩，深深地吸了口气道：“我小看了你！”

“很多人都这么小看我！”林渺的话很淡漠，也很自信，像是在讥嘲某些人。

“我败了，不过，我不服气！”富平肯定地道。

“再给你一次机会你还会败！”林渺不置可否地笑了笑，神情之中有些怜悯。

富平的神色顿变，眸子里闪过一丝怒火，他是不服气，更不服气的却是林渺居然说得那么肯定，但他还能说什么？他确实是败了，败军之将，何足言勇？是以，他无话可说，林渺也不可能再给他一次机会。

黄河帮的将领都在心中暗笑，更为林渺的豪情叫好，他们对林渺的能力再也不会怀疑。此人似乎总能做出一些让人吃惊的事，能人所不能，就正如今日这一场仗，绝没有人会想到这般轻易地便大获全胜，更降敌近万，不仅生擒联军几员大将，更生擒了富平，这确实让每个人都对林渺生出了无限的敬服，也绝不觉得林渺这般说话是狂妄。

如果说林渺以三千人马巧夺枭城是偶然，那么再以少量人马破王校军是狡猾投机，但林渺破百万大军救昆阳则是勇猛与智慧了，而今天以两千五百战士扭转整个战局，并大获全胜，便不应该是巧合和偶然了。

偶然只有一次，侥幸也不可能是连续发生的，一而再、再而三只能说明一点，那就是实力！真正深谋远虑的人才能够每每把握住制胜的机会。

“你不相信?”林渺悠然一笑，很自若地道。

“我不信!”富平肯定地道。

林渺不由得笑了，淡淡地道：“如果我放你回去，以你现在所存的兵力根本就不足以成事，那样对我也不公平，不过，我给你一次机会!”

“你放我走?”富平讶异地问道。

黄河帮的众将都大惊，不知道林渺葫芦里卖的是什么药，刚才还说那对自己不公平，却又要给富平一次机会，他们还真担心林渺放虎归山，那时可就难说了。

于是众将不由得将目光全都聚到了迟昭平的身上，但迟昭平仿佛没有听到林渺的话一般，依然脸挂淡笑，让人感到有些高深莫测。

“我可以放你走，但是你却必须在这次机会之中赢了我!”林渺淡然道。

富平眸子里闪过一丝惑然的神采，但旋又显出狂傲不可一世之态，道：“你说，我要怎样赢你?”

“我给你一次决斗的机会，这样对你，对我，对平原军都会公平一些，也是最容易见分晓的。如果你胜了，你就可以安然离去，然后你可以再领兵来战，以让自己的能力得到全面发挥，再与我们在战场上决一长短，你敢吗?”林渺反问道。

富平冷笑道：“这又有何不敢?如果我败了，无话可说!”

“如果你败了，我要你永远都呆在黄河帮之中，让你的部下归顺于平原!”林渺道。

富平脸色一变，冷冷道：“我不会输的!”

“但万一你输了呢?”林渺反问道。

“我输了，只是我的事，与我的部下无关，如果他们要与你为敌，自有他们的理由，你的要求不公平!”富平冷冷道。

林渺不由得笑了，淡淡地道：“如果你的部下没有了你，他们必会四分五裂，到时我要击败他们不过是轻而易举之事，只是我不想看着血腥发生，才会如此要求。”

“我的部下绝没有害怕死亡的！”富平冷冷道。

“那为何有这么多降兵？”林渺反问道。

富平脸色一变，顿时哑口无言，这些都是不争的事实，他还能说什么？

“但是我不会阻止他们去做他们的事，如果你有本事，大可去征服他们，让他们降服于你！”富平冷冷地道。

“好，我可以退一步，如果你输了，便必须写一封信，告诉你的部下，说你自愿留在平原！”林渺又道。

富平不由得犹豫了，他在考虑林渺此举的用意。

“如果连这个最低的条件都不能答应，你就不配和我交手！”林渺傲然道。

富平眉头一掀，冷冷道：“我答应你，你能保证你输了他们就会放我走？”

“我保证如果你赢了之后，绝不会有人阻拦你出城，也绝不会有黄河帮的人追赶你！”迟昭平很肯定地道。

“现在你可以放心了。”林渺淡漠地道。

“好，如果我输了，就永远留在黄河帮中，并写信告诉我的属下我是自愿留在平原！”富平道。

“很好！现在可以给你两个时辰休息，补充体力，免得你说我趁人之危！”林渺傲然道。

“哼，根本就不必如此，你我都经历了大仗，你可以动手了！”富平不屑地道。

“哦，既然如此，我也不必与你客气，所有兵刃你都可以挑，想挑多少件就挑多少件，我可以先让你包扎一下伤口。我在校场等你！”林渺说话间自有一股让人无法抗拒的力量。

校场，篝火狂燃，跃动的火苗使整个夜空都变得昏黄，校场更是亮如白昼。

校场周围围坐着数千战士，其中有平原军战士，竟也有近千的降卒。

这是林渺的要求，他要降卒也来看这场决斗，也要看着富平如何战败，他要以最直接的方式去震撼这些降卒，从而用最少的言语和时间来让这些人顺服。

这些降卒都有些不敢相信，平原军居然会让他们来观看决斗。

林渺果然是在校场之上等富平，迟昭平也坐在场边，神情冷肃，在校场四周布下了许多好手。

而林渺便肃立在几堆篝火之间，像一棵苍奇的古松，傲然、挺拔，仿佛融入了整个夜空，让人无从揣摩。

富平在铁头诸人的看护之下步入校场，他第一眼便看到了林渺的背影。

林渺背对着他，手中拄着一柄刀，像一根拐杖般顶着地面，而又支撑着整个身体，如一棵与刀并生的树。

富平只觉得心中生出一种异样的感觉，竟莫名其妙地泛起一丝寒意，就因为林渺那傲立的背影，那轻松而自然的一站。

“你准备好了？”林渺像是背后长了眼睛一般，淡淡地问道。

“可以了，我并不需要什么准备！”富平大步来到场中，神情冷傲地道，他也有点惊异这校场周围居然有这么多人，而且还有他的部下，也不知道林渺弄的什么鬼。

“为了公平，我让你的部下也来作个见证。如果你赢了，便不会再有人阻止你走出平原！”林渺又道。

“你想得很周到！”富平并不领情地冷笑道。

“是应该想得周到点，我不是一个喜欢人说多余话的人！”林渺说话间悠然转身面对富平。

校场之中的篝火突然剧烈地跳动起来，如同有一只只风箱在鼓吹着这跃动的火焰，使整个校场的光线明灭不定，显得有点诡异，但是每个人都能看清林渺与富平的表情。

林渺与富平相距三丈而立，似远而近，四目在空中遥遥相对，富平竟心神震了一下，但旋即将心神完全平复。他明白，自己绝不能有半点分神，这是最后决定自己命运的时刻。在城外的两军交锋之中，他败了，而这一次，他再也不能够败，也败不起！

不可否认，林渺会是一个很可怕的对手，无论是在战场上校场之上，尤其在单独与林渺相对之时，富平有着深刻的感受。他觉得自己仍低估了这个年轻对手的武功，但是这些并不能改变现实，他必须直面一切。

篝火跳动更快，像是舞动的精灵，诡异得让校场的每个人都禁不住握紧了拳头，有些人手心竟渗出了汗水。

有风吹起，夏日的夜风很凉爽，不过此刻都已快天亮了，这风吹起来就有点冷了。

黎明前的天空，自然极黑，众人虽然彻夜未眠，但在大战之后，众人仍无法平复心中的兴奋，因此，对这一场来得有点意外的高手之战也充满了期待。何况，这场高手之战的主角乃是他们此刻最敬仰的林渺以及今晚的主敌富平，不过，这一刻场内外变得异常静寂。

林渺依然是那轻轻松松一站，拄刀的姿势依然是那般优雅，那般惬意，但富平却没有这般轻松。

林渺越轻松，富平便越觉得沉重，他从未感到这般压抑过。在许多年前，他也曾孤身与人决战过不下百次，但每次若未杀敌，也定可以逃脱，便是在最可怕的对手眼下，他尤可保住性命，然后在不断的交手中成长，直到他成为一个统帅千军万马的一方之雄，他为自己的成就感到骄傲。他只不过三十岁，三十岁便可以成为一方之雄，拥有傲视江湖的武功，有让北方瞩目的力量，可是在他的身边没有一个女人，没有一个真正能让他心仪的女人，可是今日却要因为一个无法得到却心仪的女人决战，而且是关系今生命运的一次决战，更可笑的却是，这是一个比他更年轻的对手施舍给他的一次机会！

富平并不是一个惯于接受别人施舍的人，但是却又不能不把握住这次施舍的机会，因此，他心中有着无法言述的压力。这是一种内在的压力，来自对手林渺，无论怎么说，他都是一个败军之将。

“你的心无法真正平静，如果是这样的话，你唯有一败！”林渺说得很肯定，很平静，平静得让富平的心都有些凛然。

林渺没有趁机出手，本来他完全可以趁此机会出手，可是他没有，他并不以为捡这点小便宜是有必要的，至少他决定要让富平败得心服。不过，这种机会只会有一次。

富平聚敛了心神，他必须如此，而在他聚敛心神之时，气势立刻疯涨，激得火焰狂跳不止。他未动，但已散发出极为浓烈的战意，静立，有如一座高山。

林渺笑了，他希望看到的是对手能够尽全力，他也希望能全力一搏，战个痛快。他知道富平是因为败在铁头等五大高手的联手之下，其武功之强，只怕已不在雷霆威之下，但他并不怕。

有些人为林渺捏了把汗，尽管这些人都相信林渺的智慧，但是他的武功也能像其智慧一样吗？另外一点则是因为富平那疯涨的气势，而林渺却仍显得极为冷淡，看不出有什么异动。当然，这只是相对于那些决战的普通战士们。在迟昭平及黄河帮的高手眼中，却全然不是这么回事。

在富平眼里也不是这么回事，绝不是！林渺没有直冲霄汉的气势，但却有融入天地的悠然。

林渺那随随便便的一个立姿，竟没有半点瑕疵，完美得便像这夜，像这寂寥的星空，也像是夜风中拂至的晨曦之气，无从揣测，无从掌握。

天与地是没有破绽的，夜与风也是没有破绽的，而这仅仅只是林渺的轻松一站，要是林渺出刀，那又会是怎样的结果呢？

在林渺至静的表现之中，富平本就有点沉重的心更是打结了，他觉得自己自任何方向、任何角度出击，都要承受雷霆一击，承受整个天地的压力，但他的气势疯涨之下，却又不能不发，若不发，只会让自己在自己的压力之下崩溃。

篝火在哧哧地跳动着，合着富平心跳的节拍，在突然之间，仿佛所有的人都听到了富平心跳的声音，但是富平的脸色却显得越发沉郁，不敢轻易出剑，也未曾拔剑。不过，林渺却在这一刻动了。

林渺出手，便像他静立于夜空之中一般，没有半点声息，也无半点征兆。

林渺一出手，篝火便裂开了，分成两半；夜空也裂开了，分成两半；风也裂了，发出的声音在林渺的刀抵至富平面前之时才显得尖厉起来。

一出手，刀便在富平的面前，带着裂开却仍在燃烧的火焰，使一切都显得诡异而无常。

富平怒吼，气势随剑而出，他终于找到了泄出的途径，那便是林渺，但他一出手，却发现林渺不见了。

林渺不见了，只剩下两团在虚空中兀自燃烧的火焰，而这两团火焰在富平那凄厉的气劲之下，如充气的球体一般，爆散成硕大的火球，耀花了所有人的眼睛，再在黑暗夜空之中爆散成无数朵飞洒的花，但就是没有林渺的踪迹！

林渺突然消失于富平的眼前，但富平的心中突地出现了一柄刀，一柄无休止扩大、吞噬其斗志的刀。

刀是林渺的，竟不是来自虚空，而是来自他的心中——心刀！

林渺的刀攻入了富平的心中，但富平却仍不知道林渺会在虚空中哪一个角落出现。当然，林渺一定会出现！

林渺的确会出现，而且定是出现在他最该出现而富平最不想他出现的地方。

富平以为这个地方是身后，是身后那个他看不见的死角，于是他的剑以快得不能再快的速度后旋，而身子也以无与伦比的速度后转。他绝不想林渺攻击他死角的机会，但是他转身之时，仍呆住了，因为林渺也不在他背后！

林渺不在富平认为可能出现的地方，当富平发现这一切的时候，却已感觉到一股沛然炽烈无比的气劲自后方袭来，但这时，他已是无法及时转过身来，不过却知道这股气劲来自林渺，只是他不知道林渺以什么方式在他的眼中消失。当他扭头之时，只看到了一团火。

一团火，一团燃烧得无比炽烈的火。

林渺竟然在那跳动的篝火之中！这出乎所有人意料之外，包括迟昭平和黄河帮的一众高手。而这一刻，他们才知道林渺攻势有这般诡异，似乎可借天地之间一切的事物遁身，借天地之间所有的事物攻击。

“当……”两大高手的第一击，声音极为清越，如空山古刹的晨钟，激得所有观看的人心中泛起层层涟漪。

富平只感这股力量强大得让他无法抗拒，尽管他接下了这一刀，却无法制止地向前冲出五步才立稳身子。

因为林渺这一刀太凌厉，也因为富平一开始便失算了。

林渺一声低啸，声震九霄，刀锋仰天而出，“山海裂——”

篝火顿暗，所有的光彩都聚于刀上，仿佛夜空突然被阳光撕开，一片明朗，而林渺则是这片阳光所覆的天神。

富平仓皇转身，发现夜空真的裂开了，天与地也被这一刀的气势所裂，他在最开始所凝聚的所有气势也因此而尽裂。

无坚不摧的一刀，无所不裂不破的一刀！富平终于是正面面对这个可怕的年轻高手！

江湖中早已盛传，林渺已成了江湖第一年轻高手，其风头之盛已盖过了早已成名的刘秀和邓禹，比之另一个近来在江湖之中也大出风头的范忆还要让人津津乐道。因为范忆是天下两大义军之一赤眉军大首领樊崇的义子，而林渺却只是靠自己闯出来的，更因为昆阳之战而名动八方。

第一年轻高手！富平无法逃避，但他却明白江湖中的传言都是有根据的，也并不是空穴来风，无中生有，只凭林渺这裂天的一刀，便没有多少人能接下。

富平接下了，在一招失去先机之后勉强接下了，但是却断了手中的剑！

富平的剑断了，可手中又多了一柄刀，这是他挑选了数次之后为自己准备的后路，只是没想到，在第三招林渺便断了他的剑，而且其中第一招还是虚招，这让他感到沮丧，却让场外观看的黄河帮弟子欢声雀跃，他们在为林渺那一刀喝彩。

让富平气馁的并不是那些喝彩声和唏嘘声，而是林渺接下来的一刀！

“天地怒——”林渺口中如焦雷般呼出这四个字，然后整个夜空都变了，黑暗而无顶的虚空裂出一道粗长的闪电。

闪电连天、接刀、入地，于是天与林渺、林渺与地结为一体，化成一道灿烂而傀丽的光芒，使整个夜空亮得难以形容。

所有的人都在为林渺这一刀震撼，他们忘了呼吸，忘了自己的存在，于是，有人顶礼膜拜。那奇异的亮彩，使富平的脸色映得苍白，那群降兵的脸色也很苍白，他们便像是做了一场梦，一场无法醒来的梦。

迟昭平记起了那日林渺在邯郸之时引动的天象，她的脸色也有些苍白。后来她亲自到耿信私宅的那条街上去看过，她见识了这一毁天灭地刀招的威胁，禁不住手心渗出了汗水。

光芒无限地扩大，一绽再绽，如喷射的花筒，但这以爆炸速度辐射的却是光。

光，即是刀，没有人再看见林渺，没有人能看见刀，也没有人看见篝火，只在光一亮之时，便吞噬了林渺和刀，还有那几堆燃烧有六尺高火苗的篝火堆。

富平没有想到要抗拒，他心中只有一个念头，那便是有多远走多远，只要能走出这一刀的范围，但他甫一动，那光一般的刀影便已经吞噬了他，然后，那光一亮再亮，仿佛林渺是一只利用雷电发光的物体，电力越强，光越亮，亮得让所有人的目光不敢逼视。

太刺眼，刺得让观看之人不得不闭上眼睛，但是再睁开眼睛的时候，天地却是一片黑暗。

有人发出了惊呼，因为几堆篝火在刹那之间全部灭掉了，没留下一点火星，天与地一片死寂，让人觉得喘口气都是沉重的。

是的，喘口气是很沉重的事情，在黑暗之中，没有人敢动，仿佛全都沉浸在刚才那灿烂无比的刀光之中，他们的心神无法自那极度的震撼中回到现实。

降兵不敢动，每个人身后都抵着刀，他们没有自由权，迟昭平也不会给他们机会。

所有的人都在倾听校场之上的动静，没有了刀声，也没有了风声，而林渺呢？富平呢？是谁胜了？又是谁败了？

“哧……”一溜火光亮起，是一旁的黄河帮战士点亮了火把。

然后又有数十支火把在片刻间点亮。

校场中间依然有些暗，那四堆已熄灭的篝火所有燃木依然架起那如孤峰般的影姿，而在场中立着一人，另一人却是跪在地上。

当有人上场点燃篝火之时，这才发现立着的人是林渺，刀已经不见了，负手而立，意态极为悠闲而潇洒。

富平拄刀而跪，头埋得很深，让人无法看到他的表情如何，甚至不知道他是死是活。

“不用点这篝火了！”林渺的声音很平和。

那点篝火的战士火把已送出去，却没有点亮篝火，那架着的燃木却突然枯塌，化成一堆灰烬。四堆篝火命运却相同。

所有的人都惊呆了，场中已亮起了几百支火把，他们已经可以看清场中的一切，包括那化成灰烬的燃木，而在没人相触之时，这些灰烬居然可以凝成原形架在虚空之中凝而不散，这确实耸人听闻。

迟昭平也不由得呆住了，她也没有料到世间竟有如此可怕威力的一刀。

“你败了！”林渺的话很平静，像是这不会被凉风吹皱的夜。

“哦……”平原军战士立刻发出一阵欢呼，他们的英雄胜了，这确实让人振奋。

迟昭平也有喜色，林渺胜了，不仅胜了，更震撼了所有人的心，这一刻她似乎明白为什么林渺要让降军也来观看这场决斗，为什么要用最让人震撼的方式来赢这一场决斗！这本就是林渺有意安排的一场闹剧，而这闹剧之中的富平只是一个配角。

“我败了！”富平抬起头来，脸色极为苍白。的确，他败了，败得无话可说，败在这惊世骇俗的一刀之下，他不冤！在战场上，他败了一次，在决斗中他依然败了，他知道，林渺如果要杀他，刚才那一刀，他便已经死了十次。

“这是什么武功?”富平抬头问道，他的嘴角挂着血丝，林渺这一刀摧毁了他的自信和斗志，但他却并不傻。

“《霸王诀》!”林渺答得很坦然，很平静，但响在富平的耳中，却犹如焦雷。

“《霸王诀》?!”富平露出一丝苦涩的笑，神色间竟多了一丝欣然。他败在天下几大奇学之一《霸王诀》之下，绝对不会有人说他败得不值。他曾听过《霸王诀》的传说，也曾向往过《霸王诀》的绝世武学。

“我希望你是个遵守诺言的人!”林渺悠然道，在火光相映之下，状若天神。

富平还有什么话好说，每个人都会珍惜生命，如果可以活下去，没有人真的愿意去死。他看看天空，东方天空已经泛起了一层鱼肚般的白色，就快要天亮了，可是他的心却沉入了黑暗。

看过这场决斗的降军回到了自己被关的营中，他们可以说话，但他们能说的便是林渺与富平的一战，能够阐述清楚的便是林渺那惊天地、泣鬼神的一刀，还告诉了所有降军一个消息，富平败在林渺的刀下，然后自愿永远留在黄河帮中。

永远留在黄河帮中的意思与降服的区别，这群降卒分不清楚，但这些见过或听过林渺那惊天动地一刀的降卒，都已经定下心来要成为平原军的一员，连富平都败了都降了，他们还有什么好说的？投降更是他们唯一的生路。

林渺的刀不仅震撼了那数千降卒，也同样震撼了获索的两员大将堂墨和左丘代。这一切击碎了富平的信心，也同样击碎了这两人的信心，他们对获索想再次战胜黄河帮也失去了信心，所不同的是，他们依然受到了林渺和迟昭平的礼遇。

林渺对堂墨和左丘代并没有以胜利者和征服者的姿态出现，而是很平和，像是把酒言欢的朋友，与刚才在校场之上那无敌高手的形象简直判若两人，这让堂墨和左丘代有些无所适从和受宠若惊，也有点感激。在这种情况之下，他们没有理由不降服。

林渺要战富平，最主要的目的并不是胜利，而是要震撼降服者的心！

降卒降将始终是一个最难解决的问题，因为这些人很可能是一个埋在军中的火药筒，随时都有可能给予黄河帮致命的一击！必须彻底地征服这些人的心！而最直接最有说服力的便是展示自己无法被战胜的力量。

事实上，林渺要胜富平根本就用不着动用那最为霸烈的天地怒，但却没有什么招式比天地怒更具震撼力。所以，在第四招之时，他便用了最为犀利的杀招。

林渺今日的功力早已是今非昔比，在玄门之中，得以化解体内火毒，并将体内的几股生机融合，虽然他仍不知道该如何完全利用，但这也足以支撑他使出在邯郸时未能成功的一招，而对自己的经脉再无损伤。

富平的信先由迟昭平看过之后，再由人送去富平的军中。

黄河帮的战士都想趁胜追击，一举击溃获索的大军，但林渺却反对。

林渺反对的原因是城中太多降兵，这问题没能处理好，绝不可以草率出兵，那样所担的风险太大。

林渺是一个喜欢险中求胜的人，而且总会走险招，但他却知道什么时候值得去冒险，什么时候不值得。因此，他不赞成这次再去险中求胜，这不值！

当然，让获索得到了休养的机会可能会产生不好的后果，但林渺仍认为没有必要如此急追。

林渺的话在平原军中有着举足轻重的分量，甚至是决定性的力量，这是林渺靠实力赢得的荣誉与信任。

平原军已经习惯了接受林渺，也因为林渺与迟昭平那种已经很表面化的关系。因此，黄河帮决定不再进攻，而是在巩固自己实力的基础上不断地吸纳新的兵源，而最好的扩充目标是富平的残部，因为富平在黄河帮中，又有富平的那封信。因此，富平残部拥有一个极好的突破口。

林渺并不能在平原待太久，他还得尽快回枭城处理一些事务，尚有太多的事情等待他去做，这一刻他只恨不能够分身数用。

大漠的晨曦极美，遍野黄沙之上泛起一层鳞片般的白斑，然后大地的远方阴暗有明确的界限，而这界限以极速奔跑，当界限走到近前之时，便看见了跳出远处沙漠边界的太阳。

红红的太阳，大大的，将天空中的黑暗尽数扫除。

小刀六和任灵这一刻却并没有欣赏美景的心情，他们感到大地都在摇晃。在太阳升起的方向，起了一层灰色的云，红红的太阳在其中若隐若现。

于是临仙镇上的每个人心情都变得紧张，他们知道，该来的人终于还是来了，那扬起的漫天黄沙破坏了这晨曦的清爽，破坏了这静谧而安详的天地。

小刀六却伸了个大大的懒腰，早晨起床的时候他习惯做这样的动作。昨夜他睡得还算香，祥林以前便骂他是猪，一头有福气的猪，只要他想睡，什么时候什么地方都能睡得安稳，也许祥林是说对了，小刀六昨晚睡得像头猪一样，任灵说在隔壁的土坯房中都可以听到他打呼噜的声音。

当然，这只是开玩笑，小刀六知道自己不会打呼噜的，以前也许会，但是跟无名氏学了内劲的修习方法之后，他便改了这个毛病，这还让小刀六好不欢喜了一阵子。

“懒猪！现在才起来呀？”任灵骑马自镇子的那一头赶了回来，便发现小刀六在一个土坡上伸懒腰，不由得叫了声。

小刀六有点惊讶，任灵竟起得这么早。不过，对“懒猪”这个名字似乎心安理得，打个哈欠道：“早啊!”

“早什么早，翰东海的人都快到了，你不准备一下吗?”任灵有些焦急地道。

“来了吗？来了就来了，难道还要我们出镇相迎不成?”小刀六满不在乎地道，但看任灵，显然昨夜未曾睡好，心中倒生出一丝怜惜。

“算你狠，铁朗他们都快手忙脚乱了，你还在这里伸懒腰!”任灵不由得笑了笑道。

小刀六也笑了笑道：“他们是被打怕了，我们还没有打呢！如果翰东海遇到我，包管会是灰头土脸地溜掉!”

“看你呆会儿怎么对付他们!”任灵不相信地道，她虽然感觉这支飙风骑的战士有点特别，但却还不曾见识过飙风骑如何作战，是不是真有耿纯所说的那样厉害。

“你等着瞧就是了，如果翰东海也像你那么厉害，那我就只好认输。不过，我想翰东海怎么可能有灵儿那么厉害呢?”说着小刀六禁不住哈哈大笑起来。

任灵飞落马下，踢了小刀六一脚，娇嗔道：“我有那么厉害吗?”

“哟……”小刀六微呼了声痛道：“有，当然有，让你打了还不敢还手，你说是不是比翰东海要厉害?”

“去你的!”

“吁……”一声战马的长嘶，野狼急速带住马缰，在土丘前立定，呼道：“萧公子，翰东海的人已经到了十里之外，一盏茶后便将逼至临仙镇，我大哥请公子守住东面!”

“你去告诉悍狼，这东面我一定会守住，让他和铁朗小心了!”小刀六也扬声道。

“好！那就有劳了!”野狼这一刻也不敢对小刀六有半点放肆，因为他已经知道这个年轻人的手下有着一些极度可怕的人物，连悍狼都绝不敢轻惹的人物。

望着野狼离开，任灵不由疑惑地道：“你是不是傻了，这可是翰东海要攻的正面，我们如果全力与之冲突，岂不是给了悍狼可趁之机?”

小刀六哈哈一笑，很自信地道：“翰东海不敢从这一面强攻的，他必定绕过这里攻击另外两面，就算他要攻这里，我也会吓得他退走的。”

“大小姐请放心，我们早就已经布置好了，翰东海遇挫之后，不知这一面的虚实，必不敢全力攻这一方，我们所装备的弩箭在这大漠之中是无敌的!”胡世自信地道。

任灵这才想起小刀六的天机弩，此弩射程最少可达五百步，如果翰东海敢来，必杀他个措手不及，那时自然不敢自这一方正面强攻了。不过，她仍有些担心，毕竟翰东海拥有两千匈奴战士。

匈奴战士是出了名的强悍，仅靠小刀六这一百五十名战士能够有用吗?

翰东海，是呼邪单于手下的一员勇将，随呼邪单于南征北战，立下无数汗马功劳，更是呼邪单于最忠实的部将。

呼邪单于拥有四万余匈奴战士，有三名万夫长、数十千夫长，但以千夫长之名统帅两千部卒的，却只有一个翰东海。由此可见，呼邪单于是如何重视翰东海。

在南匈奴之中，有人曾说，翰东海不是呼邪单于的血缘兄弟或亲戚，否则翰东海早就是万夫长了。

但翰东海从不争这些，他已经很满足现状了。他本是一个奴隶的孙子，其父因战功而成了自由人，他却因战功成了呼邪单于的红人，他一家都受着呼邪单于的恩惠，所以他很满足。

在草原或沙漠之中，翰东海从来都是很自信的，匈奴人所能拥有的凶悍和强壮他全都有，匈奴人所没有的细腻和文采他也有，除此之外，他还有着连他自己都以为傲的武功!

翰东海的武功是来自西域异人，在呼邪单于面前，他曾于盏茶时间之内大败了呼邪单于引以为傲的十大勇士，于是他便成了呼邪单于的红人。在战场上，无论是面对汉人北征的大军还是与北单于南攻的大军，他从未退缩过，更从未丢过呼邪单于的脸，这使南匈奴战士都尊重这个已经四十多岁的勇将。

这次南来征兵和征粮，翰东海来了，所过之处无不顺从，但是铁木部居然敢抗拒，这使他极为震怒，所以他追来了，一个骄傲而且受惯了尊敬的人是不容许有人对他有半丝不敬的。

翰东海便是这样的人，而铁朗似乎也明白翰东海是这样的人。所以，即使是逃到了临仙镇，仍然不能避免一战。

翰东海之所以晚上不攻，是因为他也知道临仙镇的存在，晚上在沙漠里进攻一个小镇是不明智的。

临仙镇也可以算是一座小城，这里有许多杂居的人，但也是汉人与匈奴冲突常发之地。因此，这座小镇也有齐全的壕沟，以及城防设施，尽管因年久失修，壕沟已经变浅，却依然可以稍加利用。

沙漠之中，或许没有水，但是却有一种黑色的油，大漠之中常称这东西为龙血，是一种极易燃之物，守城之时，这也确实是一种好东西，可以让城外壕沟成为一道火壕，这与护城河又有异曲同工之妙。所以，翰东海也不想在晚上贸然进攻临仙镇，但他绝不会放过这些顽固的下等人!

翰东海看见了临仙镇，远远地便望见了临仙镇中似乎有尘埃扬起，仿佛有大批的人马在其中移动，这让他有些兴奋，仿佛看见了那群下等人在镇中惊慌乱窜的样子，于是他带住了马，在千步之外远观临仙镇。

“统领，临仙镇内似乎有防，镇口让东西给堵住了，我们只怕无法驱马直入了!”一名百夫长前来相报道。

翰东海冷冷地笑了笑道：“就是铜墙铁壁又岂能阻我铁骑？这小小的临仙镇又能有什么可担心的？立刻给我传令，如果临仙镇的人胆敢反抗，杀无赦!”

“统领，此刻临仙镇的居民已经全都被悍狼马贼击杀，里面只怕已全都是那些流匪马贼了!”那名百夫长出言道。

“你以为本统领不知道吗？本统领有好生之德，再给他们一次机会，你少在这里多嘴!”翰东海冷叱道。

“是，是……”那百夫长脸色立变，连忙转身向临仙镇赶去。

“里面的人听着，我们统领有好生之德，如果你们肯出来投降，可以免你们一死，否则，将踏平临仙镇!”那百夫长喝道。

“说话的是何人？报上名来！”沙里飞立于城墙之上高声喝问道。

“你是何人？胆敢如此呼喝！”那百夫长脸色一变，冷冷问道。

“我是你阿爸！”沙里飞放声道，他对呼邪单于的人恨之入骨，因为他昔日所带的一窝蜂马贼两百余名兄弟就是被呼邪单于的人逼得走投无路，后来几乎全军覆灭，如果不是塞北沈家的人相救，他也尸横黄沙了。因此，他对呼邪单于的人从不会客气，如今他知道小刀六已决定与翰东海相战，他自然不用多说什么。

那百夫长大怒，喝骂道：“好个不知好歹的贱奴，待我踏平临仙镇，必将你千刀万剐！”

“哈哈哈……”沙里飞大笑，似乎根本就没把这小小的百夫长放在眼里，而是冷冷地道：“你没机会了，因为你就要死了！”

那百夫长气得“哇呀呀”大叫，摘下肩头的大弓，正欲搭箭，突觉座下战马一声惊嘶，竟人立而起。

那百夫长大惊，忙紧抓马缰，便在这时，他发现脚下的黄沙翻起一股沙浪，如有一只巨鼠窜于其中，他正惊疑之时，一道刀光闪过。

“喳……”战马一声悲嘶，落地的两蹄竟被斩断，而另一道刀光自另一侧的黄沙之中飞起，可怜的百夫长还没弄清楚是怎么回事时，便已身首异处。

血光飞洒，那斩马杀人的两人随即又迅速没入黄沙之中，了无痕迹。

远处的翰东海也大吃一惊，他看见了那自黄沙之中跃出的两人，也看见了那惨死的百夫长，但他根本就没时间出手相救，待他想出手之时，那两人竟又没入黄沙之中不见了。

匈奴大军顿时皆大为震骇，他们坐在马背之上，根本就无法发现那些黄沙细微的动静，一时之间，他们根本不知道在这黄沙之中究竟埋伏了多少这样的敌人。

“杀！”翰东海怒喝。

“哦，哦……杀……”匈奴战士立刻飞骑而上，扬起黄沙漫天。

八百步……七百步……六百步……五百步，眼看就快到那百夫长尸体身边了，那一片平坦的黄沙突然爆裂而开。

无数的怒矢若漫天蝗雨一般飞洒而下，以无坚不摧的速度和气势洞穿战马、铠甲和这些匈奴战士的身体。

那些甲胄根本就无法阻止这些弩矢的穿透。

翰东海连连拨开数矢，刀锋竟崩了小口，手臂发麻，不由得骇然，他身边的战士与战马稀里哗啦地倒下一大片，死伤达两三百人之众，这怎不让他心惊？

黄沙之中飞出无数的怒矢，使匈奴战士冲势一阻，黄沙又立刻平复，翰东海还没有看清对方有多少人，这些人便已消失在四百步外临仙镇土墙外的黄沙之中，像是黄沙之中的精灵。

对方的弩矢居然可以射到四百步外还有这么强的杀伤力，这怎不叫翰东海也为之震惊？他再往前冲出百步，却发现土墙之上现出一排人，人人手执强弩以对，似乎根本就没有将他这两千战士放在眼里，而在土墙之后是黄沙扬起，显然有极多的人正迅速赶来。

"停——"翰东海不由得骇然带住马缰，更让属下战士停住。他的直觉告诉自己，若他再前行一步的话，刚才的战况又会重演，而看那土墙之上只有五十人，却是凛然无惧，仿佛是有所依凭，这不禁使他想到那些自黄沙之下窜出的杀人者，问题是他根本就不知道黄沙之下有多少敌人，不知黄沙之下会有怎样的杀机，这使他不敢贸然而动。

"希聿聿……"战马一阵乱嘶，这些匈奴兵也带住战马，有人迅速将伤倒在地的同伴扶起来，也有些人警惕地打量着四面的黄沙，仿佛这是一片魔鬼之地，他们根本就不知道敌人在哪里。

"此路不通，翰东海，我沙里飞今日又与你相见了，如果你想自这一条道路过的话，便先准备牺牲你一半的战士吧！"沙里飞冷喝道。

"沙里飞！？"翰东海的眼中闪出一丝惊讶而冷厉的光彩，他自然知道沙里飞。

"想不到你居然还没有死！"翰东海道。

"想杀我沙里飞没这么容易！"沙里飞说完哈哈大笑。

笑声一竭，土墙上的战士立刻又消失在墙头，动作快极，利落而整齐，似乎有着无限的默契。

翰东海又吃了一惊，他看见这些人下墙头的动作整齐至极，显然是经过特殊训练的，而沙里飞依然很悠闲地坐于土墙之上。这四百多步的距离普通的弓箭根本就无能为力，即使是强弓也只有三百余步的射程，沙里飞人在射程之外，除非翰东海亲自射，但是这也不一定就能威胁到沙里飞，可是只要沙里飞一声冷喝，沙里飞的人便立刻可以发箭，而这些箭矢在四百步外仍有极强的杀伤力，也就是说，沙里飞可以射翰东海，但翰东海却无法射到沙里飞！仅凭这一点，翰东海便不敢妄动。

王邑的大军一败再败，虽尚有数十万之众，但却经不起刘秀的几次攻击，只好一退再退，收拾好残兵败将逃返洛阳。

绿林军的声势可谓一日千里，洛阳各地的豪强纷纷揭竿而起，颍川城也是如风中残烛，城中的官兵已无斗志，对攻来的绿林军连出城一战都不敢，破城也只是时间问题。

刘玄以宛城为都城，南阳诸地早已尽在囊中。而在南阳、南郡诸地的义军也纷纷表示有臣服之意，表示愿意支持刘玄为刘室正统，已经承认了刘玄更始皇帝的地位，这使刘玄更是欣然，也更是不可一世。此刻他手下战将如云，只待他挥军而出，直捣黄龙！他几乎已经看到了王莽的末日，但是另一个阴影却已在他心中升起，因为他听到了许多有关于刘寅的传闻，这让他心中多出了许多解不开的结。

小刀六在土坡上喝着酒，这是从中原带来的，不是匈奴人所喝的那种马奶酒。马奶酒的味道很重，喝起来有点菇毛如血的感觉，小刀六喝不惯，所以他自己备了一些酒。望着对峙的翰东海迅速地退去，他知道，悍狼那方有难了。

悍狼虽狡猾，但是他不知道小刀六真实的实力。是以，他根本就想不到小刀六会逼翰东海自另外两方攻这座小镇，而放弃了这正面的小刀六。

沙里飞坐在墙头的镇定让翰东海感到高深莫测，而且一上来便死伤两三百人之众，对方又有那么多的强弩以对，他们根本就不可能能够自这一方有所突破。而且在黄沙之中还有许多潜在的敌人，这些人一开始便震慑了匈奴战士的心神，使翰东海更不敢轻举妄动。

“现在我们该怎么办?”任灵看着翰东海退走，不由得问道。

小刀六自信地笑了笑道：“我们自然是坐在这里看戏喽，等悍狼马贼被杀得差不多时我们再出手!”

“要是被翰东海闯入了镇中，那我们该怎么办？他们那么多人!”任灵担心地道。

“那有什么好怕的，如果翰东海敢来，我们便擒贼先擒王，把翰东海给抓了，自然是什么问题都解决了!”苏根一旁插嘴道。

“那为何我们刚才不擒?”

“让他们与悍狼狗咬狗，咬上一通再说，否则，像悍狼这样的疯狼，追在我们的后面不是一件很让人心烦的事吗?”小刀六淡淡地道。

任灵顿悟，她刚才亲见那群飙风骑战士居然隐伏于黄沙之中，在沙漠中穿行，似乎明白了点什么。也便是说，即使只有小刀六这一队人，也不惧翰东海两千铁骑！只不过，小刀六是想借翰东海的手除掉那群狼。

小刀六自然不太想亲自对付悍狼，即使悍狼真的是大漠中最凶恶的马贼，仍然会有自己的伙伴，能不亲自得罪便不亲自出手，否则只会在大漠之中平添许多敌人。小刀六是商人，他自然明白，少一个敌人比多一个朋友都要好！所以，他才留在临仙镇。

小刀六所猜没错，翰东海大批的人马绕到了临仙镇的后方，悍狼便没有小刀六那般轻松，他不知道翰东海何以会弃正面不攻而来背后袭击他们。

悍狼却明白，如果他们稍有闪失的话，翰东海是不可能放过他们的。他本想趁翰东海缠住小刀六的人马时，劫得财物自这个方向迅速逃走，他们自信在沙漠之中没人能追得上，但这一刻却根本就不可能拥有这样的机会。

悍狼与翰东海的匈奴军战得如火如荼，而那边的铁朗也同样遇到了攻击，这两面依凭两丈高的土墙紧守，倒也让翰东海一时难以攻破，唯有以实木击撞被封的镇口。在人数上，悍狼要少很多，射了两轮箭矢后，翰东海的人便到了土墙之下，于是便开始了越墙的肉搏之战。

悍狼的弓箭完全无法与小刀六的天机弩相比，杀伤力更是远远不如，反而给翰东海所趁。

翰东海本意也只是想试试这边的防守能力，但见悍狼的防守能力与方才东面的相差不知多少，便决定攻击这一面。

匈奴战士抢战城头，马贼们只好奋力击杀，尽管他们人少，但占着地利，倒也斩瓜切菜般，不过匈奴兵很快便能在那入口处清理出道路来，如果让其清开了障碍，势必长驱直入，杀得悍狼诸人无还手之力。是以，悍狼不得不苦守，现在哪还有机会去劫小刀六的财货？只巴不得小刀六的人来相援，但这只是一种奢望而已。

如果悍狼知道小刀六此刻正在高处坐壁上观的话，保证会气出病来。不过，他并不知道，甚至不知道他昨晚的秘谋早被小刀六获悉，因此，小刀六让人去助铁朗等人，却并不来援悍狼这一干马贼。

临仙镇中的局势都在小刀六的掌握之中，他完全有信心摆平这一切。

……

翰东海终于冲破了镇口的封锁，杀得悍狼不得不向东面退却。

悍狼退至东面，却见铁朗诸人也退至此方，小刀六已经在东面的大街之上设下了路障。

悍狼的数十残兵被翰东海追在后面的弩箭又射杀了十余人，逃到小刀六所设的路障之处时，已经只剩下二十余人，神情极为狼狈。

翰东海因被悍狼的部下杀伤两三百人之多，所以对悍狼恨极，紧追不舍。

“翰大统领，留条生路才是好生之德！”

翰东海追至东面，突见一人遥立土坡之上高声道。

“狼王！”铁朗忙为悍狼及余部掩护，使其能安然退至东面一角。悍狼鬓发已乱，满身血迹，显得极为狼狈。

“你们怎么先来了？”悍狼惊见铁朗，吃了一惊问道。

“南面守不住，只好退到此处！”铁朗无可奈何地道。

悍狼的脸色很不好看，此刻他们窝在这东面的一角，真个是被四面包围了，本想找机会乘马远扬而去，但这一刻唯一的办法便只能是击败翰东海的人，否则就没有机会脱开这些匈奴兵的包围，可是他们能够突围而出吗？翰东海拥有十倍于他们的兵力，他只好将希望寄托于小刀六的身上。

翰东海目光所及，他认出了那土坡之上的人是一个极为年轻的人，而且是汉人的妆束。

“哼，你是汉人?”翰东海冷哼着问道。

“不错，我是汉人，但却并不想与匈奴为敌，如果翰大统领可以网开一面的话，我们不妨坐下来谈谈!”说话者正是小刀六，他说话很客气，不紧不慢，不愠不火。

悍狼想到昨晚小刀六与他们谈话时也是这般不愠不火，但是却证实了至少有十种杀死他的可能，今天小刀六依然是如此平静，悍狼却禁不住担心，因为翰东海与他们相距只有五十步之远，而大队的匈奴战士只待一声命令，便可狂杀而上！他是知道这群匈奴战士的可怕的，勇悍毫不畏死！

“跟汉狗是没有什么商量的！如果你不是汉人，今日或可免除一死，但你却是汉人，所以今天注定要死!”翰东海冷冷地道。

小刀六依然不愠不火地道：“如果翰大统领要如此选择，只怕并没有什么好处!”

“哼，你这汉狗想威胁我……?”翰东海不屑地道。

“你这匈奴狗，别以为姑奶奶怕你，你一张臭嘴放干净一些，如果再不干不净地骂，本姑奶奶要你好看!”

小刀六的耐心和脾气好，任灵可就已经听不入耳了，她自小便在高门大族里长大，受尽呵护，何尝受人如此辱骂过? 是以，她忍不住便回骂了出去。

翰东海先是大怒，随即一看，顿时心神大震，不由得大笑起来，道：“竟有这般美人，很好，杀了你们这些汉狗，这美人便是我的了!”

悍狼与其手下也是第一次见到任灵，亦禁不住为任灵的美丽所镇住。他们生在大漠，何曾见过如任灵这般娇秀丽质天生的美人，目光不由得全都被吸引了过去。

悍狼本就是好色之徒，见任灵的美丽，差点忘了此刻正身陷重围。

狂狼和野狼几人也好不到哪儿去，但是他们却知道，小刀六绝对是不好惹的角色，而且眼下的问题是他们能不能突出重围，还要看小刀六的，这一刻他们绝对得罪不起小刀六。

小刀六摇了摇头，仿佛是对翰东海的表态有些失望，道：“那只好武力相见了，不过，你会后悔的!”

小刀六的话才说完，翰东海便发现在小镇大街两边的土坯房顶之上出现了数十条人影，而手中所执的是他们见所未见的弩机，每张弩机上竟装有十箭，这确让他为之骇然。这时他又想起了那自黄沙之中破出的箭雨，那杀伤力无比猛烈弩矢！

“我不希望这会是最后的结果，即使是你拥有十倍的兵力，也不会有任何便宜可占！我希望翰大统领三思！”小刀六冷冷地道。

悍狼诸人也为之惊讶，他们也是第一次见到这可以连发十矢的弩机，只是不知道这弩机的威力如何，但却发现翰东海的脸色变成了铁青色。

“我们完全可以坐下来好好地谈谈，不是吗?”小刀六自那土坡之上悠然而下。

“嗖……”一支冷箭以快得让人吃惊的速度射向小刀六，便在小刀六转身行下土坡的一刹那！

铁朗不由得惊呼：“小心！”

小刀六似乎没听到一般，对那支暗箭根本就没反应，翰东海正冷笑之时，那支箭竟定在虚空之中。

翰东海、悍狼和铁朗诸人都呆住了，那支箭居然被任灵的纤纤玉指给夹住了，然后便定于空中。

“喳……”任灵的玉指便像一把剪刀一般，那支冷箭应手断为两截，而小刀六便像是什么都不知道一般。

翰东海诸人确实吃惊不小，如果换作是其他人，或者他们并不太吃惊，但出手的却偏偏是那美丽而纤弱的女子。

看任灵那漫不经心的表情，任何人心中都无法不震撼，那纤纤玉指竟能轻易剪断那坚硬的箭杆，这份力道，便是悍狼也自问不如，翰东海也为之沉思。

翰东海知道这看似纤弱的女子绝对是个高手，是个极难缠的对手，而小刀六身边的一个女人便有如此功力，那在这个年轻人的身边又会有多少高手呢?至少那个沙里飞也是个难缠的人物。

悍狼此刻却暗自庆幸没有对小刀六下手，如果他真下手了的话，只怕这中原来客比翰东海更不好惹。昨晚他便尝过苦头，明白这个中原的年轻人根本就不用亲自动手，便可让他死十次！

“如果想杀我，这种箭根本就不管用，这一次我可以不追究，因为我们还是敌人，但我却想翰大统领约束一下自己的部下，否则发生的后果只会是难堪的，我不想与匈奴为敌，其实我觉得我们完全有合作的可能!”小刀六很悠然地自那土坡之上行下，神色间带着淡淡的笑意。

“我不觉得我们之间有合作的可能!”翰东海端坐马上不动，他知道，只要他一动，四面的怒矢将如蝗雨般洒下。这小镇之中，他的部下虽然已将小刀六诸人包围在小块地方，却也无法展开骑兵的优势，大街虽宽，只不过仅能数马并行而已，而这正好给土坯房顶的弩箭手喂箭。

“有！我相信，你们最大的敌人不是汉人，而是哈鲁单于！难道不是吗？如果在统一大漠与和我为敌的选择上，我不知道统领会作出怎样的选择?”小刀六如闲庭信步一般来到双方对峙的前线，与翰东海相对，自信地道。

小刀六的口气，几乎让所有人都为之震惊，不单是翰东海，即使是悍狼等人也是感到无比的吃惊，他们更无法揣测这中原来客是什么来头了。

“你有办法让大漠统一?”翰东海眼中放射出一抹异彩，急问道。

小刀六自信地笑了笑道：“我没有，但是你们却有！大漠不是我的，我只是一个商人，但我却能帮你们统一大漠!”

翰东海根本就不相信，冷笑了笑道:“你是什么人？我为什么要相信你?”

“我叫萧六，如果你到过中原，就应该听到过我的名字，若你听过我的名字，便不会怀疑我说的话了!”小刀六很自信地道，说话的同时，向土坯房顶上的人打了个手势。

房顶之上的数十战士立刻收起强弩，半点犹豫都没有。

匈奴骑兵竟也不敢进攻，仿佛被小刀六这口气和态度给镇住了，而且翰东海没有下命令。

“我不习惯在刀兵相对之下与人谈生意，我不觉得我们是敌人，也许昔日汉人与匈奴有过仇恨，但时间也会消磨一切，便像昔日昭君出塞，我们曾是兄弟之邦，可今日已不复存在一样！难道翰大统领便没有想坐下来喝喝酒，谈谈生意的念头吗?”小刀六孤身一人轻身掠过丈许高的障碍，像一只鸟般轻悠洒脱。

翰东海的眸子里闪过诧异和困惑之色，小刀六居然敢完全暴露在他们的箭矢下，更对他的大军丝毫无惧！不过，他自小刀六越过障碍的身法中可以看出，这个年轻人确实不好惹。

悍狼和铁朗也禁不住为小刀六担起心来，如果翰东海突然起了杀念，小刀六必首当其冲。

“难道你不怕我趁机杀了你吗?”翰东海冷冷地问道。

小刀六很轻松地笑了笑道：“你不是傻子，所以你不会杀我！因为我可以让你为你的主子创下不世的大业!”

“我不相信!”翰东海道。

“那你为什么还不动手杀我？为什么不敢自这正面攻临仙镇?”小刀六反问道。

翰东海不语，目光却向土坯房上扫了一眼。

小刀六不由得笑了笑道：“就因为这小小的弩机是吗?”说话间小刀六拿出一张空天机弩。

翰东海神色微变，他不能否认小刀六的话，确实是因为这小小的弩机的杀伤力太强，他才没有动手。

“你知道它叫什么吗?”小刀六又反问道。

翰东海摇了摇头，但显示出了浓厚的兴趣。

“在中原，它叫天机弩，可以改变上天安排的命运，一次可射十支连弩，射程五百步，轻便易拿，一个人就可轻易操作，其威力可破盾裂甲，相信你有体会。而在中原，只有我能够造出这种利器，任何战旅只要用上天机弩，便足可以一敌十，甚至是以一挡百！你想想，如果你们拥有一万张天机弩组成的队伍，大漠之中，还有谁是敌手?”小刀六把玩着天机弩，不无诱惑地道。

翰东海的眼中射出神往的光彩，小刀六的话很实在，实在得让他无法不接受。

悍狼诸人也为之吃惊，他们也是初次听说过这种利器，却也都动了好奇之心。

“不知道翰大统领认为我们有坐下来好好谈谈的可能吗?”小刀六又淡淡地问道。

翰东海突然哈哈大笑，似乎是极为开怀，迅速向身后的战士呼道：

“传我命令，诸队就地驻扎，没我之令，不准妄动！”说话间竟跃下马背，爽朗地道：“自然可以一谈！刚才多有冒犯，正如你所说，匈奴和汉人的仇恨只是过去的！”

小刀六也爽然一笑道：“那我们就在这临仙镇把酒畅谈吧，我已经让人准备好了酒菜！”

此话一出，让所有人都大感意外。

第七十九章　宗室名分

一刻之前还是生死大敌，但在一刻之后，却是把酒而坐，这之中的变故让人一时转不过弯来。

双方都曾血战，至少翰东海的部下死伤已达五百之众，可是突然之间却可以放下相互之间的仇恨，而对坐论酒。

悍狼的心中也不知是什么滋味，他拼死拼活，最后小刀六与翰东海竟成了朋友一般。尽管他也希望小刀六能有能力使他们摆脱困境，可是这种摆脱困境的方式却让他有点难以接受。

翰东海身经百战，他自然不是傻子，更是一个行事绝对果断的人。他很清楚，尽管他拥有十倍于敌的兵力，但若想在小刀六手下讨到什么便宜那绝不是一件易事。这个年轻人不只是口气狂，更是大胆得让他吃惊。不过，他明白小刀六有狂的资本，在没有把握拿下对手的情况下，若有得到更大好处的可能，他为何不选择？因此，翰东海只有退而求其次。

小刀六确实已经准备好了酒和一些下酒的菜，翰东海自也不吝啬，将一头自悍狼手中夺下的肥猪烤了，看上去，在这异域之中也颇有一番情调。

翰东海把玩着那张天机弩，仿佛是有点着迷，他自然是用弩箭的行家，这种东西入手便知道好坏，这一刻他确实已经放下要杀小刀六的念头，而是很认真地与小刀六谈交易。

悍狼和铁朗作为一路人马的首领，也有幸可以喝到这顿酒，他们心中亦无不想得到这神奇的利器。

“我此来本就是意欲在大漠找到好的商家伙伴，只要有人愿意买，我可以保证绝对是一流的好货！至于昔日可能存在的矛盾只能是过去的，我始终相信，只要有好东西不愁没人买，不知翰大统领认为呢？”小刀六呷了口酒，淡淡地道。

“嗯，这天机弩确实是上等的好弩，只是价格似乎太贵了一些！”翰东海吸了口气道。

小刀六哈哈一笑道：“这已经是我开出的最低价格了，因为我是想与大统领还有呼邪单于长久的合作，否则绝不会只要三匹良马的价格！试想，若有这天机弩攻城略地，所征服的并不只是敌人的牛羊马匹，还有许许多多可以为你们放牧养牛羊的奴隶！有了他们，更可以减少自己战士的牺牲，这来去之间又岂是这点牛马所能够替代的？”

“三匹良马可以换到数十匹绢帛，这弩弓比数十匹绢帛还贵！”翰东海道。

“不错，这的确比绢帛还贵，大统领要知道，这弩机的制作所花的工夫可也不少，即使是我在北方的所有兵刃作坊加起来，一个月也只能打造出两千张。另外，你们的战马运至中原，我还要将它们卖出去才能够变成金银，这之中我们仍要花大量的人力和时间，还要担当许多风险，但你们拿到弩机便可以直接送上战场，直接掠夺敌人的马匹！如果翰大统领认为这天机弩太贵的话，我们中原有句古话叫买卖不成，仁义在！至少以后也算是朋友了！”小刀六语气不紧不慢，很是悠然。

翰东海眉头微掀，这天机弩确实比普通的弩机贵上十倍，但这却是一个让人无法回绝的诱惑。

“好香的烤猪！”小刀六吸了一下鼻子，两名匈奴战士已将大烤猪摆上了桌。

“不若我们先来吃点再说吧。”小刀六掏出一把银质的小刀，说话间已经立身而起。

那两名匈奴战士便要退去，小刀六却叫住道：“稍等一下，把它的骨头带走！”

众人皆愣，不明白小刀六何意，众人的目光全都盯在小刀六的身上。

小刀六笑了笑道：“我也应该给大家露一手了，在没做这种生意之前我可是个好厨子！”

众人顿感好奇，也微感惊愕，倒想看看小刀六有什么戏要上演。

“你快动手啊，我还没吃过你做的菜呢！”任灵催道，她似乎也听说过小刀六昔日是大通酒楼的主厨兼老板，但她一直都不相信小刀六能做出什么菜来。

小刀六只是笑了笑，把袖子卷了起来，手中银质小刀以极速划出，桌上顿时只有一片迷茫的银光，烤猪不见了，甚至是桌上的菜也都笼在银雾之中，小刀六的手似是在颤抖般地振动。

众人一脸惊愕不解之时，银芒顿消，桌上什么都没有变，烤猪依然是烤猪，甚至连酒水都没有溅出一点。

翰东海和悍狼都笑了，仿佛有点嘲弄的味道，他们还以为小刀六能做出什么来，可是弄了这一阵玄虚却什么也没有变，他们自然有些不屑。

任灵和铁朗诸人也为之愕然，有点茫然地望着小刀六，不知他弄什么名堂。

小刀六神色不变，只是向那两名匈奴战士道：“把烤猪抬起来！”

那两名战士愕然，却依言抬起了烤猪，便在其抬起烤猪的一刻，所有人都呆住了，除小刀六外，每个人脸上的表情都显得无比古怪。

烤猪被抬起，但在桌子之上却放着一具极为完整的骨架，光秃秃的骨头依然冒着热气，却没有一丁点肉，依然是猪的形状。

众人的目光再投到那烤猪之上，却发现在烤猪的下腹处有一道线条极怪的刀痕，却没有一根骨头。

骨和肉分离得无比完整，却只有一道刀痕，而这道刀痕却只在烤猪腹底。

没有人会不明白这是小刀六的杰作，刚才那一片银芒并不是故弄玄虚，而是以无比玄妙的手法将整头烤猪的骨和肉完完全全地分离了开来。

“把这骨头抬走吧！”小刀六的语气极为平静，漫不经心得让人意外和吃惊。

任灵的眼睛瞪得大大的，像是第一次认识小刀六一般。

翰东海沉默了良久，才吸了口冷气道：“好刀法！好刀法！”

悍狼和铁朗诸人也都倒抽了口凉气，他们想都未曾想到过世间竟有如此快捷而犀利诡异的刀法，如果不是烤猪而换作是人，那结果又会是什么样子呢？

那一堆骨架依然有形有样，便像抬走了一具腐烂的猪骨。

“献丑了，请用吧！”小刀六谦虚了一声，悠然笑道。

“不知萧公子刚才用了多少刀？”翰东海有些好奇地问道。

“十五刀！”小刀六吸了口气，有些无可奈何地道。

“十五刀竟能将全部的骨肉分离？”悍狼失声惊问道。

“我的功力还不够，其实这只需要一刀，便我却足足用了十五刀！”小刀六道。

翰东海更怔住了，不敢相信地问道：“有人能一刀便将这些骨肉分离得这么完整？”

“不错！而且比这还要完整！”小刀六肯定地道。

“这怎么可能？这怎么可能……？”

“我们何必谈这些？不如来喝酒！”小刀六岔开话题道，似乎他不再关心是否能够达成与翰东海的交易，天机弩的事也成了可有可无。

翰东海却咬了咬牙道：“好！我们便以你说的价格订购你的天机弩！”

小刀六不由得笑了，笑得有些得意。

林渺赶回枭城之时，已是六月中旬，此时的枭城已经是颇具气派，整个城池向外几乎扩大了一倍，那是因为许多村落依城而建的堡垒，也成了这枭城的延续。

贾复已赶派人先一步来到了枭城，告诉了林渺一个让他心中波翻涛涌的消息：梁心仪确实没死，但却追随在大日法王的左右。这消息是自藏宫的口中所得到的。

藏宫是一个绝不会说谎的人，他说那画中的女子是叫梁心仪便绝不会错，但为什么梁心仪会跟在大日法王的身边，却是一件让人费解的事。世间不可能会有两个如此相似而且又同名的女人，也便是说，梁心仪一定活着，那个女人一定是梁心仪！

林渺的心中有着太多的激动和欣慰，这个消息使他失眠了两日。他从来都不会失眠的，但在得知这个消息后，他居然失眠，如果告诉别人，他这样的高手也会失眠，只怕会让人笑话，但他却是真真实实地失眠了。

枭城的许多事，朱右处理得极好，欧阳振羽和海高望也是极擅理财的人，而且近来枭城之中又有许多优秀的人物前来依附，使得枭城已是藏龙卧虎了，许多人都是冲着林渺的名头、冲着枭城这一片升平的气派而来。真正的有才识之人并不真的在乎你拥有多强大的实力，而是展望你是否有可以发展的潜力，只看枭城的景象，便足以让许多异士青睐。

这当然是一件很好的事情，林渺返回枭城的第一件事便是拜见义兄任光，向任光讲述了这些日子的经历，然后便处决了奸细崔启，清理掉崔启的一干人等，肃清铜马军的内部，许许多多的事情确让他忙了好几日，尽管有朱右等几人将城中一切事务打理得极好，但毕竟林渺离城已有数月，城中的情况得重新熟悉，再重新部署，或是设置一些长远的计划。

而白善麟派亲信来到枭城，谈到北方合作的问题，欲与黄河帮、信都大豪们联手在北方建造一个庞大的生意网络，这是信都大豪们都极乐意的事情，试问谁不想与这财力几可与寿通海相比的大家族联合呢？不过这之中仅限于几个极重要的人才知道自己合作对象的身份。

白善麟并不想让王郎知道他的行动，因此，只有耿纯、刘植、任光、林渺及林渺身边的几名重要财物人务知道这件事。

有白善麟的加入，无形之中便把生意网拓宽数倍，本来流通仍有些缓慢的物资，在这一决定之后，便可以以更快的速度转换，贩卖到中原各地，然后变成金银或必须的物资运到信都和枭城，这确实是一件大快人心之事。而更让林渺心喜的是，白善麟愿出二十万两银子开通信都至枭城的官道及枭城至滹沱河码头的官道，这也是一份让人不想拒绝的厚礼。

枭城铜马军已从最初的数千扩充到了近两万之众，这些人都经过严格编排，训练是一刻也没有停下。

目前枭城的资金足够应付眼下的运作，这比昔日铜马军的部众要少，但更精简，装备却是最完善的。

林渺也不想扩军太快，那样便很难提高作战的整体素质。

信都的兵马也日盛，现在各州郡都欲招兵买马，以备割地自据，信都欲自成一体也不得不提升自己的力量。

不过，林渺回枭城之后，便不再顾忌多招兵马了，这是迫于王郎的威胁。

北方诸地的百姓早就对枭城闻名已久，而近两月来，林渺更是在江湖中出尽了风头，很轻易地便赢得了民心和一些江湖豪杰的心！许多江湖豪杰都慕名来投，还有许多江湖中的一些小帮派、小组织也都千里迢迢地相投林渺。

事实上，在南方，绿林军势大，其部下勇将如云，高手如云，因此，除了有特别出色的本领或是拥有特别的声望去投靠绿林军才有可能出人头地，但如果投到一支正在发展，诸如枭城铜马军这样有极大潜力的队伍，很可能便能得到重用，是以，许多人都自中原赶到北方。

当然，也有人是看不惯刘玄，不太相信刘玄。不过，自绿林军辖地赶来北方投靠枭城的人不是很多，除了天虎寨的一些旧友外，余者也都是与林渺或姜万宝有交情的一些人，多是受人推荐而来的，但自其他的地方赶来枭城相投的豪杰却是极多。

林渺当然不用亲自为这些事情头大，他只是将这些事交给卓茂。

卓茂是近三月前投入枭城的，朱右对此人的才华极为赏识，在这三月之中经数次考验而处之泰然。因此，朱右重用了卓茂。林渺一回城，便第一个介绍卓茂与之相识，可见朱右对此人之赏识。

林渺对卓茂表现出来的才智和办事能力也极欣赏，这是一个不多说话的人，但每说的一句话都绝不可以轻视，稳重沉着，即使遇上大事，也绝对处事不乱，更有自己独特的思想，不附和别人的意见，即使对林渺也不例外。因此，林渺对此人也极喜欢。

卓茂也确实是个能独当一面的人才，这是毋庸置疑的，这使林渺省下了许多心思。

一个成功的统帅并不需事事关心，只要做到了然于胸就行了，该放手由别人做的便放手，林渺就是一个从不在意分权给能承担权力的人。

在林渺回城的第六天，春陵来人了，这让林渺很是意外。赶来枭城的是刘富，刘富乃刘寅最信任的刘家长老之一。

刘富带来了一封由刘寅亲自书写的信函，更让刘富带来了另一个消息：刘家已经承认了林渺是春陵刘家老三的事实，更传书天下春陵刘家的本宗子弟，告之事实的真相。刘家诸长老已经都接受了这位自幼遗失在外的孤子，还请林渺有时间去春陵一趟，真正的认祖归宗。

刘寅的信写得至诚至情至信，其中所洋溢的父兄之情诚恳至极，还盖以春陵刘家宗印。

林渺召刘富在密室相见，读信之时也禁不住流下了泪水。

林渺心中的情绪无可名状，也不知是委屈、高兴还是激动，但不可否认，这让他感到很意外。

他没有想到刘寅居然会在他没有到春陵的情况之下便召开了春陵刘家长老的会议，更直接让他认祖归宗。

刘富看了林渺背上的火龙纹，他身为刘家长老之一，自然知道当年那生下来便拥有火龙纹的婴儿之事，他也是当年目睹林继之抱走那婴儿的人之一。是以，当他看到林渺背上的火龙纹之时，也是老泪纵横。

林渺对自己的身世本有一丝疑惑，刘富详细地讲了昔日林继之拿武皇的紫佩去春陵刘家带走他的情景，及后来刘家之人四处寻找他的下落而不着的心情，直到这一刻，林渺心中的疑惑已不再存在，只是仍有一丝阴影。

如果不是桓奇的死，林渺此刻确实已经可以相信这一切是真的，但是桓奇在讲了这个秘密后却被人杀了。两人所讲的虽然有极多相同之处，但是却不能不让林渺心中生出一丝阴影。

是谁杀了桓奇？又为什么要杀桓奇？是谁重伤了桓奇而又不杀呢？棋痴又为什么不要他见桓奇呢？这之中究竟有什么秘密？那重创桓奇的人又是谁呢？

当然，绝不是武皇杀了桓奇，那人的武功与武皇相比，相去太远，而且武皇已是半人半魔，根本就不会做出这种事。事实上，武皇要拿这件事来欺骗他又有什么好处呢？以武皇的武功和地位，他林渺不过只是一个小小的人物，根本就不值一提，但是为何武皇却要说他是春陵刘家的老三？还教他《广成帝诀》中的绝世武功。因此看来，武皇刘正根本就没有必要说谎。

如果武皇刘正不曾说谎，那么，桓奇和刘富所说的都是真的，但那人为什么要杀桓奇呢？伤桓奇者和杀桓奇者是否是同一路人呢？桓奇是在讲完自己的身世之时立刻惨死，什么东西都不曾留下，这不能不让林渺将这一切与自己的身世联系起来。是以，他心中不能不多出一丝阴影。

如果是在数月之前，或许林渺不会在意这些，那时候的他不过是孤身一人，但现在他却是北方举足轻重的人物，他的一举一动都关系到数以万计的枭城百姓和战士。因此，他不能不慎重，他不想因这未知的后果使他好不容易建立起来的声望毁于一旦。

事实上，如果这件事没有处理好的话，会使天下之人认为他是趋炎附势之辈，那样不仅起不到好的效果，反而会坏事。当然，如果这件事情很顺利的话，那只会使他更有声望，更具号召力，那他便成了名正言顺的汉室正统！一跃成为民心所向之人！这一点非常重要，也非常具有诱惑力。

林渺还没等到吴汉的回复，他已经派人去了渔阳，他要在吴汉那里得到林继之的身份，解开心中的疑惑。也许吴汉知道林继之究竟是不是真的死了，而许多的秘密本身就跟吴汉有关联。所以，一回枭城他便派人去询问吴汉，料想吴汉的答复应在这两天。

林渺安排刘富在枭城暂住几日，他立刻去找来朱右相商。

朱右认为这确实是一个大好的机会，也是一件极好的事，只是需要谨慎行事，不能够有些微的错漏，否则可能会将好事弄砸。

林渺与朱右相商之后，便立刻赶往信都，这件事必须与任光说明白，至少到目前为止枭城的力量仍需信都支持，他与任光不能有隔阂，更不能让任光对他产生误解，这很重要！他在北方的发展，许多方面都得要信都支援。

当然，这只是其中一点，如果瞒住任光的话，到时候若成事实，必会引起北方势力的非议，那结果可能便成了坏事！因此，他必须不能向任光有任何隐瞒，这也是取得信都力量支持的最好方法。

任光对这消息也可以说是极为意外，但他却是个极放得开之人，林渺对他的信任使他无话可说，同时也为林渺感到高兴。他与朱右的意见一样，认为这也是一个很好的机遇。

任光很清楚，即使是他能成为割据一方的豪雄，终就可能成为帝王，他不是汉室正统，更何况南方汉室正统的刘玄已经距帝业不远，总有一天他要受到招抚，还得成为汉室的臣子。另外处在眼前的问题还是王郎的威胁，因此任光宁可让林渺成为刘室正统，如果林渺成为刘室正统的话，他便可以名正言顺地在北方行事。另外，任光还可以借林渺与南方的刘玄一较长短，再怎么说，林渺是他的义弟，又是他支持才有今日成就，若让林渺将来成了大汉天子，自要比刘玄成为大汉天子对他有利多了。因此，林渺向他坦白这个问题之时，他立刻表示支持。

任光尽管在这之中有点私心，但却仍然顾忌与林渺之间的情谊。他认为这种选择是最好的，虽然来得有点突然和意外，却不能说不是一件好事。

任家三代为汉室之臣，对刘家之忠诚自然是存在的，而林渺若真是刘室正统，又有武林皇帝刘正的支持，这使任光没有任何犹豫。

林渺对任光的表态很感激，当然，这也是他想要的结果。他本就怀有大志，想放开手脚大干一场，如果他能名正言顺是刘家之人的话，那在很多事情之上便可以迎刃而解了。

林渺并不喜欢刘玄，若他以“林渺”的身份立足这个世界，就少了刘玄所拥有的许多优势，但他如果也成了刘室正统的话，便不是没有和刘玄一斗的可能。尽管刘玄拥有他所不能拥有的兵力，但他却有北方绝对的优势，只要形势把握得当的话，一切都是有可能的。

另外一个要见的人却是刘植，这也是汉室的遗臣，但却并不是汉室直系血统。不过，此人却是信都一个比较重要的角色，而且还是刘家之人。

林渺与任光还有刘富三人亲自造访，这次林渺所拿出的不是刘寅的书信，而是桓奇所给的蓝田血玉的小玉玺，这比任何话都有说服力！刘植本就支持林渺，而对任光也是相敬有加，既然任光表示支持，刘植自然乐意支持。他也是一个极为聪明的人，更是一个有抱负的人，其父只不过是王莽封的一个废弃的有名无实的侯爷，他却不愿成为相袭的废物，因此反对王莽，而若是刘玄称帝，他也难有建功立业的机会，但若换成了林渺，那结果却是完全不同。

如果林渺能继汉室正统，至少他可以成为首个支持者，将来真正封王封侯绝不是一件难事。因此，刘植立刻表示立场，全力支持林渺。

耿纯方面则比较好说，有任光和刘植两人相应合，耿纯自不会反对。

有了信都的支持，林渺的一颗心终于安下来了，至少，在目前这绝不是一件坏事，而这时吴汉的信到了，结果正如林渺所猜，他的父亲乃是昔日的三圣之一儒圣林继之，与秦复的父亲秦鸣、邪圣归鸿迹并称三圣。

江湖昔年有三圣七剑，即三圣和七大剑客，都是江湖中名动一时的人物，但是在王莽篡汉之后，这些人或死或隐，或是低调行事，不过，许多人也绝不会忘了昔年的三圣七剑这些高手。

吴汉的武功便是来自林继之，但这么多年来林继之不允许吴汉向外人透露师称，便是对林渺也不例外。而吴汉的另一个任务就是要代林继之保护林渺，这是林继之教吴汉武功的初衷，但林继之并没有向吴汉提及林渺的身份，吴汉并不知道林渺可能是刘室的血脉。

至于林继之是否真的死了，吴汉以肯定的方式回答：林继之确实死了！

自吴汉的信中，林渺还知道了另一个不为外人所知的秘密。

林渺的娘并不是早早地病逝，而是带着另一个大林渺一岁的哥哥走了。那个女人带着与林继之所生的儿子走了之后，林继之便性情大变，变得消沉、酗酒，脾气坏。

那是林继之一生最爱的女人，但却走了，林继之的死可能与这一段破裂的感情有关，后来林继之四处找寻过这个女人，但一直都没有任何消息，连他的儿子也没有了消息。

这个秘密是在林继之死前一个月才告诉吴汉的，可能是因为他知道自己将死，这才让吴汉知道这一切，并告诉吴汉，两人之所以会分开，是因为林渺的身世！

林继之并没有告诉吴汉有关林渺的身世，却说了这是一个不能为外人所知的秘密，他没告诉自己的妻子，而使妻子误会是他与别的女人的所生，这才一怒之下离家而去，这也成了林继之一生最大的遗恨。

林渺看了吴汉的长信，心神为之大震，他听父亲说过，母亲早死，是一个极烈性也极美丽的女人，他只知道母亲是宁氏，闺名文秀，其他的便不知道了，但他没有想到他居然还有一个大他一岁的哥哥，叫林充、与母亲宁文秀一起离家而去……

至此，林渺几乎完全明白了，武皇刘正没有骗他，他是春陵刘家的老三，只是从小被林继之抱走，流落江湖，但也因为他而毁了养父林继之的家。可能因当时江湖中追查他下落的人太多，林继之连自己的妻子都不敢如实相告，而宁氏却是烈性之人，认为林渺是林继之与别的女人所生，一怒而去，使林继之后悔莫及。也从此，这二十年来林继之一直郁郁寡欢，消沉、颓废，时而借酒浇愁，这便使得昔日的儒圣成了一个落魄的儒生。

林渺也不由得心酸，他明白了这之中的因果后却生出无限的歉疚，但是却无法补偿养父什么。

林继之昔年乃是天下有数的高手，如果不是极端的郁闷和痛苦，又怎可能如此壮年便死去呢?

刘正认为林继之是假死，这并没有错，因为他根本就不知道林继之这二十年来的生活和心情。

林继之并没有告诉吴汉有关林渺的身世，也许他并不知道武皇会重出，他根本就不想林渺再去过那种争斗无休的生活，所以连武功都不让林渺学，而让吴汉来保护。在林继之的思想中，他只想林渺过着普通人的生活。

他这一辈子就因为自命不凡，陷入江湖和朝野之事，才使得发生这些悲剧性的事，因为林继之知道肩负重任的痛苦，所以他根本就不想林渺背上命运安排的那副沉重的担子。但是他没有料到今日林渺还是知道了这一切，而且已踏上了这条不知尽头的路。

林渺心中只有深沉的悲哀，林继之为他牺牲了太多，为刘家也牺牲得太多。想想，一代被天下尊为儒圣的人物，居然郁郁而终，如果告诉别人儒圣这二十年来的清苦生活，保证江湖之中没有人会相信。但是——事实上昔日从不甘寂寞的儒圣，的的确确在宛城最破落的天和街度过了二十年最为潦倒的日子。

林渺终于出人头地了，可是林继之却无法享上一点清福。

林渺暗暗决定，一定要找到养父的亲子林充和养母宁文秀，以了养父未了之心愿，以报其大恩。若将来有一天自己真得天下，定再给养父建墓陵，要好好待这位兄长。

林渺立刻回复刘寅的信让刘富送回，并阐明了自己遇武皇刘正，更私下去春陵调查过，还在桓奇等诸方面查实的消息，确有可能是春陵刘家的老三，只待过些时日北方事情安排妥当，便会去春陵拜祭祖先。而他在北方的事情也作了介绍，更表示自己绝不会有辱刘家名声。

写好这封信，林渺以血玉玺盖上，并派亲信陪刘富一同前往春陵，更送上礼物之类的。

而眼下，对林渺来说，最关心也最烦乱的事，却是找回梁心仪，他不知道梁心仪现在怎么样了。不过，也有另外的事让他心乱，如果梁心仪回到了身边，他又如何安置迟昭平呢？这时，他发现自己也是花心之人，至少先后有白玉兰、晴儿，还有迟昭平、梁心仪，如果怡雪也在的话，难道自己便能真的不动心？

感情确实是一件很难说清楚的事情，林渺知道，自己对怡雪绝对是有情而非无情，没有人会不对怡雪动心，何况怡雪数次出手相救，对自己也似乎情深义重，他又将如何面对怡雪呢？

当然，如果自己真能成为汉室九五之尊的话，拥有几室倒无话可说，但问题是这些人对自己都情深义重，她们又会怎样看待自己呢？

她们能接受自己将心分给这么多人吗？而在自己的内心深处，便不会有深深的自责吗？

林渺这几天总会有点发呆，他发现处理感情的事比处理军机事务要难得多，也头疼得多，这让他有点无奈。

不过，目前并不适宜想这些问题，最重要的还是处理好北方的事。

南方几乎大局已定，刘玄破长安已是指日可待之事，如果到时候北方仍是这个局势，只怕便没有与刘玄相抗的实力了。因此，他必须给自己正名。

正名，那便必须让刘家之人将这个消息传出去，并要闹得天下皆知。

朱右已传书给姜万宝和贾复，让其借机造势，趁林渺在昆阳之战上的余温未减下去前尽快造出一股声势，说林渺乃是刘室宗族，这才会出力相助宛城。

更在这消息之中夹杂些似真似假的谣言，只要闹得满天下皆知便行。

在给刘寅的信中，林渺便提到过，要让春陵刘家出面证实此事，更要让刘家人接受这个消息。

事实上，消息很快就传到了北方，姜万宝诸人还没来得及收到林渺的书信时，春陵刘家散于天下各地的宗族子弟便已把林渺才是真正的春陵刘家三公子光武的消息传遍了整个天下。

这让天下为之轰动，一时之间，那曾名动一时的刘秀竟是春陵刘家最为神秘的二公子刘仲，而林渺才是真正的刘秀。

江湖中人本就喜欢乱，喜欢道是非，有这等稀奇之事，自然是津津乐道。

于是江湖中流传着许多关于林渺的传闻，林渺本就已经够红火了，再加上刘家这么一闹，则更是名动天下。

有人说林渺生具帝相，因惧王莽追杀，这才自小流落江湖，让刘仲顶替其名。

也有人说，林渺只是春陵刘家安排在江湖中的一颗棋子。

还有人说，林渺是离家出走的，但现在又返回刘家……

当然，还有些人认为，林渺是刘寅故意派到北方去开创基业的，目的是为了以另外的途径与刘玄争夺帝位。

不过，也有人只是笑笑，不置可否，他们以自己的眼光看问题，或者是觉得林渺是不是刘秀与他们没有关系！只是，这种人仅少数。

相信林渺是刘家宗室的血脉者占多数，他们的原因很直观。

其一，林渺崛起江湖太快，如果不是有一股暗中的力量支撑，那便是奇迹。人们一般都不太相信奇迹，所以他们认为林渺在这么短的时间内崛起，一定是因为有一股极强大的实力支持他，而这股实力若是春陵刘家，这便再合理不过了。因此，人们相信林渺与春陵刘家有瓜葛，这绝不是空穴来风。

其二，春陵刘家一直相传有兄弟三人，但江湖中总只是见到刘寅和刘秀，而老二刘仲却神秘得连许多刘家人都没见过，因此若说林渺才是真的老三刘秀，而那一直在江湖中很红火的刘秀才是真的刘家老二刘仲，这绝对说得过去，也合乎情理。

如果这个传闻不实，那么刘家老二刘仲便应该站出来说话了，但那个刘仲一直都未出现，因此刘秀是刘仲便是真的了。

其三，林渺为什么拼死救昆阳，助那冒名的刘秀打败王邑的百万大军？如果不是因为那冒名的刘秀是其亲生的二哥，别人会有如此义勇为一个不相干的人去闯百万大军吗？

其四，江湖中盛传，林渺与冒名刘秀的关系一直都很好，这可能暗示，林渺与冒名刘秀本身就是亲兄弟。

其五，有人看到刘寅证实了许多谣言，身为春陵刘家之主的刘寅，在绿林军中可谓是一人之下万人之上，从来都是一言九鼎，绝对讲信义。因此，人们都相信他不会说谎，至少不会厚着脸皮认林渺这个三弟。

另外，冒名刘秀也隐约表态，林渺乃刘家人这是个事实，因此江湖中人没必要不去相信这些。

而江湖人很快便收到枭城方向传来的消息，林渺已确认自己是春陵刘家之人，而且是当初与武林皇帝一起流落江湖。

这个消息被传得更神，因为这之中有一个武林皇帝的存在。

武林皇帝当初带走了这个真刘秀！近日来江湖中有传，武林皇帝复出，而林渺也于这阵子在江湖之中如日中天，这与武林皇帝的传闻岂非巧合？

于是有些人自以为是地恍然大悟，认为林渺能如此年轻如此快速的崛起，是因为学了武林皇帝那惊世骇俗的绝世武学。

而许多消息都在传林渺与刘家的关系，人听得多了，便自然而然将林渺与春陵刘家联系起来，且还是武林皇帝刘正的传人。因此，林渺便成了名副其实的汉室正统继承人，成了刘家的宠儿。

当然，这之中许多是林渺让姜万宝及小刀六的生意网络四处散播的。

林渺深明口碑的力量，更知道制造声势可以算是成功的一半，在这之前，林渺曾利用松鹤道长及一干正道高手造出自己已得天下正道支持的形象，而使得许多名士慕名而来。

这一刻又借武皇刘正造势，以春陵刘家的事实来夸大自己在刘家宗族之中的分量，以扩大自己的影响力和号召力。

得到武皇刘正的支持，人们自然便想到了早先的林渺已得正道支持的传闻，如果真有武皇刘正的支持，那么松鹤这干白道人物支持林渺也并不值得惊讶了。

林渺自小便生活在市井之中，他深懂人心，更知道那些低层人物朴实的思想是怎样看待问题的，因此，他造势并不指望能让那些武林高手和一些有极高身份的人相信，他只要有千万的普通百姓支持和拥护，那么他便可以好好地干一场了。

当然，这些想法很多是出自林渺身边的智囊们。

所有可能出现的后果都必须预料到，否则就可能出现适得其反的效果。

当然，在江湖之中表现出了积极的一面，也可能存在消极的一面，那便是林渺所要面对的敌人。

林渺的敌人又会怎样看待这个问题，又会怎样来面对这个问题？

最大的敌人乃是来自刘玄！

刘玄绝不允许有人威胁到他汉室正统的地位！何况，林渺与他本就有些夙怨，他又如何看待这个问题呢？

刘寅作出这个决定，对林渺确实是极为有利，但对于他自己，却绝对不利！至少在绿林军中是这样。

刘寅似乎并不在乎这个，他觉得春陵刘家确实欠了林渺很多，也必须补偿一些，至少在他仍活着的日子。

刘寅绝不是傻子，他比任何人都清楚刘玄的个性，也比任何人都明白自己的处境。刘玄绝不允许他这个威胁的存在，或迟或早，他总会成为障碍被除去。

知道归知道，但刘寅却不是一个不顾大局的人，他很清楚，如果他作出过激的反应，那么，绿林军将再一次四分五裂，而受益者则是王莽或樊崇。

如果只因自己的一己之私而坏了恢复汉室江山的大业，刘寅绝不会做，他不想成为刘家的千古罪人。

所以，刘寅便要给林渺造势，因为这也是他春陵刘家的老三。如果能以自己的生命为林渺造成声势，将来，即使是刘玄得了江山，与之相争的林渺也会继承刘姓江山。

只要先稳住了汉室江山，到时候无论是刘玄胜还是林渺胜，都不会让这数百年的汉室江山落入外姓之手。

刘寅并不在乎这样做的后果，他不是笨人，自然知道这样做只会加速刘玄对他的忌惮，加速刘玄对付他的行动。

刘富带回了林渺的信，还带来了林渺所准备的礼物。

刘富证明，林渺确实是背有火龙纹胎记的人，而且其胎记极深，这让刘寅欣慰和欢快，这证明他所做的一切并不是白白浪费。

而那血玉玺所盖下的小印更证实了林渺的身份。

当年林渺离开春陵之时，那血玉玺便戴在林渺的身上，那时候刘寅已可以记事。因此，这个绝假不了。

林渺在北方的成就也让刘寅欣然快慰，当刘富说起枭城繁荣安宁的景象之时，眼里禁不住放光，这让刘寅相信，他所做的一切，必不会白费。

刘寅没到过枭城，但却早听说过枭城在林渺的治理下日新月异的变化。

至于是谁传出枭城的消息，谁把枭城这小地方的事情传遍中原，而让这个消息的知名度甚至不低于绿林军的崛起，这之中自然是有人刻意为之。

不管是不是有人刻意为之并不重要，至少已让中原人士对枭城开始向往了，对林渺开始向往了，也使林渺的知名度大大地提升，盖过了北方的王郎。

尽管林渺没有王郎的气派，甚至比北方和南方许多义军都弱小，但却能拥有比许多义军都要多的吸引力，便像生长在大片荷叶林之间的莲花，虽然不如荷叶那般大而有气派，却有着逼人的灵气，比荷叶更耀眼。

只从这一点上就可以看得出，林渺是一个很会用手段的人，是一个真正懂得如何去利用手中资源的人。

这样的人，绝不会只安于小小一座的枭城！

刘寅相信这一点，他也不得不佩服林渺的手段，林渺的智慧！

无论是在策略还是在手段上，没有人可以否认林渺的精明和巧妙。

在实力之上，林渺无法与人相争，至少天下间有几股强大的势力是林渺无法相比的。

在南方，有绿林军，甚至是南郡的秦丰都要比林渺强。

在东方有赤眉军，甚至连刁子都军也比林渺的枭城军强。

在北方，义军更是多不胜数，枭城的力量只能是最小的一股，其实力不值一提。但林渺却扬长避短，将自己的短处掩住，而发挥其自身的优势。不与别人在实力上一争长短，却在名气之上和声势之上去寻找出路。

林渺的思维确实与众不同，别的义军都在忙着攻城略地，但林渺却韬光养晦，并在江湖之中不断地提高自己的声誉。

声誉是无形的，实力是有形的，在很多时候，这种无形的东西都被忽略了，但便是这无形的东西，在很多时候能发挥出比有形的实力更可怕的威力。

林渺便极善于运用这无形的力量，从而使自己虽无强大实力，却也使自己光芒四射，在这乱世之中声名鹊起。

刘寅便是佩服林渺这一点，因此，他知道林渺绝对是个不甘寂寞的人，而且也是一个极具远见卓识的人。

在一年前，他并没对这个年轻人太在意，只是自邓禹和冒名的刘秀（刘仲）口中听说过此人。知此人狡猾，擅用诡计，并以此擒住了齐子叔。另外就是勇悍，居然胆敢以几人之力去杀孔庸。

不过，那时候，林渺只是一个小混混，宛城中一个不起眼的人物，狡猾和勇悍是混混们本身就具备的。

直到数月前，听说林渺居然大闹湖阳世家，劫走了湖阳世家的大小姐白玉兰，更在燕子楼大闹了一场，这个时候，刘寅才真的开始注意到了这个年轻人的存在。

刘寅一向都自视甚高，对话许多人都不放在眼里，但是他绝不会忽略江湖中的动态，包括那些崛起的新秀们。

林渺便是从那个时候真正的才闯出了一些名头，才为江湖中人所知晓，而后来林渺的发展却有着惊人的速度。

在宛城，林渺大闹宛城大牢，更是大战梁丘赐，而在宛城那森严的守卫之下脱困，当时，许多人并不知道那劫牢之人就是林渺，因为当时易容了，但后来事情便水落石出了，那是被救的陈通将真相告白天下的。

因此，江湖中人对这个宛城的林渺不能不另眼相看。

后来，又有小刀六跟着林渺的崛起，这两个年轻人曾是让绿林军惨败一回的角色之一，天机弩的产生，使官兵与义军的力量扭曲，而小刀六也成了中原的另一个红人。

不过，小刀六不是红于江湖，而是在生意场上红火一时，一跃而成了中原生意场的巨头。

知情人士都知道，小刀六是以另一个身份代林渺主宰了生意网络，这两人的关系亲如兄弟，也便是说，小刀六所积累的财富也是在为林渺积累。

林渺到大闹邯郸，再到破铜马军，破枭城，败王校军，以两千降卒换一将，这等豪情与趣事，确让他在江湖大红了一阵子。

将林渺的声望推上最高潮的便是昆阳之战，这使林渺当之无愧地成了天下最耀眼的新星。而这次林渺并不只是认祖归宗，也没有忘记借此机会大力提高自己的声誉，在江湖上造起一股极大的声势和浪潮。这点点滴滴的表现，无不表现出林渺潜在的雄心壮志和远见卓识。

刘寅自然听说过江湖中许多关于林渺才是真正的刘秀的传闻，这之中有许多是他放出去的风声，但也有许多是别人所造出的声势，与他的行动相互补充，才会达到了让人惊讶的效果。

这效果确实很理想，经过这近一个月的谣传酝酿，天下人都已将林渺当成了刘家之人，都已相信林渺便是刘家的正统。

这种声势遏制了在邯郸自称是成帝之子的王郎的势头。

王郎虽自称是成帝之子，却无刘家人证实，林渺却不同，其有理有据，还是舂陵刘家散出去的消息，其可信度便与王郎不能同日而语了。

当然，王郎以成帝之子的身份出现，便成了正统直系，刘秀却是正统旁系。

不过，这只是北方的形势，南方刘玄的声望至少目前尚无人能及，因其已自立为帝，拥有绿林军数十万，即连东方的赤眉军都承认他为汉室正统。

在中原，乃至于天下，都几乎是众望所归，尽管林渺破王邑百万大军名声极高，但这直接的得益者却是刘玄，是绿林军。

到目前为止，刘寅对林渺能拥有今日的声势和成就，他已经很满意了，他都开始相信，天命是不可更改的。

林渺能自一个市井小人，一跃而成风云人物，这一切便像是个奇迹，如果天命如此安排，挡都挡不住。

不过林渺始终是刘家的血统，始终是身负天命的人。

在这个时候，刘寅倒真想去见见天机神算东方咏。

也许此人可以测到天机，知道未来会是什么样子的。这个神话般的人物，在当年便已与武皇刘正一样受天下人尊敬，这么多年沉寂于江湖，也不知是否尚在人世。

刘寅也想到了刘正，一个在刘家拥有至高无上地位的人，这一刻却是半人半魔，如果能有刘正重出江湖，天下有谁可阻？

遗憾的却是，刘正根本就不想做皇帝，如果他欲做皇帝，早在二十多年前就可以做了，根本就轮不到王莽篡位，甚至可在当年七破皇城之时自己登基，可是刘正当年却未曾这样做。

二十年后的今日，刘正却成了半人半魔的凶人。当年的血腥屠杀毁了其无上的道心，而让人趁虚而入，引他走火入魔。

这是一种悲哀，当年刘正七破皇城，杀无辜十数万，其满手血腥无人可比，杀孽之重，古今二无，即使当年白起长平之役后坑杀赵国降兵四十万，却非其亲手所杀。昔日西楚霸王项羽也是满手血腥，却也未必有刘正杀的人多，正因为这残酷的杀戮，致使天怒人怒，使其无上道心毁于一旦。

今日的武皇虽然出关，在闭关近二十载后，武功反而不及当年，因其道心不再，这确实是一种悲哀。

“你们都知道了这些传闻？”刘玄的脸色很冷。

朱鲔神色微变，点了点头。

“这下可真的是很好，春陵刘家可真是人才济济，连北方的林渺都是春陵刘家的人，看来即使是我更始军有什么不测，春陵军也不用发愁了，他们还可以去北方夺天下！”刘玄不无揶揄和愤然地道。

“皇上，我看事情不至于这般，若林渺是真的刘秀，认祖归宗也是应该的，皇上大可下诏让林渺归附，说不定使北方平定，不用圣上费一兵一卒呢！”王凤想了想道。

“哼，如果林渺真的平定了北方，他会归附于我吗？你不见刘寅这般热捧林渺吗？我看他是糊涂了，不知道谁才是汉室正统了！”刘玄愤然道。

“圣上何用如此生气？此也未必不是一件好事，圣上乃是人心所向，众望所归，乃刘家宗室，无不信服，如果林渺也是刘家之人，他便不能不听圣上调度，否则就是汉室叛徒！若能得此子于北方，却绝对是一件好事！”朱鲔见王凤那般说，也附和道。

“何况，此子曾在昆阳助我们大败过王邑，也算是立下了功劳，他之所以如此相助我们，只怕其本身就有归附圣上之意，只要给其名分，相信应能服此子！”王凤对林渺的印象极好，因为当日若不是林渺舍命来援，他只怕已经战死于昆阳了。

王凤对林渺的才智和武功都比较欣赏，倒是容易接受，这才为林渺说好话。不过，他对江湖中的消息也有些意外。

刘玄冷冷一笑道：“此子桀骜不驯，其心叵测，能为我所用吗？”

“圣上太高估他了，林渺不过只是一个小小的枭城城主而已，又能有多大作为？便连赤眉军都不敢不承认圣上乃汉室真主，他一个小小孺子又算得了什么？”朱鲔不屑地道。

“天下乃是圣上之天下，刘家乃是圣上之刘家，林渺焉敢不服圣上之令？”陈牧也插嘴道。

刘玄的神色稍缓，随即又冷冷地道：“朕心中尚有一结，无法释怀。朕昨夜梦天狗食日，风沙迷眼，似置风雪之中感奇寒袭体，不知哪位卿家可为朕解开此梦？”

众臣顿时色变，心头剧震。

刘寅的眉头皱得极紧，刘玄的圣旨下的好快，也很怪。

刘寅看了圣旨三遍，然后长长地叹了声，脸上升起一股莫可名状的无奈，该来的终于还是来了。

刘寅的情绪并未逃过刘富的眼睛。

“大公子！”刘富欲言又止地道。

刘寅苦笑了笑道：“如果我这次无法回来，你便带夫人和琦琪去北方找老三，我再写封信给你带给他！”

“大公子，圣上只不过是让你去商讨一下军机，帮他解一个残梦而已！”刘富神色微变道。

刘寅吸了口气道：“我的事情我自己比谁都清楚，春陵刘家是绝不会输给别人的，你不用安慰我！”

刘富神色间也有些愤然，道：“难道大公子不可以与我一起去北方找三公子？既然南方不能留我们，自有地方可以留我们！”

“春陵刘家数百年基业，说走就走，谈何容易？那必会让族人受累，我岂能因一人之私而连累整个家族？你只要记住，如果我有什么不测，便要全力相助老三！”刘寅沉声道。

刘富蹙然，旋又正色道：“那二公子呢？”

刘寅神色间我了一丝伤感和无奈，苦苦地道：“二弟变了，他已经不是以前的二弟了！”

“大公子何以如此说？”刘富惊问道。

“也许以后你便会知道，他以为他做的事都很秘密，其实又有哪一件事情可以瞒得了我？”刘寅叹道。

“二公子他没有什么吧？”刘富骇然惊问道。

刘寅笑了，道：“他有保护自己的方法，你不必要知道太多，如果有一天，当你发现二弟也变了，你便可以安心地跟三弟了。虽然我尚未曾见过他，但我相信他绝对不会亏待你们的，更不会丢春陵刘家的脸！”

刘富点了点头，他见过林渺，到过枭城，因此，他比刘寅更深切地体会到林渺不会亏待他们，也相信林渺绝对不会丢掉刘家的面子，所以他点头！

“可是族中的其他各位长老又会怎样呢？”刘富担心地道。

“我已经和忠叔商量过，并仔细地研究过可能会出现的变故，忠叔一定会安排妥当的，你只要协助忠叔，照顾好琦琪和夫人就行了！”刘寅道。

“大公子早就知道可能会这样？”刘富讶异地问道。

刘寅自豪地道：“我刘寅一生英豪，从不会错算，没有什么事情是我不详的！只是时不予我，才会有今日一劫。”

“也许……”

“没有也许，你就按照我的吩咐去做，世上有许多事情都是身不由己的，如果一切出我意料自然是最好，但有备无患乃是必须的！”刘寅打断刘富的话道。

“要不要通知二公子？”刘富又问道。

“不用！他此刻尚在前线，我不想让他分心！”刘寅露出一丝黯然却诡异的笑。

刘富不由得怔住了。

"你去收拾东西，我给三弟写封信便要启程了。"刘寅道。

刘富一下子似乎苍老了许多年，叹了口气道："我这就去！"

"大哥接了圣旨没有直接去宛城，而是回了春陵？"刘秀的神色微变。

邓晨也怔了怔道："也许是顺道，大司徒是走水路，自然是顺路。"

"从南乡如果走陆路到宛城快多了，为什么大哥会选择水路呢？"刘秀深深地吸了口气。

"你真的不是真正的刘秀而是刘仲吗？"邓晨反问。

"名字并不重要，不错，我确实是刘仲，但我已经用刘秀之名十余年了，相信并不太影响什么。"

邓晨神色有些怪，道："那往后我应该叫你刘仲还是刘秀呢？"

刘仲笑了笑道："那你就叫我刘仲好了，既然长兄已经给三弟正名了，我就不该再用他的名字，也该做回我自己了。"

"你不会觉得这对你并不公平？"邓晨又问道。

"这并没有什么不公平，老三流落江湖二十年，受尽了苦难，我这身为兄长的又能为他做些什么？这些都是我应该做的！"刘仲大度地道。

邓晨的眸子里闪过一丝欣然，道："江湖之中盛传林渺，哦，不！应该说是真的刘秀乃是身具天相的帝命，难道这个传闻也是真的？"

刘仲的眸子里闪过一丝冷光，笑着反问道："二弟相信这宿命？"

"我不信！"邓晨道。

"那就是了，没有什么是与生俱来的，坐享其成是不可能有任何前途的，所谓的命并不在天，而在人，事在人为！如果说他身具天命，只是别人在为自己的失败找借口而已！"刘仲淡然道。

"大哥所说甚是，不过，我想圣上传诏大司徒，可能会与此事有关。"邓晨眉头微微皱起道。

刘仲故作轻松地笑了笑道："也许吧，不过也许是因为别的。"

"如果圣上真因此而传诏大司徒，只怕会对大司徒极为不利！"邓晨担心地道。

"长兄乃是圣上的族弟，而且又功高盖世，应该不会有事的，别瞎猜了！"刘仲道。

“要不然大司徒何以走水路过春陵，而不是直接去宛城？我总觉得这之中的事情有些蹊跷！”邓晨道。

刘仲脸色变得很沉郁，但他却没有再说什么。

“主人对少主这些日子的言行很不满！”杜吴吸了口气道。

刘仲神色不变地反问道：“师尊知道了？”

“少主这些日子所说的话江湖中有谁不知？少主本不该承认林渺的身份，此子可能会成为你日后最大的威胁！”杜吴吸了口气。

“你以为我不说话就可以改变林渺是刘秀的身份吗？”刘仲反问。

杜吴一怔，道：“可是这也好过于让天下人确信他的身份呀？”

刘仲淡淡一笑道：“你错了，即使我不说这些话，天下人也同样会相信！如果是我长兄要做的一件事，是没有可能做不好的，你们也太小看他了！”

杜吴神色微变，有些无可奈何地道：“主人可能不会这么想！”

“我会向师尊解释的。如果我不如此表态，又如何能让长兄与刘玄之间的矛盾激化？”刘仲淡然道。

杜吴一怔。

刘仲随即又冷冷地道：“若长兄在的话，我们的计划根本就无法实施，而眼下便是最好的机会，如果你连这一点都无法看到，我想你也没脸在我面前说话了！”

杜吴脸色顿时苍白，结巴道：“请少主原谅属下的无知！”

“哼，我不希望这样的事有下一次发生，你立刻给我赶去宛城，看看那里究竟会发生一些什么。”刘仲冷哼道。

“是，属下这就前往宛城！”杜吴神情一松，他知道刘仲不再责怪他了。

刘仲的脑子里却闪出了另一道身影，竟是曾莺莺。

刘仲也不知道为什么会在突然之间想到她，也许他曾经真的爱过这个女人，但这只是曾经。

这一刻，刘仲倒很想知道曾莺莺在干些什么，在春陵过得怎么样。

第八十章　刘寅之死

曾莺莺曾经听丈夫“刘秀”说过自己的身份，因此对丈夫是刘仲并不太感意外，但是对那林渺才是真正的刘秀却感到极为意外。

春陵刘家的长老会议自然无法瞒过曾莺莺，再怎么说，她也是刘家的儿媳。

在曾莺莺的直觉中，春陵刘家将有大事情发生，这是一个女性的直觉，不过，她从来都没有在意这些。

不可否认，曾莺莺确实是见过大风大浪的人，曾经是燕子楼的台柱，什么样的人物没有见过？什么样的事情没有听说过？她也学会了遇事不惊，见怪不怪。

在这一点之上，李盈香虽也是大家闺秀，却与曾莺莺相去甚远。

春陵刘家的人，都不能不说曾莺莺贤慧，在做人和处理事情上，总能够让人无话可说。在贤慧之上，更透着精明果敢的性情，有时候让人觉得，曾莺莺如果是个男子，那她一定可以叱咤风云。

曾莺莺本就是名满天下的人物，但却寄身春陵刘家，并不曾张扬自己的个性，更不摆任何架子，这让春陵刘家的人感到庆幸。

刘家有这样的夫人确实应该庆幸，所以，刘寅在入宛城见刘玄之前，便先回到春陵来见这位弟媳。

刘寅回春陵也就只是为此，其他的事情他在很早之前便已经安排好了。在他心中所剩的这最后一个未了心愿，便是要见这位曾名动天下的弟媳。

曾莺莺的歌声乃天下一绝，琴技与舞姿也都使天下男人为之倾倒，女子为其迷醉。

刘寅见曾莺莺，却不是聆听其歌声的，也不是来听她抚琴轻舞。

任何见到刘寅走入曾莺莺所居后厢的人都可以看出这一点

刘寅一入后厢，便以绝快的手法捏碎了小屏儿的咽喉。

小屏儿是曾莺莺一起自燕子楼带来，亲如姐妹的俏婢。

刘寅杀了小屏儿，没有给小屏儿挣扎和惨叫的机会。

刘寅要杀一个丫头，那个丫头便注定要死，即使是刘寅要杀一个全无防范的高手，也是易如反掌，保证不会让那人发出任何声音。

江湖中人对刘寅的传闻从来都不会怀疑，也不敢怀疑。

所以，刘寅一出手，小屏儿就死了，瞪大着眼睛，不敢相信这是真的，似乎想说什么，却什么都说不出来。

小屏儿死了，刘寅带着微笑杀了她，她这一生最后说的一句话，便是回答刘寅的问话："少夫人在后花园。"

曾莺莺在后花园！

小屏儿的尸体被刘寅的亲卫拖走了，这一切像是从未发生过。

当然，这很出所有人意料之外，他们都不明白为什么刘寅突然出手杀小屏儿，但他们不敢问。

刘寅从不喜欢人问多余的话，如果可以说出来，他绝不会瞒在心里，如果他不想说，任何想问原因的人都只会注定是个凄惨的结局。

刘寅是个军人，更天生便是将才，做人跟治军一样严谨。因此，在他身边的人一般都明白，什么时候该问，什么时候应该闭嘴。

刘寅没说原因，他只是走向后花园。

刘家的后花园很大，有些像皇宫内院，毕竟，春陵刘家乃汉室正统，而且更是富甲一方的大家族。

曾莺莺在后花园看几名俏婢掷球，意态甚闲，在疏柳的残影之下，微倚小亭上，有着无限的风姿，手中还握着一支白玉洞箫。

刘寅含笑而入，神情微有点倦意。

那群戏球的俏婢见刘寅走入，立刻停住游戏，赶忙行礼。

刘寅在春陵刘家有着至高无上的地位！

在更始军中，刘寅身为大司徒；在春陵刘家，则是一族之长，一家之主！

每个刘家的人都尊敬刘寅，都敬仰刘寅的为人。

如果只是在刘家的本系之中选择一个继承天下者，那刘家的人定会选刘寅而不是刘玄。

刘寅并没有承袭帝业，因为绿林军并不是刘家的，尽管之中融合了刘家的许多力量，但刘寅却没有刘玄那般幸运，也许叫狡诈。

也许，刘寅的悲哀在于天时不济，而成了帝业的失败者，但没人可以否认，刘寅的能力和威望。

刘寅的表情依然很和蔼，尽管天生便具一股肃杀的霸气，但并不让人感到惊惧。

“老爷……”

曾莺莺也见到了刘寅的到来，不由得脸色微变，忙起身施礼。

“莺莺见过长兄!”

“莺莺不用多礼，我只是顺道回家看看，有点小事要向你交代一下。”刘寅含笑道，说话间已经走入小亭之中。

曾莺莺垂首不敢与刘寅对视，道：“不知长兄有何事？还要劳亲自大驾，让下人传一声就行了。”

“呵，我们好像很少有机会在一起聊聊了，如果今日不亲来，只怕往后便没有机会了!”刘寅不由得叹了口气道。

“啊，究竟是出了什么事？长兄竟如此悲观!”曾莺莺大吃一惊，脸上顿显示出惊疑不定的神色。

“圣上下旨传诏我去见他。”刘寅又叹了口气道。

那些亲卫很知趣地守在亭外稍远之处，并不敢妨碍两人谈话。

“难道这有何不妥？”曾莺莺再惊。

“圣上忌我已不是一日两日之事了，现在天下已是其囊中之物，飞鸟尽，良弓藏，这一点乃是天下至理……”

“可是兄长与圣上有血脉关系，血浓于水，再怎么说也要念及兄弟之情呀!”曾莺莺打断刘寅的话道。

“我真希望我与他不是兄弟，那样他也不会这么急着要对付我了!”刘寅叹了口气道。

“那长兄有何打算？”曾莺莺问道。

“生死对于我来说倒是无关紧要，只是我尚有几个心愿未了。因此，我才来找弟妹！”刘寅道。

“长兄还有何未了心愿？”

“第一个便是二弟刘仲，你的好夫君！如果我出了什么不测，只怕他会做出过激的事来！”刘寅道。

“大哥放心，我一定会好好帮夫君的。”

“第二个便是三弟刘秀，他现在人在枭城，尚未能回家拜祖，只怕他会做出什么对不起刘家江山社稷的事！”刘寅又道。

“这个……我听夫君说起过三弟的为人，其聪明过人，智慧更是少有敌手，虽寄身市井，却通晓大义至理，应不会做出什么坏事吧？”曾莺莺道。

“第三个担心的便是你！”刘寅的话一说完，便在曾莺莺错愕之际抓住了其握玉箫的右手，并紧扣脉门。

“长兄！”曾莺莺吃了一惊，不由得意外地低呼。

“第三个担心的是一个潜在春陵刘家的奸细，如果这个奸细不除，刘家只怕会没有宁日了！”刘寅吸了口气，冷冷地道。

“长兄怀疑我是奸细？”曾莺莺脸色惨白，却有种说不出的哀婉伤感，那种神情，便是铁石心肠之人见了也会黯然伤神，无法不为其感动。

“你不仅是奸细，还是天魔门的两大圣女之一的阴月圣女！”刘寅却不为所动，冷然而狠厉地道。

曾莺莺眼中闪过一丝恐惧的神采，脸色更是苍白。

“我不仅知道你是阴月圣女，更知道你正在向我施以‘天香魅法’，不过很遗憾的是，你遇上了我！所以，天魔门的媚功根本就一无是处！”刘寅傲然道。

“你是怎么知道的？”曾莺莺很快平静了下来，却惑然问道。

“春陵刘家的事情没有任何一点可以瞒得过我！南阳发生的每一件事我也都了然于胸！”刘寅深深地吸了口气，冷冷道。

曾莺莺无语，但却咬牙不说话。

“你把刘家所有事情都传给了廖湛，廖湛又传给刘玄，与你接头的人有五个，一个是中年屠夫，在春陵卖肉，你与他见过一次，小屏儿去过两次，所以那屠夫只好先你而死了。有一个是卖糖葫芦的老头，你一共买了十次糖葫芦，有五次你让小屏儿给了他纸条，还有两次以暗语传讯，他却给你带来了三条命令！不过很遗憾的是，他是我的人，你所有的话他先跟我说了，再去告诉你师父秦盟。还有一个是乞丐婆，你们只接触过一次，便是那次她讨饭，你让小屏儿施舍了二两银子，而秘密就在银子之中，后来老太婆死了，银子被抢了！"

"是你杀的?"曾莺莺的脸色无比惨白，这一刻她才知道刘寅有多可怕。

"这样的人怎须我动手?"刘寅不屑地道。

"那还有两个?"曾莺莺说话的声音在颤抖。

"有一个是蝶谷三怪的老大怪童子，你与他接触过两次，可惜，当时我并没能杀了他，不过，他仍没有活到今天，我已让人在陈留杀了他！最后一个则是廖湛，他是你天魔门十二圣之一，他活着，并不是因为他武功好，而是因为他是刘玄身边的人，我暂时并不想杀他！"刘寅淡淡地道。

曾莺莺面如死灰，她知道自己一直都低估了刘寅，这个人要比想象得更可怕很多。

"可惜，你还有一个问题不清楚，这可以说是你们的一大败笔，即廖湛是有着双重身份的人！"刘寅淡淡一笑道。

"双重身份?"曾莺莺讶异地问道。

"他是你们天魔门十二圣使之一，但同时也是邪神门徒，所以，你们的消息传给了他，也等于送给了邪神！"刘寅道。

"他是邪神门徒?"曾莺莺吃了一惊，脸色数变问道。

"不错，天魔门之中早就有邪神的人安插其中，你们不知道，但这一切都瞒不过我！其实你的身份并不只我一个人知道，二弟也很清楚！"刘寅又道。

"夫君也清楚?"曾莺莺再次吃了一惊。

"不错，因为廖湛对他的忠诚比对天魔门更甚！"

"为什么?"

"因为二弟便是邪神的亲传弟子，在八年前他就背着我拜邪神为师。他以为我不知道，可是他也太小看我这做兄长的了，只不过他是我兄弟，所以我没杀他，因为我知道他绝不会甘心受制于邪神，他所做的一切虽然绝，却一直都只是为了超越我这个长兄，为了能复汉室江山，尽管他永远都超越不了我，可我原谅了他，即使是现在他想我死！想让刘玄杀我！我都不会怪他，但你却不同!”说到这里，刘寅露出残酷的笑容。

“所以你要杀我?”曾莺莺觉得刘寅的心思深沉得有些可怕。

“不错，我杀你还有另外一个原因!”刘寅又道。

“什么原因?”曾莺莺问道。

“不想你坏了二弟的大事!”刘寅道。

“坏他大事?”

“不错，因为他想以另外一种身份出现，而他的真实身份则由刘嘉顶替，你是他的妻子，刘嘉如果和你同床共枕，必瞒不过你，所以为了不让他的计划穿帮，我必须代他出手杀了你！我知道他曾经爱过你，肯定下不了手!”刘寅笑了。

“他要以另一种身份出现?”曾莺莺几乎不敢相信自己的耳朵。

“不错，他会以改头换面术变成刘玄！然后，汉室的江山，就是我春陵刘家的，而不是刘玄的，也更不会是天魔门的!”刘寅道。

“你怎会知道这一切?”曾莺莺面若死灰地问道。

“因为刘嘉在我和他之间选择了我，而在他身边的许多人也都是我的人，邪神门徒之中也有我春陵刘家的死士!”刘寅傲然笑了。

“你为什么要对我说这些?”曾莺莺的心彻底地沉入了深渊。

“因为让你死得明白，让你死得甘心!”刘寅冷冷道，顿了顿，旋即又道：“还有许多事是你根本就无法想到的！就比如为何我会明知去宛城会是死路一条，却还要去！是吗?”

“为什么?”曾莺莺确有些好奇。

“因为我活着，便永远无法让天魔门与邪神门徒争斗起来，还有另外一支潜于暗处的邪宗！如果我死了，这三股力量就立刻会拼得你死我活，甚至是三败俱伤！从而最终能使天下得以安稳!”刘寅悠然道。

“你死了便可让他们相互争杀?”曾莺莺不信地道。

“没有人比我更了解二弟的性格，他绝对是个很有才华和智慧的人，当他化身为刘玄之时，不仅是邪神的弟子，也便成了你们天魔门的护法，有廖湛为其打点，保证天魔门不会有任何觉察，那结果自然会借此不断地消耗你天魔门的人。他为了摆脱邪神，也必会借天魔门之手诛除那些碍手碍脚的人!”刘寅悠然笑道。

“你可以选择不死的!”

“哼，如果我不死，二弟就永远都无法实现他替身的计划。天下间，唯有我才是他最敬惧的人，而你们天魔门与邪神的人都视我为眼中钉，我若不死，他们就不会存在大的矛盾，如此一来，我活着反而成了他们矛盾的缓冲！消灭天魔门、诛除邪神门徒和邪宗是我一生的心愿之一，如果能让这三股势力得到抑制和清除，我死又有什么不值得的?”

顿了顿，刘寅又道：“我从来都不觉得死亡有什么可怕，自刘家江山改姓王的那一天起，我就不再为准备活着而忙碌，而是一直都在准备着死!”

刘寅淡笑望着曾莺莺，又道：“我知道你师尊秦盟乃是大秦遗孤，一生都以复秦为目的，所以，他才会刻意培养傀儡皇帝，直到某一天，他也像王莽一样摄政天下，而你们不过只是他利用的工具罢了!”

曾莺莺还能说什么?刘寅所知道的比她都要多，她只是猜测才得出的答案，而在刘寅的口中却变成了事实，说得那么肯定，却又确是事实。

“你知道我做一切的目的，是为了谁吗?”刘寅悠然一笑，又问道。

“谁?”

“三弟刘秀，也即是枭城的城主林渺!”刘寅吸了口气道。

曾莺莺神情变得有些怪异，反问道：“难道你认为他比我夫君更有潜力?”

“不错！二弟之错，便错在不该成为邪神的弟子，否则，我根本就不必去认三弟刘秀，也不会承认林渺便是我刘室之后，只要我不开口，其他的任何人单方面承认林渺的身份，都绝不会有人相信，唯有我这春陵刘家之主才能够为其正身!”刘寅有些无可奈何地道。

曾莺莺这才恍然，否则以刘仲的才华，刘寅绝不会弃而不助，问题是因为刘仲乃邪神弟子。

刘仲想刘寅死，而刘寅也安排了自己的后招，使刘仲得不到春陵刘家之助，并让其引得天魔门、邪神、邪宗三股强大势力拼战，而刘寅可能安排下了另外的后招，以助林渺在这之中捡得便宜。

江湖中皆传，刘寅智深如海，高瞻远瞩，是继武皇刘正之后刘家最可怕的人物，只听刘寅这一席话，曾莺莺便知道江湖中的传闻并没有错。

刘寅在江湖中并未做出太多的大事件，但是江湖中人却能如此高看他，这说明，这一切并不是虚谈。

刘寅突然笑了，笑得极为得意和诡异，也让曾莺莺感到一阵阵心寒。

“你笑什么？”曾莺莺的神色间惧意大露，突然之间，她竟觉得刘寅像是一个无所不知的人，一个无所不知的人又如何能够战胜？她最后一点信心也被刘寅的诡笑夺走。

刘寅吸了口气道：“我笑阴月圣女还是中了我的计！”

曾莺莺顿时神色大变！

“哈哈，不过已经迟了，你的天香魅法已被破！因为你连最后一点信心也完全失去了！”刘寅冷笑道。

直到此时，曾莺莺哪还不明白？刘寅之所以与她说这些惊世骇俗的秘密，就是要夺其信心，彻底地破除她的媚功。

刘寅不是想让曾莺莺死得明明白白，而是因为他根本就下不了手杀曾莺莺。

普天之下，没有一个男人能在曾莺莺媚功未破之前舍得下手杀她，也不可能下得了手，刘寅也不例外！

尽管刘寅知道必须杀了曾莺莺，但是那并不等于就下得了手。

当年武皇刘正因杀无辜十数万，而道心尽去，心存魔念，这才走火入魔。如果一个真正的高手很违心地去杀死一个无辜而且对自己深具影响的人，那他心中将永远存在一个阴影，甚至使自己的心灵出现破绽，刘寅便不想这样的事情发生。

天香魅法的媚功可谓是天下无双，在不经意间便会影响人的意志，使人生出无限的亲情或是杂念。

刘寅也不能例外，所以他便说出了许许多多让曾莺莺骇然的话，以使其媚功损耗。

天香魅法的施法者，与其本身的自信和意念是分不开的，当曾莺莺信心彻底瓦解后，对刘寅生出无限惧意之时，那么天香魅法则不攻自破。

曾莺莺发现这一点之时已经迟了，刘寅自不会给她第二次机会！

曾莺莺死了，刘寅的功力震断了其七经八脉，于是生机俱绝而亡。

她死得很安详，仪态依然绝美，刘寅并不想破坏那种得天独厚的美丽，所以只以一种不破坏外表的方式杀了这位曾惊艳天下的美人。

刘寅轻轻地叹了口气，他的额角竟渗出了汗水，与天香魅法相抗的经历，虽只是唇枪舌战，但是却与高手决斗无异，一不小心，便反会被对方所制。

刘寅没被制，他的功力较之曾莺莺深厚得多，这些年的苦修已使他拥有了让人无法想象的意志力。

江湖人总喜欢认为崆峒派掌门松鹤才是正道第一高手，他们却似乎忘了，刘寅乃是武皇刘正的亲侄子，在武皇自江湖中消失之前便有二十岁了，也便是说，刘寅才是武皇刘正真正的传人。

刘仲的武功虽也在江湖中轰动，但却大多是由刘寅亲自所授，外加游学各地，遍访名师所得，刘寅才是真正继武皇刘正之后正道的第一高手！

只不过，刘寅是一个极懂得收敛的人，在江湖之中，他从不轻易展示自己的武功，是以，他的武功多不为外人所知，这也是江湖中人将松鹤排在刘寅之前的原因。

一个懂得如何隐藏自己的人是真正可怕的，而刘寅不仅懂得如何隐藏自己的实力，更懂得在沉默之中去发挥自己的所有力量。

他苦心经营了二十余年，任何小视他的人都只会是搬石头砸自己的脚，都会付出沉重的代价。

远处的丫头并不知道曾莺莺死了，她们只见到刘寅和曾莺莺谈得很投机，直到后来刘家人宣布，曾莺莺暴病身亡之时，她们还以为只是在做梦。

刘仲收到曾莺莺暴病而亡的消息及刘寅亲自写来的一封信时，他竟然哭了。

刘仲哭了，便在自己的帅帐之中，当着众将士的面，毫不作伪地痛哭流涕。

众将听了都为之心酸，主帅在帅帐之中流泪，他们觉得刘仲是一个不作伪之人。

众将知道是曾莺莺死了，于是每一个人都原谅了刘仲！更为曾莺莺感到庆幸，能得夫如此深情，此生也算是值得了。

不过，每个人的心中都不免多了几分惆怅，自古皆是红颜多薄命，曾莺莺也不例外。曾莺莺之死，并不只是刘仲一个人的损失，整个中原都不知道有多少王孙公子、江湖浪子为其落泪。

刘仲掉泪，众将也相伴其哀然，不过，皆上前劝慰。

刘仲流泪良久，才止住，一声长叹。

所有人都以为刘仲在叹曾莺莺，但只有刘仲心中才明白，他从来都不会为女人流泪，从来都不会！

刘仲流泪，是因为刘寅的信！

如果说这个世上只有一个他最尊敬的人，那这个人不是武皇刘正，而是长兄刘寅！

刘寅不仅仅是他长兄，更是兼半父之职，自小对他的关怀无微不至，其才华、其武学从来都是刘仲的榜样。

也许正因为如此，他总觉得自己活在长兄的影子之中，永远都无法超越。

刘仲这么多年来的努力，便是为了有一天他能够胜过长兄，成为武皇刘正之后刘家的第一人。尽管在许多时候他可以不顾牺牲一切，包括他长兄，但是没有人能否认他对刘寅的尊敬和感激。

刘仲这一生，都深受刘寅的影响，在每一点细节之上，都似在模仿刘寅，这种情结，是外人绝无法明白的。

刘寅来信了，告诉刘仲，曾莺莺死了。江湖中人都以为曾莺莺暴病而亡，但刘仲却知道绝不是这样。

他可以肯定，曾莺莺是刘寅杀了，这让刘仲并不意外，他已经想到了这一点，而刘寅的密函之上也说明了。

刘仲不怪刘寅，他知道刘寅的性格，绝不会留下身后未完之事。

刘寅知道了曾莺莺的身份，那么，曾莺莺迟早都会死。

刘仲也很明白，他绝不可能下得了手，那么，刘寅代其出手才是最好的结果。但他也明白，刘寅一旦真的出手杀了曾莺莺，那么，他便是已经决定了什么。

刘仲知道长兄决定了什么，所以，他才会流泪。

没有人知道刘仲是为刘寅的决定而流泪，也许他再也没有当众为长兄流泪的机会了，所以，他毫不作伪。

刘寅在信中已经估计到了自己的命运，但也隐隐透露了一点关于刘仲和邪神的关系。

刘仲知道信中说到这里便已经足够了，因为他了解刘寅，写到这份上，就说明刘寅完全知道了他与邪神的关系，但刘寅却不是责怨他，而是叫他要好好利用这个身份和机会，为舂陵刘家争气。

刘寅确实没有怪刘仲，而是劝刘仲不要顾忌什么，放手而为方是大丈夫所为，这种理解让刘仲感动。

他知道，自己永远都无法超越长兄刘寅，永远都不可能比刘寅更强，因为他发现自己对刘寅而言已经没有任何秘密可言，但他对长兄的行事却依然一知半解，不得要领，只自这一封信之上，刘仲便可看出自己的差距。

刘仲心中徒然有一种极重的失落感，就像是失去了久立于家门前的古树，在经历了无数风雨之后，视野突然开阔。虽然，是气象一新的感觉，可是，在突然之间，仿佛失去了重心，少了凭藉，无方向感了。

刘寅便是那棵大树，但很快，这棵大树便会倒下，在刘仲的心中倒下，然后塌下一片天空。

刘仲调整了一下心情，对众将的安慰只是笑了笑，仿佛倏然之间决定了一件事情，于是变得更坚定！

林渺依然在枭城，同一天，他收到了两封信。

一封是小刀六寄入关内的，告之其与呼邪单于交好，将与匈奴做生意，并附有呼邪单于欲与枭城、信都交好的文书。

这确实是一件让人振奋的事，便连林渺和任光都不得不佩服小刀六。

谁不知道呼邪单于最恨的便是汉人，但小刀六却能与呼邪单于搭上关系，真不知还有什么人是不能与小刀六发展生意关系的。

林渺还知道小刀六这次前往大漠，还收服了几支马贼，沿途更受到了许多小部落的欢迎，便是在南匈奴之中，也是极受欢迎的客人。因为小刀六的飙风骑为呼邪单于打了一次大胜仗，更将天机弩的威力展现得淋漓尽致。

飙风骑的威名确实已响遍整个大漠，其作战能力之强，几让呼邪单于惊羡不已。因此，小刀六便成了呼邪单于的贵宾，成了匈奴都要巴结的对象。

小刀六确实是春风得意，匈奴的各大部落的酋长竞相交结，这也给他带来了无限的商机。

匈奴人豪爽，如果认定了你，便是极诚恳，因此，在大漠，小刀六比在中原还要得心应手，是以，为耿况准备数千匹良马根本就不是问题。

林渺还收到了刘寅的第二封信。

这封信来得好快，快得让林渺的心情有些沉重。

直觉中，林渺感到他预测的事情将要发生，心中的阴影也越来越重。

刘寅没说刘玄召他相见的事，而是说，如果他有什么不测，那么春陵刘家便要靠林渺了，而且还说将琦琪等人托负给他。

这让林渺有点意外，这信为什么不是给他二哥刘仲，而是他呢？

另外一个问题，也同样让林渺无法释怀，刘寅这是托孤吗？春陵刘家可不只有他这个自小生长在外还未曾认祖归宗的野小子，至少，还有一直以刘秀之名存在的刘仲，就算是托孤也轮不到他。

“难道刘仲也会出事？”林渺心中想，于是他决定要去春陵一趟。

无论刘寅和刘仲会发生什么，他都必须去春陵，因为他乃是真正的春陵刘家的后人，更是名副其实的刘家老三刘秀。

林渺还知道，“光武”这个名字是武皇刘正给他取的，自小就对他寄予了厚望。

“光武”，顾名思义，便是要恢复汉武皇帝刘彻全盛之时的大汉王朝。

这是一个绝对有分量的名字，是以，刘仲用了这个名字十数年，却不敢在最后占有它，还得恢复自己的名字，就是因为刘秀之名乃是武皇刘正所取。

在刘家，没有人敢冒犯武皇刘正，没有人不尊重武皇刘正，也正因为武皇七破皇城，杀寒了王莽的胆，才使王莽虽得天下，却不敢杀戮刘家之人。

没有人会不明白，这是因为武皇刘正的存在。

因此，武皇刘正不只是武林的一个神话，更是汉室江山和刘室子孙的一个神话，即使是刘正信口取的一个名字，在刘室子孙之中，也绝不也有人随便占用和取同样的名字，这是对武皇的一种尊敬。

林渺就是刘秀，字光武，这是他的荣幸，因为这是武皇刘正为他取的，没有人敢随意冒犯这个名字。

所以，林渺必须去春陵，去认祖归宗！

今日的林渺已不是昔日的林渺，动一发而牵全身，他已是十数万军民的最高统帅，每一个小小的错漏都会影响到这十数万人的生死。

林渺不是莽撞之徒！

也许在一年前，林渺还有点莽撞和任性，但一年后的今天，这一切却是不可能再发生了，他已经不是未历江湖的混混。

此刻，没有人敢说林渺是混混，也许，在某些行为之上仍有点无赖的习气，但那绝不是冒失，而是手段。

枭城也不是昔日的枭城，已经到了极盛之时，昔日的外城成了今日的内城，各路的商贩都赶趟儿似的挤向枭城和信都。

这些商贩大多都是来自中原，因为他们知道，枭城和信都都有绝对上乘的北方货，更多的是来自漠北和长白山的宝贝，而这是在中原求之若渴的东西。

来这里的有大商贾，有小商贩，当然，也有许多是探子，还有大量来枭城这片乐土开荒的难民。

这使枭城和信都成了大漠与中原连接的枢扭，其经济自然以无法估计的速度繁荣起来。

这让王校军眼红，让大枪义军也眼红，但是王校军根本就不敢轻迎枭城之锋芒，此刻枭城的铜马军可不是昔日的铜马军，其作战力之强，让王校心寒。

当然，并不只有枭城军的力量，还有信都数万大军在虎视眈眈，任何想打枭城主意的人，便不得不考虑清楚，自己所要对付的是些什么人。

枭城城主林渺，更是天下炙手可热的人物，其善战更是天下闻名，以数千伏牛山的义军击溃王邑的十万中军，自百万大军的围困之下解救出昆阳。

百余年来，天下从未有比这更经典的战役，除两百年前一代天骄韩信用兵达到了如此境界之外，谁能有这般威势？最多也只有西楚霸王项羽有过破釜沉舟的经典可以与之相比。因此，谁欲攻打枭城，还要问问，身边有没有像严尤那般名将。

王校虽妒，却也并不是没有捞到好处，至少，林渺与白善麟的做法，使王校军也自枭城繁荣的生意网中获取了不少的利益，这比以前要好多了。

冯逸飞多多少少还是有点感激林渺，而军师段让更力举与枭城结盟，以期分享更多的好处。

当然，五当家黄宪却反对段让的提议，因为他认为枭城军不可靠，若结盟，他日只怕会被林渺吃掉整个平临城。

冯逸飞一时也没主见，但至少，他不会与枭城为敌，也不想枭城变得冷清，这也关系到他平临城的利益。

林渺心中自然很明白这一切，所以，他才敢在这种时候离开枭城而去春陵。

再过一段时间就没有这样的机会了，现在王郎的势力虽强，但北上的势头却被马适求的义军顶在巨鹿。

马适求的义军有枭城与信都的支持仍可以撑上一段时间，所以林渺也并不担心南面的王郎。

东面乃是义兄任光的信都军，更不用担心，北面则有大哥吴汉在渔阳的兵力，和上谷的耿况。

耿况乃是耿纯的兄长，所以，耿况只会与枭城和信都交好，自不会威胁到枭城的发展。

枭城处于西北王校、北面上谷、东面信都、南面巨鹿之间，确实占了地利、人和，加上天时，因此，正合林渺韬光养晦的策略。

这一点连林渺都感庆幸。

“大司徒！”马武大步横于刘寅身前，阻住刘寅步向禁宫的路。

“马将军为何挡我去路？”刘寅讶异地问。

“大司徒！”马武神色有些古怪，却不无忿然之色地欲言又止。

“将军有何话不妨直说！”刘寅惑然。

“末将有一句话不知当讲不当讲？”马武深深地吸了口气道。

“但说无妨！”刘寅神色微变。

“大司徒本可以不用回来的！”马武咬咬牙，似乎决定了什么道。

刘寅神色微缓，顿时明白马武的意思，心中禁不住有些感动。马武确实是他比较欣赏的人之一，当日凭五千战士死守淯阳月余未失，这才能有绿林军反败为胜的战机，此人确实是个了不起的将才。

“将军的心意，刘寅知道，但有些事情并不只是个人的臆断便可以决定的。做人，但求无愧天地，我为何不能回来？”刘寅说着，笑了笑又道：“以马将军之才，将来必是我大汉的梁柱，好好珍重！”

“大司徒！”马武又叫了一声。

刘寅心中暗叹，道：“我意已决，将军请回吧！”

马武的目光丝毫不移，坚定地对视着刘寅，半晌才深吸了口气，恳然道：“大司徒是我马武最敬佩的人，跟大司徒一起作战的日子也是我马武最痛快的日子！”

顿了顿，马武又道：“世间知音难觅，末将希望大司徒能在见了圣上之后来与我共论兵法！”

刘寅望了马武一眼，平静地笑了笑道：“好，我记得将军的约会！”

马武一抱拳道：“我在府上设宴相候，大司徒珍重了！”

“珍重！”刘寅也还了一礼。

马武迅速让开路，刘寅头也没回地便向禁宫行去，却听得马武的一声叹息自背后传来，他不由得又暗叹了声，心中涌起一阵莫名的悲哀。

“朕传旨后，你要花这么长的时间来见朕吗？”刘玄冷冷地质问道。

“因圣上有意让解一个梦，是故，我便顺道去请教了一下一位先生，以为圣上解开此梦！”刘寅淡然道。

“哦，你倒有心了！”刘玄不置可否，却笑了笑道。

“圣上之事我怎敢怠慢？”

“那你说朕那梦究竟是何意思呢？”刘玄又问。

“天狗食日，本为不吉之梦，但今年乃天煞年，君命冲太岁，此梦为圣上所做，却是大吉之梦！”刘寅道。

“何解?”刘玄讶异地问。

“在这非常时期，天狗食日，则为夺天吞日之象，也为破旧立新，此为王莽气数已尽，圣上之威将逼临天宫，我大汉天下将复之兆！”刘寅道。

刘玄听了，大喜，旋即又问道：“这‘日’又是指谁?”

“自然是王莽！”

“那这‘天狗’呢?”刘玄又问。

“圣上身边的良臣勇将！”刘寅道。

“嗯，大司徒真是妙解，那我梦‘满天大雪，全身发寒’又是何解?”刘玄继续问道。

“雪为圣洁之物，满天大雪必清天地浊气，掩九州十地之脏乱，得天地一片清明，此也为破旧立新之兆。至于圣上感身寒，则是近来圣上操劳太多，或是心火微旺，应该传太医才是。”刘寅悠然道。

刘玄神色突然一冷，道：“大司徒真会说话，我召你回都，是有一个问题要请教！”

“圣上何说此话，‘请教’二字叫刘寅怎能承受?”刘寅忙道。

“哼，大司徒有一个真命天子的三弟，这‘请教’二字，怎就不能承受?”刘玄目射电芒道。

刘寅立时跪下，道：“圣上哪里听来的这些谣传?臣确实有三弟流落在外，近日也确有意让其认祖归宗，但圣上所说的真命天子却只属谣传！”

“是谣传吗?听说他背上有我们刘家历代先皇所拥有的火龙纹，难道他不是真命天子吗?”刘玄冷冷地反问道。

“圣上是从哪里听来的?此事我根本就不知晓，因为我根本就未曾见过他，也不知道他是否有火龙纹，但若说拥有火龙纹便是真命天子，只是无稽之谈！昔日高祖背有火龙纹，是因其斩白蛇，以武力征服天下，后历代先皇不过是得以继承而已，据史所载，大秦始皇也无火龙纹，而另据司马迁的记载，昔日桂王刘建皇叔祖身具火龙纹而未得帝位！三叔刘正也身具火龙纹而未登帝位，这些足以证明，火龙纹并不是真命天子的象征，而圣上才是众望所归！试想以圣上此刻之兵力和声望，兴复汉室江山指日可待，万里江山舍圣上其谁?”刘寅不紧不慢地陈述道。

“哼，你当朕是三岁孩童吗？你分明是在借机造势，另有所图，当朕不知你之狼子野心吗?”刘玄冷冷道。

“圣上明鉴，刘寅从未有此心！”刘寅肯定地道，却无更多的解释。

“如果你真无此心，那就证明给朕看看吧！”刘玄拍了拍掌。

一名宦官以玉盘端出一个白玉酒壶。

刘寅的神色倏变，有些愤然地望着刘玄。

“大司徒如果真无此心，便喝下这壶酒！”刘玄冷冷道。

刘寅的目光不由得环顾了一下四周，王凤、王匡、朱鲔、廖湛、李轶、张卯、陈牧等十数名刘玄的亲信，神情也都极为紧张。

所有人的目光都聚在刘寅的身上，他们怎会不明白，刘寅若是不服的话，肯定将是雷霆一击。

尽管王凤、王匡、陈牧、朱鲔、张卯、李轶诸人无不是超卓高手，但却没有人敢肯定自己能够承受刘寅的一击。

刘寅一向是王凤、王匡、王匡陈牧之辈最忌讳之人。

没有人知道刘寅的武功可怕到什么程度，但刘寅绝对是一个深不可测的高手。

刘玄也很紧张，他自然明白，刘寅幼时便一直跟随武皇刘正，已经可算是武皇的亲传弟子，这么多年来，只怕刘寅也不会比当年武皇刘正逊色多少。如果刘寅真的要反击的话，必将让他的生命经受考验。

刘寅突地惨然一笑，蹙然道：“罢了！罢了！”伸手便抓起酒壶。

众人的心神仍没敢有半点松懈，他们不敢相信刘寅会如此轻易就范。

“我有一个请求还望圣上答应！”刘寅深深地吸了口气道。

“说！”刘玄声音变得微微缓和地道。

“任何事情都只由我一人承担，与我的族人无关，还请圣上不要为难我的族人！”刘寅肃然道。

刘玄一怔，肃然道：“朕答应你的请求！”

“另外，臣若去了，请圣上准许让我的族人将我安葬于春陵！”刘寅又道。

“朕答应你，你放心去吧！”刘玄似乎也有点难过。

“好，有圣上这些话，我可以安心了！”刘寅惨然一笑，仰首将壶中之酒倾于腹中。

众将顿时都闭上了眼，似乎也不忍再看如此场面，心中亦多了几丝恻隐之心。

“请圣上多珍重，早日复我大汉江山……”刘寅说到这里立刻捂住胸腹，大口喘息。

“大司徒，我必不会负你所望，你安心去吧！”刘玄此时心中也似极难过。

朱鲔暗暗叹了口气，他知道，刘寅喝下去的并不是酒，而是水银，这比任何毒物都可怕。

对于一个真正的高手，毒酒是可完全被逼出的，但水银却不是能够逼出体外的毒物。

也可以说，世上无药可救。

刘寅痛得惨号一声，伸掌向腹部猛击一掌。

“哇”地喷出一口鲜血，便倒地再无动静。

刘玄不由得长叹了一声，向那宦官打了个眼色。

宦官忙伸手探了一下刘寅的鼻息，这才尖声尖气地道：“司徒大人已经气绝身亡了！”

刘玄的目光顿时变得有些空洞，但在他扫视殿中众臣之时，众臣也都垂下头不敢与之对视，抑或是满脸羞愧。

“给我厚葬大司徒，将其灵柩送回春陵，今日大司徒暴病而亡，确实是我更始之大悲，下令全军哀悼三日！”刘玄说完竟抚胸痛哭起来，神情间无一丝矫作之情。

众将也为之愕然。

刘寅暴病而亡，这是继天下第一名妓曾莺莺暴病而亡后的又一个震惊天下的消息。

刘寅的死比曾莺莺的死更具震撼力！

春陵军的首领，更始政权的大司徒，春陵刘家的主人，昔年武林皇帝的亲侄儿，更是大破宛城、大败严尤等名将的三军主帅，这样的人就这般突然暴病而亡，自然会让天下为之震惊。

更始政权，全军上下为之哀悼三日，自皇宫以内的更始皇帝、皇后，皆吃斋三日，军营之中，停战三日。

南阳百姓也都主动为之戴孝，春陵军将士也皆为之戴孝。

刘寅的死，像神州大地之上响起一道巨大的霹雳！

有人欢喜，有人悲蹙，也有人惋惜，而更多的人则是不敢相信。

事实终究是事实，没有人可以改变事实或是否定事实。

刘仲听到这个消息时，他没有哭，没有任何悲伤的表情，平静得便像是面对某人打翻了一杯开水。

刘仲的表情平静得让人以为他是冷血，或是没有人性。

没有人理解刘仲，他也不需要人理解，真正能理解刘仲的人，只有刘寅，但是刘寅却死了。

刘仲整理好军务，按诏停战三天，举军皆哀，于是，他带着几名亲信飞赶宛城。

刘仲并不是回春陵看兄长的尸体，而是带着三军的帅印回宛城请罪！

刘仲有罪吗？外人不知，或许也只有刘仲自己才明白。

有人明白就行，不可否认，刘仲是一个很有自知之明的人！

与此同时，王莽也听到了刘寅暴病而亡的消息，起初，他以为是假的，痛叱探子，但很快他便知道，这一切都是真的，于是他大笑了。

王莽大笑，直到眼泪都笑出来了，他好久都没有这么痛快地笑过了。

笑过之后，王莽并没有就此罢休，更大咒刘寅的亡魂！他恨，对这个英年早逝的人恨之入骨。

如果不是刘寅，他的大军怎会败得如此之惨？如果不是刘寅，他岂会落得这几乎众叛亲离的下场？所以面对刘寅的暴毙，他大笑了！

刘寅病亡的消息很快传到了东平国，樊崇大哭三声，两日未食，沉默五日未言，只把赤眉军众将给吓坏了。

五日后，樊崇说的第一句话不是下令，而是仰天浩叹：“伯升一去，天下何人知我？天下何人知我……？”

赤眉众将皆为之黯然，他们绝未想到，这位与刘寅交情并不深厚的大龙头，竟然对死去的刘寅如此重视，如此在乎。

樊崇自那日之后，变得有些沉郁，甚至连斗志都为之消减，不过赤眉军依然能在东面横行无忌。

樊崇的改变，也使赤眉军充满了变数，笼上了一层阴影。

刘寅的灵柩被运回了春陵。

春陵百姓二十里相迎，春陵刘家更是百里相迎。

满城戴孝，泣声一片，千里之外的刘家子孙皆赶赴春陵奔丧。

刘寅之死，几乎是刘家的一个大地震，整个都乱了套。

虽然并没有太多的人知道刘寅是怎样死的，但许多人心里都很清楚，刘寅受诏进宫之后，便暴病而亡。

接回刘寅灵柩的是刘忠，这位刘家的老人表现得无比坚强，不曾落下一滴眼泪。

刘忠的平静，让送灵柩至春陵的朱鲔有些不自然，是以他宣读了刘玄的圣旨之后便匆匆返回了宛城，连多呆一日都不肯。

刘玄封刘琦琪为建平公主，更赐金万两，以示安抚，春陵刘家之人皆得安抚，但却没有任何人多带了半丝喜色。

朱鲔匆匆而来，匆匆而去，灵柩便摆在春陵刘家的前庭大堂之中。

没有人敢开棺，因为这是刘玄御赐的天棺，以最佳的沉香木为料，更以玉帛莽袍为盖，以示尊荣。

春陵刘家历经数变，即使是春陵百姓也人心惶惶起来。

江湖中众说纷纭，有说刘寅是被刘玄赐毒酒而死，有说刘寅是被刘玄与众高手联手所杀，也有人说刘寅在数场大战之中，本就身负重伤，在宛城旧伤复发而亡。

还有人说，刘寅练功走火入魔而死。

更有些人，刘寅是被重出江湖的杀手盟高手刺杀而死。

总之，关于刘寅的死有太多说法，各种猜测都有，每种可能都似乎有其道理，又都存在着局限性。

刘寅在军中的威信之高，几乎连刘玄都无法相比。因此，刘寅的死，对军中的士气难免会有很大的打击，再加上各种谣传，使得军中将士们人心惶惶。

尤其以春陵将士的情绪最为低落，这些人大多都是与刘寅共同举事的亲信将领。

邓晨、邓宽、李通诸将更是坚持要查明刘寅的死因，闹得不可开交。

刘玄为此事感到大为光火，但春陵将士在更始军也占着相当的实力，绝对不容忽视，一个处理不好，也许便会使更始军四分五裂，步上昔日绿林军后尘。

刘玄当然不敢对邓晨诸将采取过激的态度，因为这并不是邓晨几人的事，便是下江兵系的王常也支持邓晨。

在更始军中有四大军系，除刘玄的平林军与王凤的新市兵外，便是刘寅的春陵兵与王常的下江兵。

这些将领手中皆握有大量的兵权，而且只要他们登高一呼，立刻便会让下江兵与春陵军自更始大军之中分裂出去，甚至是倒戈。因此，刘玄也不敢作出什么稍有过分的决定，只能以怀柔手段安抚他们。

而在这个时候，刘仲却离开前线来宛城向刘玄请罪。

刘仲的回返与其交出三军主帅兵符的决定让刘玄大为欢喜和意外。

自前线私回本是大罪，但这是特殊情况，所以刘玄并未定罪，反而安抚刘仲。

“爱卿当节哀顺变！”刘玄装作一副心疼的样子道。

“圣上请放心，臣知道该如何做！”刘仲肯定地道，顿了一下，又接道：“臣回宛城，是有一事要向圣上秘报！”

“哦，爱卿有何事要说呢？”刘玄讶异问道。

“臣经查实，内妻之死实是另有内情……”

刘玄的脸色为之一变，打断刘仲的话问道：“就只有这些吗？”

“是的，但却有关于天魔门的诸项事宜！”刘仲又道。

“嗯，很好，看来你确下了一番功夫去查莺莺之事。不过，此事待退朝之后再商量，此乃刘家家内之事！”刘玄话锋一转道。

“臣遵命！”刘仲很知趣地退至一旁，神色间有股抹之不去的伤感。

众将也都为之感到悲哀，先是爱妻身死，后不几日便又是兄长身亡，这些事情一波接着一波，对刘仲的打击也够大的。

闻说曾莺莺死讯传至之时，刘仲为之流泪，可见其夫妻感情确实极深，也难怪刘仲会去查访曾莺莺之死。

因此，刘仲这般一说，众将也便不太意外，但他们绝没想到之中还有许多内情，即使是刘玄也不曾料到刘仲的心思。

刘仲却似乎算计得很准，因此，他在心中暗暗松了口气。

刘寅之死，武林各路人马皆前来吊丧，平日里，春陵刘家的交游极广，且天下各地都有生意网，江湖之中许多门派也都与春陵刘家有交情。因此，自然有很多人络绎赶来。

刘寅虽然不似松鹤道长那般，身为正道第一高手，但其身死，比松鹤的死反而要更为让人感兴趣一些。

春陵刘家也迅速传帖天下各处，刘寅似乎早已料到今日之结果，因此早便安排好了后事。

刘忠所做的一切，都是依照刘寅的吩咐去办的。

刘家的长老们对刘寅的吩咐，也向来是绝对遵从。因此，他们极为积极地作出了许多绝对重要的决定。

刘寅的尸体只停放了两天，便下葬，因为这是夏天，七月的天气正是酷热难当之时，尸体容易发臭，因此便不再等许多客人就已下葬。

刘仲没有赶回春陵，但有消息说刘仲滞留在宛城。

身为春陵刘家老三的刘秀也没有赶来，任谁也知道，要从枭城赶到春陵，在接到消息后，即使插上翅膀飞过来也没这么快，是以所有人都不曾怪刘秀，同时也期待他快点回来。毕竟，这曾是春陵刘家寄予厚望的老三。

春陵刘家之人自然明白刘寅是如何死的，甚至明白这之中的因果，但是他们能说什么？他们能做什么？

南阳，是刘玄的地盘，刘玄是更始皇帝，是拥有数十万大军的更始天子。春陵刘家虽势力庞大，根系极深，却绝无法抗拒更始政权的数十万大军！因此，春陵除了全城充满着悲色外，并无太多情绪高涨的人。

第八十一章　李代桃僵

“圣上传你进去!”一名宦官瞟了刘仲一眼，道。

刘仲淡淡地望了这宦官一眼，反问:“公公如何称呼?”

“小人马韩!”那宦官不冷不热地道。

刘仲没有再说什么，跟在马韩之后绕过几道曲廊。

这片地方，刘仲并不陌生，这是将昔日王兴的侯府改建而成的，现在虽然气派多了，但大体之上仍没有改变。

刘仲在宛城生活的时间绝不短，而在这些日子里，宛城的每一个地方，他都基本上了若指掌。

进入禁宫，也使得刘仲自然想起了昔日王兴尚在宛城之时的日子，也自然想起了王兴侯府之中激扬文字，与邓禹一起狂放无忌的日子。

而今，一切都变了，变得陌生而压抑，也许，这就是成长，或者，这便是他当初所幻想的生活。

不过，这种生活与刘仲想象中的生活确实要想去甚远，如果当初知道这成长的一路上竟要经历如此的磨难和变故，还会憧憬这一切吗?

刘仲心中暗暗叹了口气，不过，生活总不会是让人随心所欲的。也许，事情发展到今日这地步并不是他的选择，而是为形势所逼，不得不一步步走过来。

冥冥之中，像是有一只无形的手，总在背后以它想要的方向将你推向一条不归路。当你走过来后，才发现，这与你的理想越来越远，但是你却没有回头路可走!这便是人生的悲哀。

每个人一生所走过的轨迹，都可以用线条拉起来，而想找到存在的意义，却只能在这线条的弯曲之中去发掘。活得越深刻的人，线条弯曲的部分也就越多。

每条路都有自己的风景，都有自己的酸涩，选择了就必须无悔。

刘仲无悔，到今日这种地步，他已经不想去为这些毫无意义的事情而烦恼。在无路可退的情况下，唯有选择继续前行！

刘玄颀长的背影最先映入刘仲的眼帘。

书房之中，廖湛极乖巧地立于一旁，在刘玄背后是两名太监，侍卫则立于门外。

气氛很森严，在刘仲步入御书房之时，仍没有任何缓解的迹象。

“臣叩见圣上！”刘仲跪拜在地。

刘玄这才缓缓地转身，将目光自一面壁画之上缓缓地移至刘仲的身上。

“平身！”刘玄吸了口气，很平静地道。

“谢圣上！”

“你现在可以对朕说在殿上未曾说完的事了！”刘玄道。

“臣经调查，发现莺莺竟是为兄长所杀！”刘仲愤然道。

刘玄脸色微变，故作不知地“哦”了一声，似乎很是意外。

“长兄杀了莺莺，但却是因为莺莺竟是天魔门的阴月圣女！”说到这里，刘仲长叹了一声，刘玄则脸色疾变。

“莺莺会是天魔门的阴月圣女？”刘玄故作惊讶地问道。

“不错，我也不曾料到，我爱了这么多年的人居然是混入我刘家的奸细！我来见圣上，是想提醒圣上，可能在我刘家之中早就潜伏有大量的奸细，长兄之死或许也跟此有极大的关联！”刘仲道。

“这只是你的猜测？”刘玄反问道。

“不！不是我的猜测，而是查证的事实。据我所知，廖大人应该知道我所说的并不假！”刘仲的目光突地投向廖湛，冷冷道。

刘玄和廖湛的表情顿时大变，刘玄也将目光投向了廖湛。

“仲将军此话是什么意思？”廖湛大怒。

“什么意思你比我更清楚！”刘仲断然道。

“圣上，请为微臣做主，臣一向追随圣上左右，从无二心，今日却遭人如此污陷，圣上定要还臣一个公道！”廖湛怒极，跪于殿前愤然道。

“廖爱卿先不要急，如果确无此事，朕定会还你一个公道！”刘玄神色一正道，旋又将目光投向刘仲，反问道：“将军此话可有证据？”

“证据自然有，我已擒住了其中一人，此刻正在皇宫之外，只要圣上想见，臣可立刻将之传进来！”刘仲肯定地道。

廖湛的神色再变，刘玄也神色微变，但很快便平静了下来，淡淡地道：“好，你让他进来见朕！”

刘仲走出几步，向门口的侍卫说了声，随即便又退回了御书房。

“圣上，如果随便可以找一个人就能作证，那王法又何在？”廖湛似乎有点急了，忿然说道。

“待朕亲自审问，结果自然便明，何用多说？”刘玄淡然一笑道，却暗暗向廖湛使了个眼色。

廖湛顿时明白，刘玄又岂会不相信他？这之间只是他们的秘密，刘仲如此捅出来，只不过是将自己向死路上推而已。

刘仲并未见到刘玄的眼色，但他却并不在意这些，他心中自有自己的打算，而且他绝对不会不知眼前的形势。

……

被侍卫带进来的是一个很普通的老头，普通得也许你错认为他是你在大街之上见过的每一位平凡的老人。

老人进入御书房便已骇然跪下，廖湛的神色骤变，但旋即又变得平静，只是这一切并没有逃过刘仲的眼睛。

“廖大人认识他吧？”刘仲冷冷地问道。

“哼，这样的老头，宛城之中多得是，我怎会识得他是哪一个？”廖湛反驳道。

“但他却知道廖大人乃是天魔门的圣使！”刘仲道。

“你血口喷人！”廖湛怒叱道。

刘玄的神色也变了，眸子里闪过一丝杀机，一闪而过。

“我血口喷人吗？不信让圣上问问这位江湖中鼎鼎有名的血手苍猿，

便知道我是不是在污陷你!”刘仲冷冷道。

“你是血手苍猿?”刘玄问道。

“小人正是血手苍猿古名!”那老头道。

“你是天魔门的人?”刘玄又问。

“不是!”古名回答得很肯定。

刘仲的脸色顿变。

“那廖爱卿是不是天魔门的人?”刘玄语气有点冷。

“我不知道,我不认识他!”古名很平静地答道。

刘仲顿时怒极反笑,眸子里射出骇人的杀机。

“不知仲将军还有何话可说?”廖湛冷冷地问道。

刘仲把目光投向古名,冷冷地道:“我看你是骨头贱!”

“你可以杀了我,但要我说违心的话去害人,我血手苍猿不是那样的人!”古名冷笑着坚定地道。

“既然你想死,那我便送你一程!”刘仲大怒,伸掌狂拍而出。

“住手!”刘玄冷喝一声,挥袖挡住刘仲的掌风。

“噗……”刘仲的掌被刘玄挡住,但刘玄突觉一股阴寒奇异的劲气直破入经脉之中,随后刘仲的功力如潮水般涌入。

刘玄不由得怒叱:“你……”但一句话犹未说完,地上跪着的血手苍猿身上的绑绳寸寸而裂,双掌如血洗一般的色彩,狂袭向刘玄的小腹。

“大胆狂徒!”廖湛大惊,迅速飞身狂扑而上。

“砰……”刘玄身子狂震,他拨开了血手苍猿的攻击,但是却无法完全避开刘仲的全力一击,喷出一口鲜血,而此刻廖湛已来救。

刘玄微松口气之时,却骇然发现,廖湛的双掌已沉沉地印在他的命门之上。

“哇……”刘玄做梦也没想到,他如此信任的部属居然会在这种时候给他致命一击,但等他知道这一切之时,已经迟了。

那两名宦官因事起突然,也怔住了,当其中一人发现不妙之时,他的胸前却多了一截剑刃,另一名宦官的剑已经穿透了他的身体,直至死之时,也没能发出一声有效的惨叫。

刘仲的掌势疾收，再出之时，掌尖竟散发出浓浓的剑气。

“你认命吧!”刘仲的声音极冷。

刘玄想喊，但却听到门外也传来几声惨叫和闷响，在三大高手的环攻之下，他竟没有机会呼出声来。

刘玄根本就没有机会出招，在连受两记沉重至极的重击之后，根本就无法再接下刘仲与廖湛接踵而至的疯狂袭击，顿时委顿于地，龙袍染血。

“为……什么?”刘玄怨毒地望着廖湛。

廖湛笑了，冷冷地道：“因为我是邪神门徒，天魔门的卧底!”

刘玄愕然，吃惊地望向刘仲，恨恨地道：“你刚才所用的不是刘家的武功!”

“不错，邪神的成名绝学灭仙掌!”刘仲并不否认。

“你是邪神什么人?”刘玄咳出了一口血，有些虚弱地问道。

“邪神唯一的亲传弟子!”刘仲傲然笑了。

刘玄笑了，笑得有点惨淡，狠声道：“你是为你长兄报仇，我真后悔没有连你也一起杀了!”

“有些事情是没有后悔的机会的!”刘仲不屑地道。

“你确实有点妇人之仁!”廖湛也冷笑道。

“哼，你以为杀了我，他们会放过你吗?你满门将因此而灭绝!”刘玄狠声道。

“你错了!”刘仲冷冷一笑，说话间自脸上撕下一张人皮。

刘玄大惊，以为自己是在照镜子，心不由得陷入了无底的深渊。

“你应该可以去了，保证不会有人知道真的刘玄已经远离这个尘世了!”廖湛冷笑道。

“你，你，这不可能!如果你，你究竟是谁?”刘玄发现自己竟有些语无伦次了，他从未想过心中会有如此强烈的震撼。

“我便是刘仲，你可曾听说过这个世上有一种超越易容术的改头换面术?”刘仲冷冷地笑问道。

“将一个人按另一个人的面部永远地改造出来!?”刘玄惊问。

“不错!所以你只好认命了!”刘仲不无得意地笑道。

“如果你在大殿上戴着面具，那不可能，不可能瞒得过那些高手的眼睛，这怎么……”刘玄仍难以置信。

“因为那人并不是我，而是已改头换面的刘嘉，他根本就不用易容!”刘仲笑了，旋又狠声道：“从今以后，我就是更始皇帝刘玄，这个天下将是我的，包括你所有的尊荣和嫔妃！这是你害死我长兄的代价!”

刘玄满脸愤怒，一气之下，又狂喷出一大口鲜血。

皇宫之中死了几个太监和几个护卫这是很正常的事，刘玄下令这件事不许多张扬，那些人自然不敢多说。

刘玄身边的亲卫和太监们全都改换一新，这只是内宫之事，外人知道不知道，也不敢多问。

事实上，刘玄后宫之事并没有人敢过问，包括刘玄的正妃和七位嫔妃。

暂时因只偏于宛城，不能算是正都，更始政权正在发展之中，刘玄虽为更始皇帝，但也不敢太张扬，后宫之中并无太多绝色，只与普通王侯相差无几。

当然，刘玄身为更始皇帝，在这种艰难时期，也不能过太糜乱的生活，至少不能犯重怒，还要顾忌刘寅。

不过，现在刘寅死了，再也无人危及到他的帝位，便立刻下令大举破王莽。

刘玄撤下刘仲的三军之帅，让其安于宛城修正历法。不过，因刘仲在昆阳大战中立下大功，所以任之为破虏大将军，封阳武侯。

另外，刘玄分兵两路，一路由王匡、朱鲔等将为统领，北上攻取洛阳；另一路则由申屠建等人率领，向西直捣长安。

春陵刘家的灵堂，肃穆而惨淡，尽管各方吊丧之人不断，却无法挥去其悲凉的气氛。

李盈香和刘琦琪皆身披重孝守于灵堂。

刘琦琪已经半月未语，却也再未流泪，似乎在突然之间长大了，变得成熟了，尽管她被册封为建平公主，但心中却充满了恨。

李盈香是个软弱的女人，尽管美丽贤慧，但在这种时候却没有了自己的主见，所有的一切都交由刘忠和刘富处理。

本来想等刘仲和刘嘉回来，但刘嘉却一直都不见踪影，刘仲被圣上留于宛城，根本就没有机会归返春陵。

这让春陵刘家的人很愤然，对刘仲也很失望。但刘琦琪却坚信，有一个人会来主持刘家之事，她也坚信这个人定会为她报仇，这个人便是她最想见却又最不想认的三叔刘秀，也即是枭城林渺。

刘琦琪希望林渺永远都只是林渺，而不是刘秀，但有些事情本就是残酷的，林渺就是她从小便未见过的三叔，也是春陵刘家二十年来一直急于寻找的三公子刘秀，这使刘琦琪少女的梦被灭了，但却又多了一丝温暖，至少，这个人是她三叔，是她的亲人！

她多想有一个坚实的肩膀可以倚靠着痛快地哭一场，她知道，林渺绝对是可以让她倚靠的人，这不是爱情，是信任！

“夫人，在主人的坟头，昨夜有人送了许多的冥马，烧了许多香纸！”一名家丁有些不安地禀报道。

“是什么人？”李盈香讶异问道。

“不知道，昨夜守墓的人并没有发现来者是什么人。”那家丁脸色有些怪地道。

“这事跟忠叔说了没有？”李盈香问道。

“没有，忠管家出去了。”那家丁道。

“忠叔出去了？出去干什么？”李盈香讶异地问。

“不知道，上午没有回来。”那家丁道。

“来者应该是朋友，多派些人守好墓。”李盈香想了想道。

“如果是朋友为什么要偷偷地去？而不来灵堂？”那家丁仍有点疑惑。

“或许是他有难言之隐，你去跟富叔讲一下！”李盈香道。

“是！”那家丁迅速退去。

灵堂中又陷入了一种极为沉重的气氛之中。

几名家将一动不动地护在灵堂的两旁，这个时候似乎并没有人来祭灵。经过了数日的忙碌，该来的人差不多都来了。

虽然许多人都大老远地赶来春陵刘家吊丧，但由于各地处于动乱之中，许多事情尚需要打理，也不能在春陵久待，陆续的都走了，只留下几个年长者帮助打理春陵的事宜。

“夫人，有位姜万宝先生求见！”一名知客的家丁入内相报道。

“姜万宝？”李盈香讶异，她对这个名字并不太熟悉。

“就是近来追随萧六公子的人！”那家丁忙解释道，他对姜万宝的大名并不陌生，皆因这七八个月来，姜万宝随着小刀六的名声鹊起，堪称是萧六身边的第一能人，李盈香因久未问生意之事，自不知道。

“就是那个与三叔关系极好的萧六吗？”刘琦琪突然开口。

那家丁倒吓了一跳，刘琦琪已经半月未语，突然说出这么一句话，确实让人意外。

“不错，便是与三爷一起的那个萧六！”那家丁自听说过萧六与林渺之间深厚的情谊。

李盈香眼睛一亮，忙道：“快快有请！”

姜万宝走入灵堂恭恭敬敬地叩拜了一番，神情极为肃穆，之后才向李盈香和刘琦琪施礼。

“姜先生自何方而来？”李盈香强打起精神问道。

“回夫人，万宝此次是自广陵赶回，奉主公之命先来祭拜司徒大人的在天之灵，望夫人节哀顺变！”姜万宝客气地道。

“令主公可是萧六萧老板？”李盈香反问道。

“不，我主公乃是枭城林渺，也是夫人的三弟刘秀！”姜万宝恳然道。

“啊……”李盈香一惊。

“三叔他回来了？”刘琦琪喜问道。

“三弟他怎么还没有来？”李盈香讶异地问。

“主公昨晚去墓场祭灵，发现了可疑人物，所以他先去追查那可疑人物去了，让万宝先来一步，他随后便到！”姜万宝解释道。

李盈香刚才还听说墓场有异常情况，听林渺曾去过，暗暗释怀，但却不知道林渺所追的是何可疑人物。

“回来了就好！他大哥一直都在盼着他回来！”李盈香的眼圈有点湿润道。

姜万宝心中一阵酸涩，他也明白，刘寅之所以如此快便遭毒手，很可能与相认林渺一事有关系，但有些事情却是谁也无法避免的。

“主公想让夫人和小姐到北方暂住些时日，那边的环境要安定一些，所以主公特让我先来与夫人商量一下。”姜万宝道。

“这个待三弟回来再从长计议，先生远道而来，不如先去休息一下吧！”李盈香很客气地道。

“也好！”姜万宝便不再坚持。

第八十二章　认祖归宗

林渺把玩着酒环，眸子里总有一丝淡淡的哀愁。

甲秀楼，在春陵确实是第一流的，不过，这却是春陵刘家的产业。

林渺并没有进刘府，因为他知道有许多人在一旁等待着他露面，至于是敌是友，那并不难猜。是以，林渺便坐在这甲秀楼之中。

即使是林渺的熟人，此刻也无法认出林渺的身份。不可否认，林渺的易容之术是越来越精明了。

他在等人，所以当那个掀开门帘便大步走入的胖老头出现在他的眼帘时，他的眼睛便亮了一下。

那胖老头目光四下扫了一番，随即便径直落座在林渺的对面。

林渺悠然放下手中的酒杯，淡淡地道："来了。"

"老七见过主公！"那胖老头很恭敬地道。

"说吧。"林渺很平静地道。

"在春陵，眼下明暗势力有好几股，而要对付主公的可能有樊崇的人，据兄弟们的消息，可能连樊崇的大将逄安和幽冥蝠王也都来了！"胖老人低声道。

林渺的神色微变，但旋又恢复正常，道："还有些什么人？"

"另外可能是天魔门的人，这些人不知道是打的什么主意，不过，昨夜听说天魔门的十数名高手无故暴毙于春陵，因此，老七猜想可能是有更厉害的高手潜入了春陵，而对天魔门的人下手。"

林渺微感惊讶，略喜道："杀死天魔门的人，至少不会是我们的敌人，既然有人愿意对付天魔门，那自是再好不过了。"

“老七也这样想，但是据老七所查，这些人是死在一种极厉害的毒物之下，只怕是五毒盟之人下的手。不过，如果是五毒盟之人下的手，难道他们会不怕天魔门的人报复？只怕这之中还有蹊跷！”那胖老人道。

林渺点了点头，想来吴山月也不是一个冒失的人。不过，那极度神秘的吴山月究竟是怎样一个人呢？

林渺只知道吴山月的存在，却并不知道这人是怎样一个样子，事实上江湖之中并没有几人知道吴山月的样子，这个人在江湖中极为神秘。

有人说吴山月乃是苗疆的高手，也有人说吴山月乃是来自西域，但却没有人真的能肯定这一切。

不过，谁都知道，吴山月的毒并不比苗疆的毒逊色。

苗疆的毒一向为人所称道，在那片蛮荒之地，生活着也同样拥有几千年历史的民族，却有着比中原热土更为神秘奇诡的生活方式。

当人谈到用毒，自然便会有人想到五毒盟和苗疆。

林渺自然知道许多关于苗疆的典故，不过，他与苗疆并无瓜葛，与五毒盟却还有点交情，因此他倒不惧。

“很好，我看便让这些人狗咬狗好了！”林渺吸了口气，小声道。

“主公，近来传言武皇复出，并将在某个秘密的地方与人决战！只不知道这消息是否准确。”胖老人又神秘凝重地道。

“哦？”林渺神色微变，却变得凝重起来，忖道：“难道三叔已经找到了秦盟？”

“好了，你先回去吧，有何消息随时来报！”林渺蓦地眼角一动，淡淡地道。

胖老人忙起身而去，林渺却再一次端起酒杯，目光变得很冷。

林渺居然可以端着一杯酒静座一个时辰，而在他斜对面的，那桌人居然也坐了一个多时辰。

这让林渺感到好笑，也感到有趣，是以，他悠然端着酒杯走了过去。

面对林渺的到来，那桌人的脸色微变，但很快又镇定了下来。

“可以借个位置吗？”林渺很大方地坐下。

其中一名年轻人手欲动，却为一中年人给压住了。

“既然先生愿意，又有何不可？我们欢迎得紧!”那中年人笑了笑道。

“既然这样，那我就不客气了，只是这位小兄弟看来很不欢迎的样子。”林渺故意以一种怪怪的目光望向那被压住的年轻人，淡笑道。

“你又不是什么了不起的人物，我为什么要这么欢迎你?”那年轻人冷冷不忿地道。

“印东!”另一边的老者冷喝了一声。

“这位先生勿怪，我这孙子从小就被宠得脾气不好。”那老者依然很客气。

“如果我没有猜错的话，阁下三人应该是江湖人所称的陇西狄门三英，爷孙三人吧?”林渺淡然笑问道。

林渺此话一出，那爷孙三人的脸色皆大变。

桌上的气氛顿时显得很紧张，那老者的眸子里闪过冷冷的寒芒，反问道：“阁下是何人?”

“听说狄门三英与西域的王母门有很深的渊缘，所以，我只想找三位打听一个人的下落。”林渺平静地道。

“我想阁下是认错人了，我们根本就不是什么狄门三英!”那中年汉子冷冷地道。

“这位小兄弟手一动，便呈内扣八大环的起手式，想必就是狄英豪，而阁下你反手压住这位小兄弟之手的招式也不自觉用上了外扣内缚的缠丝手的起手式，刚才这位老人家在吃东西时，那动作，像一只猫，这让我想起了陇西狄门三英的老太爷狄猛，那剩下的阁下必是狄龙了!”林渺悠然道。

那三人的脸色皆变得有些难看，他们没有料到林渺竟是自这么小的一点动作之中看出他们的身份。单凭他们的眼力和见识，便可知此人绝不简单。

“天下武功本殊途同归，皆相去无几，难道阁下单凭这点小动作便如此臆断吗?”那中年人道。

“天下武功确实是殊途同归，但是能将擒拿功夫练到随心所欲、信手而发的境界的人不多，而能与狄门内外扣和缠丝手相似的擒拿手，江湖中还不曾有过，而且狄家的擒拿功夫从不外传。因此，三位除了是狄门三英之外，我还想不到另外的人！”林渺笑了笑道。

“你太抬举我们了，不知阁下想问什么人？”那老者无可奈何地笑了笑问道。

“我想问王母门的大日法王的下落！”林渺吸了口气道。

狄门三英的神色大变，顿时空气都变得沉重了。

林渺仍很平静，他知道，这三人随时都可能出手杀他，但他仍无所畏惧地道：“我有一个朋友落在大日法王的身边，我一定要将她找回来，还请三位给我一些线索！”

狄龙和狄猛似乎微松了口气，狄龙问道：“你朋友是什么人？”

“是个女人！”

“是个女人？”狄英豪有些错愕。

“不错，是个女人，而且还是我一位兄弟的妻子，只是因某些原因失散了。近日闻听在大日法王身边出现，所以我必须找回她！”林渺道。

“你兄弟的妻子？”狄猛微感惊讶，神色间似乎又有点惋惜。

“陇西狄门三英乃是西王母门的直系，相信应该见过大日法王身边的所有人，我的那位朋友就是这幅画中的人！”林渺说话间自袖中掏出一轴卷，悠然摊开。

“心仪！”狄英豪的神色大变，失声惊呼。

林渺的神色也大变，急问道：“你认识她吗？”

“你这卷画是自哪里来的？”狄龙的脸色也极为难看地问道。

林渺心中一痛，想不到自狄英豪口中呼出他妻子的名字竟然如此亲密，他真的不知道这一刻梁心仪究竟变成了什么样子。

“这幅画自然是我兄弟让人画的，你们一定见过她！请问她现在在哪里？”林渺强压住心中翻涌的情绪，问道。

“你在说谎！她根本就没有丈夫！”狄英豪怒叱道。

“你见过她？”林渺反问。

“当然，她说过她爱我，我是她唯一爱的人！”狄英豪激动，甚至有些忿怒地道。

“阁下真是她的朋友？”狄猛冷冷地问道。

林渺的脑袋在听完狄英豪的话时，几乎嗡地一下炸开了，连狄猛的问话都没有听到。

“你究竟是什么人？”狄龙冷冷地问，语气之中略带一丝杀机。

林渺一怔，强自收拾了一下心情，却并没有回答狄龙的话，只是冷冷地逼视着狄英豪，问道：“那你与她的关系很好了？”

“当然很好，如果不是大日法王那老不死的破坏，她早就是我的女人了！为了她，我们才远逃中原！”狄英豪眸子里充满了凶光，似乎有着无限的恨意。

“那她现在在哪里？”林渺吸了口气，以极大的耐心沉沉地问道。

“当然是在大日法王的身边！大日法王的女人还能在哪里？”一个冷冷的声音自门外悠然传来。

狄门三英脸色顿变，嗖地一下全都立身而起。

“你们不用想着逃，你们已经从西域逃到中原，还能逃到哪里去？敢与大日法王的女人偷情的人没有一个有好下场！”那冷冷的声音又再次响起。

林渺突然发现自己的手在抖，脑子中顿时似是一片空白。

“大日法王的女人……与大日法王的女人偷情的人……”林渺的心中久久地激荡着这个声音，他不敢相信这是梁心仪现在所做的一切，可是这些会是假的吗？

林渺不知道门外的几人是如何进来的，他的思绪一片混乱，根本就忘记了去注意身边的事，或者根本就没有兴趣注意这些。

“天雷、冷火两位上师，想不到居然劳动二位，真是我狄氏祖孙的荣幸了！”狄龙淡漠地笑了笑道。

“哈，你何幸之有？如果只有我两人前来，你定会高兴，因为你们又可以顺利逃走了！我天雷尚有点自知之明，我这点本事还杀不了你狄龙！”天雷上师道。

“风云雷电四大上师全部聚齐，再加上我，你应该更感到荣幸了是吗?”冷火上师笑了笑道。

这一次狄门三英确实变了脸色，八大上师居然聚齐了五人，他们怎会不心沉海底?

“哼，你以为空口说就可以吓唬得了我们吗?”狄英豪冷冷地道。

天雷上师冷冷地望了狄英豪一眼，不无惋惜地道：“大日法王本欲纳你为亲传弟子，你却色胆包天，去与梁心仪那种贱女人勾搭而送了一生的前程，我真为你感到不值!”

“真不明白梁心仪那骚女人有什么……”

“住口——!”

林渺与狄英豪同时怒喝！声若惊雷，只让四座俱惊。

“哦，原来梁心仪还有另一个姘夫!”冷火上师不无讥讽地道。

“不许你再污辱她！否则，你永远将闭上你的鸟嘴!”林渺的眸子里闪过骇人的杀机，冷冷地逼视着冷火上师。

狄英豪也为林渺浑身散发出的浓浓杀机给镇住了，他没想到林渺比他的反应更为激烈。

“好个不知死活的小子，看来你是为梁心仪那骚蹄子迷昏了头……”冷火上师冷厉地笑了笑，却并未被林渺的神情所慑。

“不过，也还真不能怪他，尝过那骚蹄子味道的人，又怎能忘怀呢?”天雷上师淫笑着道。

冷火上师也会心地笑了起来，但骤然之间，却发现自己笑不出来了，他发现一只手掌在他身前无休止地扩大!

冷火上师慌忙出手，但他绝没想过世上会有这样快的攻击速度。

冷火上师的身上顿时燃起一层青冷的火焰，狂号着推出两团青色的冷焰。

空气仿佛全都燃烧了起来，但便在冷火上师才推出一半的时候，他的掌便触及了那无休止扩大的手掌。

“啪……噗……砰……”

一声连续而又有节奏的声音响过，冷火上师首先发现自己的双掌碎裂，接着双臂如散豆腐一般化为碎肉，然后便觉胸前一阵发闷。他在清楚感受到体内肋骨全部碎裂内陷之时，五脏六腑也全部自口中和肛门处喷了出来，整个人更如纸鸢一般飞出了甲秀楼。

一切的发生，便只在电光石火之间，所有的人都似乎只是在做了一场梦一般，呆呆地发怔。

“你是自己了断还是要我动手?!”林渺的声音冷得让人如置于寒冬腊月，浑然忘却此刻已是盛夏酷暑。

天雷上师的脸色灰白，他望着地上冷火上师吐出的已经挤碎了的五脏，居然感到一股从未有过的寒意升上脊背，更有一种恶心得想吐的感觉。

狄门三英也傻了，他们从未见过如此狂野、如此霸道的掌劲，这一刻他们才知道眼前这人是如何的可怕，但他们却想不起江湖中有这样一号人物，而且与梁心仪会有一种特殊的关系，难道说，梁心仪真的是他兄弟的妻子?

“你，你究竟是什么人?”天雷上师此刻再也无法保持冷静了，意识到自己实在不该激怒这个煞星。

林渺惨然一笑道：“你根本就没有必要知道我是谁，但你可以知道，每一个污辱过梁心仪的人，都只有一条路可走，那便是死！包括大日法王!”

天雷上师的眼中闪过一丝惊惧，他感受到林渺这句话中的分量，而林渺那坚定的决心也让他为之心寒。

“梁心仪是你什么人?”天雷上师仍有些不死心地道。

“你是自己了断还是要我动手?”林渺没有回答，而以极冷的声音道。

狄英豪感到好笑，这平日里不可一世的八大上师之一，今日居然如此怕事。不过，他也确实为林渺那一掌所震慑，他很明白，八大上师每个人都是极为可怕的高手，可是这样的高手在林渺怒极的一招之下，便被斩杀，那林渺的武功又是何等的可怕，可想而知。

此时，数道人影自门外飞速掠入，他们是被冷火上师的尸体所惊，来者自然是风云雷电的另外三位上师。

天雷上师此时却疾退，如风般疾退，他知道，自己绝不是林渺的对手，如果他不退的话，林渺定会在另外三人赶到之前杀了他！

天雷上师并不觉得自己的武功会比冷火上师强，他自然无法接下林渺那惊世骇俗的一掌，所以，唯有先退，再四人联手出击。

天雷上师一动，林渺便动了！

林渺绝不让四大上师有联手的机会，他见过四谛尊者联手结阵后的威力，尽管这四大上师并无四谛尊者那般功力，但那绝对是很难缠的。

是以，林渺要先杀了天雷上师，绝对不给他任何机会！

林渺出手一刀！

没有人知道刀从何来，只觉一道亮彩划破长空。

虚空裂开，天地裂开，便连这甲秀楼也仿佛裂开了。

当然，这只是虚像，但天雷上师却是真的裂开了，真真实实地在虚空中化为两半，洒下一抹血雨，肠脏漏了一地，恶心至极。

林渺的刀一闪即灭，就像出时一样，没有人知道刀归于何处，但他自虚空中冉冉而落的姿态却是洒脱至极。

风、云、电三大上师赶到，他们也呆住了，三人看着林渺杀了天雷上师，但是却无法施以半点援手，皆因他们再快也快不过林渺的刀。

狄门三英傻眼了，他们刚见过林渺那霸烈无匹的一掌杀了冷火上师，这刻又以诡异莫测的一刀杀了天雷上师，他们就像做了一场梦一般。在他们眼里，便是大日法王只怕也不会比林渺恐怖，他们庆幸此人不是敌人，但却暗惊中原居然有如此高手。

疾风、暗云、惊电三大上师眼睛都红了，天雷上师居然便在他们眼下如此暴死，而且死状如此之惨，这怎叫他们不怒？不惊？但他们也为林渺疾若惊鸿的一刀镇住了。

“你杀了他？”疾风有点明知故问，似乎尚有点不敢相信这是事实。

“你都看到了！”林渺神色很冷，像一块冰冷的生铁。

“你为什么要杀他？”疾风又问，显得有点惊怒。

“因为他不该污辱一个女人！”林渺回答得很含糊。

“一个女人？”疾风眼睛再次瞪大。

“梁心仪！”林渺吸了口气，强压住心中的悲愤道。

“又是这个女人!”疾风的眸子里闪过一丝杀机，仿佛是对林渺所说的那个名字有点深恶痛绝。

“你认识这个女人?”疾风冷冷地问。

“你回去告诉大日法王，让他将梁心仪送回中原，否则我必灭王母门!”林渺语气冷硬而坚决，像是两块坚冰相击，那种感觉只让每个人都心中泛寒。

疾风笑了，笑得有点不屑，有点怪异，冷冷地道：“你也太狂了吧?梁心仪是我们法王的女人，凭什么送回中原?你又是什么人?”

“因为我便是她的丈夫!”林渺语破天惊地道。

“你是她丈夫?”不仅三大上师大惊，便是狄门三英也大吃一惊。

狄英豪这才明白，为什么林渺会比他更激动，出手比他们更狠辣，而且一开始便要找寻梁心仪，还有一张那般栩栩如生的画像。

事实上梁心仪并不是这怪人兄弟的妻子，而是他自己的妻子。

狄英豪心中一阵伤感，一阵沮丧，他明白，林渺的话绝不会说谎，拥有这般超绝武功的人也不用说谎。

狄英豪也禁不住为林渺难受，试想一个人的妻子若为人所夺，成为别人的玩物，那这个男人心中会有多么愤怨?多大的痛苦?因此，他完全可以理解林渺何以出手绝不留情。

“她是你的妻子?你都可以做他的父亲了!”暗云上师不信地道。

林渺心在滴血，他宁可梁心仪是真的死去，但事实上梁心仪没死，不仅没死，还让他知道了消息，可是这个消息却像是刀子般在割绞着他的心。

现实，终究要去面对，梁心仪没死，那他便要找到她，带回她!毕竟，这是他的妻子，明媒正娶的妻子，也是他这上半生最爱的女人，正因为如此，林渺才会痛心!

林渺不是一个不敢正视现实的人，但他却不能暴露自己的身份，这是他的耻辱!若天下人知道他连妻子都无法保护，而且成为别人的女人，那他好不容易建立起来的声誉将会大打折扣，甚至会让江湖人不屑，那他的枭城军发展也将受到极大的影响，因此，他不可以暴露身份。

“你觉得我很老吗?”林渺突然恢复自己的声音冷冷问道。

“你易容了？你究竟是谁?”惊电顿悟，讶问，他听出林渺的声音极为年轻。

“如果你们真想知道，那你们就永远都没有机会见到明天的太阳，更不可能见到大日法王!”林渺冷冷地道。

林渺的话中有股让人不敢不信的力量，抑或这与散自林渺身上那股霸烈的王者之气有关。

尽管林渺易了容，但仍有种让人不敢仰视的力量。

这些人不由得都在苦思，中原又有哪一个年轻人拥有如此可怕的武功呢?

“哼，杀了我王母门下的上师，你拿命来吧!”惊电怒吼一声，身形狂掠而上，身如怒鸿，剑如惊电。

快，好快的剑!

狄门三英也为林渺捏了把汗，惊电的剑在八大上师之中以快著称，其速度几可与惊鸿相比，肉眼难辨。

林渺吸了口气，今日的他已不再是昔日的他。第二次自死亡沼泽中出来后，他的武功和功力更是一日千里，较之当日战杜月之时又不知高出了多少。

这些都得益于他已逐渐将体内大圣丹和烈罡芙蓉果的力量融合，而使自身不断地强大起来。

惊电的剑确实快，如果是在第二次进入死亡沼泽之前，林渺或许会应付得手忙脚乱，但，今日的他不再是昔日的他。

惊电的剑在林渺身前尺许顿住，只因林渺的双指!

林渺双指极悠然而出，便在惊电的剑抵达身前尺许处时，就顿住了，再无寸进，也难有寸进。

所有人都惊呆了，每个人都看清了林渺那悠缓而迟钝的出指动作，可是这快若惊鸿的剑竟没能避开这两根指头。

暗云和疾风也便在此同时出手了，他们知道，惊电与林渺完全不是一个层次的人，他们必须出手!

林渺冷冷一笑，惊电一惊，欲撤剑之时，忽觉手中长剑断为三截。

林渺两指间夹有一截，而这一截却以比惊电攻出的速度快上数倍之速插入惊电的心脏，于是，惊电惨号着飞跌而出。

这一切的发生太过简单而快捷，所有人的思维似乎都慢林渺动作半拍，待他们意识到惊电可能完了的时候，林渺已经消失在暗云和疾风的攻势之中。

不，林渺并不是消失，而是已经在暗云和疾风两人的身后悠然而立。

林渺没有出手，但暗云和疾风却已经击空了。

如果林渺出手的话，暗云和疾风也绝不会好过。

暗云和疾风击空，忙骇然转身，发现林渺左手正端着一只酒杯，右手抱于胸前，神色很阴冷地看着两人。

暗云和疾风的心底直冒寒气，他们从未见过如此诡异的身法，从未见过如此可怕的对手！两人知道，今日如果林渺要杀他们，那他们一定不可能活过明天。

林渺的目光却投向狄门三英，平静地道："这两个人，便交给你们了！"

狄门三英一愣，顿时明白，林渺是让他们来杀暗云和疾风这两大上师。他们一直都坐于一旁旁观，本以为林渺会代他们尽数诛之，没想到，林渺竟留了一手。

狄门三英没敢违抗，林渺的话语之中，自有一股不可抗拒的力量，使他们不自觉地听命而行。

对于林渺举手投足间便击杀了三大上师的武功，狄门三英确实不敢领教。因此，如果能与林渺合作，至少，他们便再也不用害怕王母门下的追杀了。

暗云和疾风这时才意识到，他们今日之所以追来中原，便是为了追杀狄门三英。可是他们还没与狄门三英交手，便已经被一个陌生人杀了三名兄弟，这对他们的打击确实极大，而这一刻，他们还得面对狄门三英。

"你们出手吧！"狄龙冷冷地道。

狄英豪眸子里也闪过冷冷的杀机，他也是年轻人，年轻人都有超人的斗志和好胜心，尽管他知道自己远远无法达到林渺的那种境界，但也不想在别人的面前丢脸。而且，这神秘的男子可能会是他所爱的女人的丈夫，这样，他便更不能丢脸了。

林渺很悠然地喝着酒，他倒要看看狄家的人怎样对付这两个人。同时，他要狄家的人也陷入与王母门绝对的对抗之中，那时他便可以放心利用这三人去获得王母门的资料和秘密。

当然，林渺对狄英豪所说的那句“心仪说只爱我一人”的话很怒，尽管林渺并不会如此无容人之量地杀了他，但是至少也要稍稍教训他一下，这便让疾风和暗云去动手了。

林渺不出手，也并不全是因为这些，而是因为他发现有双极为明亮的目光正投入甲秀楼，所以他不再出手。

林渺并不想让太多的人知道他的武功，只有保持适度的神秘，才能够在紧要的时候发挥出最大的作用。

这一刻他心中的恨意已稍有平复，因此，并不急于诛杀这两人。

甲秀楼中的伙计和掌柜都躲于一边，他们也为林渺那惊人的杀戮给镇住了，所以并没有上前劝阻。

仇恨，在有些时候，必须用血腥来偿还。这些日子来，刘家已经连续出现了这许多大事，尽管甲秀楼是刘家的产业，却也不想多管闲事惹上太多麻烦。

狄英豪一出手，便搭住了暗云的枪，然后在暗云的枪用力捅出之时，狄英豪的手又搭在了暗云的手腕之上。

暗云并没有让狄英豪有机会折断他的手腕，手中的枪柄竟内缩回刺，顺手腕平平滑出，极为诡异。

狄英豪只好松手，他并不想被暗云的枪扎断他的手。他不能否认暗云的枪法很诡，仅用指头便可舞动若飞。

暗云的枪很短，两尺八寸的两杆铁枪，有点像判官笔。

狄英豪一松手，暗云的两杆短枪便左挑又刺，指东打西，倒极为犀利。

这些在林渺身上毫无用处，因为当暗云还没能刺中林渺之时，便必会被林渺以极快的速度杀死。

但狄英豪不是林渺，在速度上他占不到什么便宜，不过，他有一双好手。

生在狄家，有一双好手很重要，他们可以像揉面条一般揉开别人的兵器，可以左挑右拨地将别人的兵器引向一旁，更似乎不怕任何兵刃的锋利。

只要是被狄家之人的手缠住了，一般都很难摆脱，总像是在一个泥沼之中越陷越深，直至被其吞噬。

狄英豪的火候还要差一点，但狄龙的一双手却让疾风欲罢不能。

狄龙的一双手，像是在四面的虚空之中织下了一张无形的大网，无论你怎么冲，怎么突，都总会撞在他的手上，而且如果让这双手沾上了身体，则必会让你破皮乱肉，骨损筋伤。

疾风虽然是八大上师之一，但与狄龙相比，两人之间尚且一段差距。

狄家之人能被王母门看中，并非幸至，否则也不会派出五大上师来追杀狄家祖孙三人了。

只可惜，这五大上师遇上了林渺这个煞星，而出师未捷身先死，只剩下两人，根本就不可能是狄家父子的对手，所幸狄猛并没有出手。

狄猛似乎并不屑于出手，以祖孙三人对付两大上师，乃是对狄家的污辱。所以，他选择了旁观。

狄猛不时地望一下林渺，他对这个神秘人感到很是高深莫测，但他很明白，即使是他祖孙三人联手都不可能是这神秘人的对手，他在思索，中原人物中哪一个与此人相似？

当然，狄猛并无法找到答案，他这次前来春陵，本是想借与刘寅的关系，寻救刘寅的庇护，但让他意想不到的却是刘寅居然暴病而亡，而且死得这么巧合，他们只好失望地暂寄甲秀楼，也正在考虑何去何从，却没料到竟遇上这样一个武功深不可测的人。

狄猛对林渺只有敬服，他知道此人定是个年轻人，而且隐约知道此人的身份可能非同小可。最初他因为听了林渺和胖老七的对话而引得林渺的注意，因此他明白，林渺绝不是个好惹的角色。

对于中原大有来头的人，狄猛也惹不起，这战火纷飞的中原，凡是大有来头的人，都拥有不可以得罪的背景，而他狄门三英不过只是逃亡之人。

场中，疾风的双腕终于在狄龙的第一百七十三招时被折断，随之双肩裂开，脖子错位，身上筋骨几乎在刹那之间全部错位变形。

疾风死了，死得很惨，狄龙下手极狠，因为西王母门的人也杀了他的家人，只剩下他们祖孙三个逃入中原。因此，他对西王母门的人恨之入骨，自然不会手下留情。

疾风死了，暗云更是心神大乱，于是终也在狄英豪手中失招，尽管他挑破了狄英豪的肩臂，但狄英豪却折了他的手和右脚，再无作战之力。

狄英豪要杀暗云，却被林渺阻止住了。

“留他一命！”林渺的话狄英豪本不想听，甚至心中对林渺有一丝妒恨，但他还是住手了，仿佛是拗不过林渺话语之中的威仪。他不得不承认，林渺的话中有一股不可抗拒的力量。

面对林渺，狄英豪出现从未有过的气馁，他觉得如果被林渺逼视着，他会有种喘不过气来的感觉。

“你回去告诉大日法王，我希望他不要因为一个女人而毁了王母门，梁心仪是我的妻子，任何人再对她有一点污辱，我都会让他死无葬身之地！”林渺的话很平静，但在平静之中却隐含着一层挥之不去的血腥。

暗云没有说话，他也说不出什么来，面对这样一个可怕的对手，除非他想选择死！

……

“敢问公子尊姓大名？”狄猛神态极恭敬。

林渺吸了口气道：“这里并不是说话的地方，如果诸位愿意，请与我换个地方吧。”

“请公子带路！”狄龙不无尊敬地道。

“哈哈哈……想不到林渺也有藏头露尾的时候，有什么话不在这里说又要到哪里去说呀？”一道身影如大鸟般掠入甲秀楼。

那人话语一出，甲秀楼中诸人皆吃了一惊，尤其是那些伙伴和掌柜，他们自然知道林渺乃是春陵刘家的三公子，却没想到这出手如此狠辣的人居然便是刘秀。

林渺的眸子里闪过一丝讶异之色，但旋又变得平静地叫了一声："蝠王！"

"哈哈哈……想不到半年余不见，你的武功居然进步这么快，就连老夫也差点看走眼了！"幽冥蝠王朗笑道。

"晴儿近来可好？"林渺关心地问道。

"她很好，前些日子自我师姐吕母那里回来，她很想念你，所以，特嘱老夫务必要请你去一趟莒城！"幽冥蝠王笑了笑道。

林渺淡淡一笑道："待我事情办妥自然会去把她接回来，蝠王来此便只是为了这些吗？"

"自然，你可是个炙手可热的人物，老夫当然是专为你而来了！"幽冥蝠王笑了笑道。

"我想蝠王定然另有要事，若是与我有关，何不直说？"林渺反问。

"城主果然快人快语，上次我来找你是因为一块'三老令'，但今日前来找你，却是因为另一样东西。"幽冥蝠王道。

林渺心知肚明，上次樊崇亲自出手，现在樊崇没时间，幽冥蝠王便来了，或是逄安也跟着来了，这两人皆是樊崇身边的不世高手，可是樊崇确实对他很重视。

"不知道蝠王要的是何物呢？"林渺故作不知地反问道。

"琅邪鬼叟交给你的另外一样东西。"幽冥蝠王吸了口气，眼睛一动不动地盯着林渺含笑道。

"鬼叟前辈只交给了我一样东西，但是我已经交给你了，还会有什么东西？"林渺故作不解地道。

"城主真会演戏，我们经过调查，那东西鬼叟已经拿出来了，但后来失踪了，他死之前只见过你一个人，所以除了你之外不可能会有别人拿！"

"哦，鬼叟前辈还将他的毕生所学'鬼影劫'给了我，莫非蝠王也想学这绝世身法？"林渺笑问道。

幽冥蝠王冷冷一笑，傲然道："虽然那确实是不世身法，但也不会比我的好！我又何用拾人家牙慧？"旋又神色一正，冷冷问道："你是给还是不给？"

“我不知道你要什么?”林渺坚定地道。

“《神农本草经》巧夺天工卷!”幽冥蝠王沉声道。

“哦，我听说过，但却从未见过。”林渺摇头煞有介事地道。

“看来你是不想与我们合作了?”幽冥蝠王有点恼火。

“我林渺从不怕人威胁，没有便是没有!难道要让我去皇宫内院去给你找这只有皇家才有的东西?”林渺也毫不示弱地道。

“哼，皇家内院根本就不会再有这东西，天下也只有一卷，而这一卷就在你手中!”幽冥蝠王道。

“你也太看得起我了!”林渺笑道。

“天机弩和鲁公舟，只有‘巧夺天工卷’中才会有记载，如果那不在你手中，你怎会让人造出如此利器战船?”

“哈哈哈……”林渺不由得大笑道:“因为我聪明呀，许多事情都只是人想出来的，只要你有脑子便会创新!”

幽冥蝠王脸色顿变，怒道:“如此说来，只好拿下你再说!”

林渺又一笑，道:“蝠王应该知道这里并不是赤眉军的地方。”

“天下哪里不都一样?”幽冥蝠王冷哼道。

“我敬蝠王是个人物，并不想与蝠王动手，蝠王又何必要苦苦相逼呢?”林渺道。

“哼，这个世上没有苦苦相逼的人，只有不肯合作的人!你出手吧!”幽冥蝠王道。

狄门三英也都怔住了，他们自然听说过林渺的名头，这些日子中，江湖之中最抢眼的年轻人，也是最让人津津乐道的人物，许多人都认为此人乃是北方最有作为的人物，却没想到居然会在这里遇上，而且其武功竟是如此之强，确如江湖中传言，并没有夸大其词。

当然，他们自也知道幽冥蝠王的名气，这人在数十年前便已成名，这些年来一直都是赤眉军的中坚人物，其武功也已到了登峰造极之境。

狄猛虽从未与幽冥蝠王交过手，却也知道这人的武功可怕，一时之间，他们便怔在一旁。

狄英豪从来都很自负，在西域一带，更是年轻一辈中的佼佼者，是以在他听到林渺的名气之后，总有点不置可否，甚至是跃跃欲试想与之一比，现在得知眼前这武功深不可测的人便是林渺，顿时大感沮丧，再想到林渺居然可能是梁心仪的丈夫，他的心神更乱。

林渺的声势如日中天，其拥有整个枭城近十万军民，更在江湖之中声名鹊起，在昆阳之战中名动神州，这些无不是让狄英豪望尘莫及。

因此，狄英豪心中的酸楚自是难以言喻，他出身于武林世家，而林渺的出身不过只是宛城的一个小混混，但此刻却让赤眉军大动干戈，还派出幽冥蝠王这样的不世高手来对付，可见林渺在江湖的分量是如何重。

当然，狄英豪也知道，林渺可能便是春陵刘家的老三刘秀，而这个身份则绝不敢让人小觑。

林渺摇了摇头，无可奈何地道："这样对大家都不会有好处的！"

"我不管，除非你交出《神农本草经》！"幽冥蝠王固执地道。

"我没有！"林渺自然不能承认，他知道，如果他承认的话，所引出的麻烦，只怕与玄门宝藏一样让人头痛。

"你出手吧！"幽冥蝠王道。

"你是客，我是主，如果要出手，你先请！"林渺吸了口气，他知道这一次也是无法避免的，不过，他并不是十个月前的林渺，那时候，他根本不是幽冥蝠王的对手，但今日结果只会逆转过来。

当然，幽冥蝠王乃是晴儿的师父，林渺自不想伤害，他怕赤眉军会对晴儿不利。

"我倒忘了你已经不叫林渺，而叫刘秀了，那就让我看看这些日子来，你长进了多少！"幽冥蝠王笑道。

"不会让你失望的！"林渺自信地笑了笑。

林渺笑容一展的时候，幽冥蝠王便已经出手了。

李盈香在刘家，不得不担起主人的职位，尽管刘家仍有几位长者和刘寅的堂兄弟，但总是因为许多事忙得脱不开身。

近来，春陵刘家盘点账目，将许多东西开始清理，这便要花大量的人力。

另外，刘寅在去世前曾立下遗言，还作了许多后续应急的安排。可以说，整个春陵刘家从头到尾都要改换一番，这当然是为了刘家的利益。

春陵刘家向来都拥有强大的凝聚力，每一个人都拥有极强的使命感，而在刘寅去世后，每个人都更强烈地有了危机感，他们信任刘寅，就像信任当年的武皇刘正一般。

当然，这一切都得归功于刘寅这二十多年苦心的经营，也让他建立起了一个绝对完整健全的家族体系，而这个家族体系则绝对会遵从他的任何志愿或遗愿。若非如此，刘寅绝对不敢如此轻易就死。

有人将林渺出现在甲秀楼之事迅速传到了李盈香的耳中。

于是，刘府之中立刻派出了高手前往甲秀楼。

林渺乃是刘家老三，乃当年武皇刘正最宠的刘秀，更被刘寅寄予了极大的厚望，自然不能让其出现任何差错。

与林渺为敌的人，便等于是与春陵刘家为敌。因此，刘家自不能不派出大批高手。

幽冥蝠王出手，却并未能如愿让林渺吃惊，或是后退。

林渺只是悠然出掌，不带半点风声，轻若无物地迎上幽冥蝠王的掌势。

幽冥蝠王连改十余个方位，但依然未能避过与林渺的手掌相触。

“噗……”两掌相叠，并未发出强烈的爆裂声，而是发出一阵闷闷的低响。

幽冥蝠王的脸色却变了，他感到自己的掌劲如击在巨大的洪流之中，一触而没，整个心神便如卷入了一个巨大的漩涡，在虚无缥缈中浮游。

幽冥蝠王急忙撤掌飞退，但在此时，那股洪流却倒冲而回，强大如山洪般的力道全部撞入幽冥蝠王的体内。

幽冥蝠王如一只倒射的大鸟，翻出甲秀楼外，但在虚空之中又如束翼的蝙蝠，划过一道诡异的弧迹，又倒射回甲秀楼之中。

狄猛也为之骇然，世间竟有如此诡异的身法，居然可以在空中自由回旋，如鸟儿一般。

幽冥蝠王一去即回，搓指成刀，指尖竟似燃起了一抹黑红。

“冥焰指!”一声低低的惊呼传来，而在此时，一道人影斜斜地插入林渺与幽冥蝠王之间。

“轰……”一阵山摇地动的巨响，幽冥蝠王竟然倒撞而出，落地之时，踩碎一张桌子。

那撞入其中的身影也暴退五步，撞坏两张长椅。

“好功力!”那插入之中与幽冥蝠王对了一掌的是个老者。

幽冥蝠王的脸色都变了，惊问道:“你是什么人?”

“老朽刘忠，春陵刘家的内务总管!”那老者淡淡一笑，旋又向林渺恭敬地行了一礼道:“欢迎三公子回到家中!”

“你是忠叔?”林渺也吃了一惊，他也没想到这看上去有点大腹便便、胖胖的老头居然有如此灵活的身法，以及如此深厚的功力。

“小人正是刘忠，迎接来迟，还请三公子勿怪!”刘忠依然是笑呵呵地回应。

“春陵刘家果然藏龙卧虎，真是失敬!”幽冥蝠王悻悻地冷笑道。

“不敢当，但在春陵，还从来没有人敢对刘家的人无礼，念在赤眉军与我刘家交情非浅的份上，蝠王还是请回吧!”刘忠淡然而不无骄傲地应道。

幽冥蝠王大怒，冷冷地道:“别人怕你春陵刘家，本尊岂会惧你?”说着便再次攻上。

“蝠王何必如此大的火气?有话可以好好商量，在这里互伤和气又是何必?”一个很平静的声音传了过来。

与此同时，两道人影自窗口飞落而入，立于刘忠与幽冥蝠王之间。

幽冥蝠王只觉两股强大的气势将其心神紧锁，不由得顿住攻击，却发现身前五尺外立着两名中年汉子。

“你们也是刘家之人?”幽冥蝠王惊问。

“不错，我叫刘林!”一名颇有福态的中年人笑了笑，随即又道:“不过，我属于外八房的刘家子孙!”

“我叫李狂!刘寅是我姐夫。”另一名中年人淡淡地道。

"刘林、李狂?!"幽冥蝠王发现在江湖之中他还从未听说过这两个人的名字，但是他却深切地感受到来自这两人身上的气势，至少，他根本就没有任何把握胜过这两人的联手。

"见过忠叔！嫂嫂让我们来接三爷回家!"刘林转身向刘忠行了一礼，又极为客气地向林渺道。

"不用多礼，谢谢嫂子的关心了!"林渺心中有点感动。

"能见到三爷回来，姐夫在九泉之下也定会高兴，只可惜姐夫尚未能见过三爷一面!"李狂不无伤感地道。

林渺的心中也一阵伤感，他知道这时候已经没必要再易容了，李狂的话意本就是要让他确定身份。

林渺撕下易容，露出那张略带蹙然的脸，眸子里似乎含有颇多郁色，慨然长叹道："只可惜我还是来迟了。"

"果然是三公子!"刘忠欣然道。

刘忠的这一句话便肯定了林渺的身份。刘忠曾见过林渺，那是在宛城的时候，这一年多来，虽然林渺在气势之上改变了很多，但是容貌上并没有什么改变。

幽冥蝠王知道，今日绝无法讨到好处，便是樊崇亲来也一样，这里刘家的每一个人都不会比他逊色，而林渺的功力尤其深不可测，一招之间他便吃了点亏。这使他知道，林渺已不是十月前的林渺，而江湖之中许多关于林渺的传闻也全都是真的。

春陵刘家的真正实力外人很难知晓，但一直都没人敢惹，因为武林皇帝刘正便是出自春陵刘家。

春陵刘家可以出一个武林皇帝，自然便不会缺少高手，尽管这些人无法与武皇相比，但也不会是一些不入流的角色。

幽冥蝠王这下完全相信，春陵刘家的低调，绝不是向人示弱，在刘家，像刘忠和刘林这样的高手还有多少呢？这个只有刘家的主要人物才能回答。

"蝠王若不介意，便请去府上用用茶!"刘忠很悠然地道，他的态度总是那么客气，与那慈祥而平和的外表倒是很相称。

"好意我心领了，此情只待他日再报，告辞！"幽冥蝠王道。

"不送！"刘林也淡淡地道。

狄英豪见林渺揭下易容面皮却是如此俊朗而深具气派，顿时黯然，颇有些自惭形秽，且有刘家如此多的高手拥护。而他只不过是一个被王母门下追杀得四处逃窜的人，自有点不是滋味。

当然，狄英豪对林渺也只有惊羡，亦深深为林渺那一身王者霸气所慑，那是一种透自骨子里的气势。

狄猛和狄龙则与狄英豪心情不同，他们对林渺只有敬仰，要知道这样一个年轻人能依靠自己的力量和智慧开创出这样一片天地，确实不易。此刻虽有刘家众多高手，但这些人并不影响林渺的形象。

"三位也与我一同去府上吧。"林渺很客气地道。

"三位是……？"刘忠很客气地问道。

"在下狄猛，这是犬子狄龙，他是我孙子狄英豪，见过刘总管！"狄猛恭敬地施了一礼道。

"哦，原来是狄门三英，有失远迎了，我们三公子邀请你们，你们便不用客气了！"刘忠笑道。

林渺心中微感别扭，不过他并不介意。

刘林却很恭敬地道："外面已为三爷备好了马匹，请三爷起步！"

"都是自己人，用不着这么客气，以后大家便像兄弟一样！"林渺拍了拍刘林的肩头，恳然道。

林渺归返春陵刘家，在祭过长兄刘寅的亡灵之后，便在刘忠等一干人刘家长老的安排下举行认祖归宗的仪式。

林渺是刘秀的身份自然没有人敢怀疑，那小块血玉玺便是最有力的证据，而在其背上的火龙纹更是谁也无法伪装的。

只是可惜，没有刘正或刘寅这样德高望重的人来为林渺作鉴证。

当然，林渺的回归是大局已定之事。林渺自身的身份和德望，便够他成为刘家的老三而无争议，何况林渺乃是武皇刘正与刘寅共同相认的春陵刘家老三。

让人意外的却是刘仲居然在这种时候也不回春陵。

刘忠下了数次书信，但刘仲却因更始帝刘玄之命而无法返回。

刘玄究竟是在弄什么鬼？春陵刘家的人都无法不恨刘玄，但又有什么办法？人家乃是新政权的九五之尊，拥有数十万大军和无数的高手。

春陵刘家虽然强悍，但是与刘玄此刻的更始政权相比，却是相去甚远，刘仲此刻身为人臣，又岂能私自做主？

刘仲未回，但认祖归宗之事依然照旧。刘寅在生之时，几乎都已经料到了这一切，因此刘家之人并未因此而乱套。相反，每个人对刘寅安排事情之细致、计划之周全，更是深感敬服。

刘寅这一生中，做事向以细致和沉稳著称，从未犯过什么错漏，要说有错漏，唯一可以算的便是更始政权为刘玄所得，而未能由他来掌管。

这是个极大的遗憾，也铸成了刘寅的死因。古今之帝王者，清除异己是从未有例外的，刘寅对刘玄的威胁是直接的，所以刘玄必须除掉刘寅。

当然，之中尚有许多未曾算到的细节，便连刘玄也未曾想到。

刘玄不曾想到他杀了刘寅之后接着会发生什么事情，但刘寅想到了，也在他的计划之中。相较而言，刘寅比刘玄更工于算计，也更可怕，这也便是王凤、王匡、朱鲔等人不敢立刘寅为帝的原因之一。

一个怀有异心和权欲的臣子，是不希望拥有明君的存在的，这也是刘玄应运而生和刘寅遗憾死亡的原因。

林渺的鲜血滴入了春陵刘家的神龛之内，从此他便不再是林渺，而是名正言顺的刘秀！因为他体内流淌的确实是刘家的血液，只有刘家内系的血统，才能够让神龛接受自己的血液，并吸纳它。

一个游子的回归，是一件极为高兴的事，但是这个代价似乎也太沉重了。当然，这只是巧合的代价，刘家人都不可能会把刘寅的死牵扯到林渺的身上。相反，林渺身上似乎又寄托着春陵刘家的另一个希望。

这是一个源于先祖的传说。

林渺回归刘家，但他绝不想在春陵刘家多待，因为刘玄并不想他存在。是以，为了不让刘玄惊觉他的归来，他便立刻动身离开了春陵。

刘忠也是很明白事理的人，刘寅被刘玄害死，而这新归返家门的刘秀拥有刘家相传的火龙纹，也便是传说中的真命天子的相格，刘玄会放过他吗？这个确实很难说。因此，刘忠并不阻止林渺即刻返回枭城。

刘忠还有一点未明白，那是林渺知道刘玄与天魔门的关系，因此，刘玄绝不会放过他这个知情者。

春陵刘家的势力也会在林渺回归后北移，在刘玄控制之外的范围去发展自己，既然刘仲无法在刘玄手下得到发展，倒不如全力支持北方的刘秀。

春陵刘家绝对不会坐以待毙，没有人敢小视他们的力量。刘玄虽除了刘寅，却并未动摇刘家春陵的根，他也不敢！毕竟在更始军中，春陵子弟兵也占了四分之一，若逼人太甚，势必会逼反这四分之一的人马，刘玄也担不起这个风险。

逼得春陵刘家急了，也绝对没有好处！

刘玄确实是个很心急的人，而且消息也颇灵通，在知道林渺已经到了春陵刘家之后，立刻传下圣旨召见。

但可惜的是，圣旨下到的时候，林渺已经离开了春陵。

林渺虽是刘家之人，但却不是更始政权的人，这道圣旨只能算是空谈。

林渺乃枭城城主，并没有承认刘玄的正统地位。因此，自然可以不用理会刘玄，而春陵刘家则称林渺已然离去，只能让圣旨回转。

春陵刘家此刻自然知道，刘玄也是急着要找林渺，不过，所幸林渺有先见之明。

如果林渺仍在春陵刘家的话，虽可拒接圣旨，但却会让刘家处于极不利的位置。

刘玄的圣旨倒不是要对付林渺，而是要封其为更始政权的平川侯，更记其在昆阳之战中与刘仲共立大功，让林渺去宛城受封。

当然，这确实是个诱人的说法，但谁都知道，事情不可能会这么简单。若林渺去了宛城刘玄的地方，那还不是成了刘玄俎上之肉？

尽管宛城乃是林渺生长之地，但是此刻宛城拥有强大的兵力驻守，他又如何能够斗得过刘玄？

暂时惹不起刘玄，但林渺躲得起，如果他要刻意去躲的话，倒还没有人能真正抓住他，刘玄便是派十万大军来也是妄然。

能够找到林渺的，只有那阴魂不散的幽冥蝠王。

幽冥蝠王找人可以算得上是天下第一，几乎是林渺无论如何易容或是改装，都难逃过幽冥蝠王的追踪。

十月前是这样，十月之后还是这个样子，这让林渺有点光火。

幽冥蝠王并不上前找麻烦，只是像影子一般紧紧地跟在林渺不远处，若即若离。

林渺进酒楼，他也进酒楼，林渺出他也出；林渺进客栈，他也进客栈，上路，他也跟着上路。

林渺几乎是服了这个老东西，如果不是看在晴儿的份上，他真的要上前除掉这个老家伙。不过，幽冥蝠王一副死猪不怕开水烫的样子，不搭话也不惹事，倒让林渺找不借口。

林渺好耐心，但狄门三英可没这么好的耐心，不过他们也知道这老头真的是难缠。无论他们怎样走，都甩不掉这个尾巴，可见江湖之中对这个老鬼的传闻确实是没有错，能成为赤眉三老之一更不是侥幸。

狄英豪最先耐不住，他年轻气盛，却无林渺那般沉稳的修养，首先便要上前找麻烦。

第一次被狄龙制止了，第二次被林渺制止了。

狄英豪和他的父亲、祖父对林渺都极为仰慕，更寄予了对付西王母门的厚望，所以他们愿意跟随林渺，对林渺的话自是言听计从。他们对林渺的智慧极为信任，只觉与林渺接触越多，便越觉此人深不可测。

让狄门三英惊讶的是，在中原每个地方都似乎有林渺的人，每到一个地方都有人接应。而这些人还不是舂陵刘家的人，而是地地道道属于林渺自己的力量。

林渺的力量究竟有多大？在江湖之中潜伏有多少力量？而林渺拥有如此多的力量，却并不对幽冥蝠王出手，这让狄门三英有点不解了。不过，狄英豪第三次要出手，林渺没有阻止，只是说了声：“小心！”

有这句话就够了，所以，狄英豪向幽冥蝠王行了过去。

幽冥蝠王装作没有看到狄英豪，抑或他确实并不想与林渺真正地正面冲突。

狄英豪毫不客气地在幽冥蝠王的桌上擂了一拳，冷冷地笑了笑道："老蝙蝠，你都跟了我近千里，究竟要干些什么？何不爽快点，这般阴魂不散是哪门子道理？"

"是你们一直都在跟着我，大路朝天，各走一边，为什么我就不可以走这条路？"幽冥蝠王并没有出手，抑或是因为知道此刻出手绝占不了便宜。否则，以他的脾气，如此后生小辈居然敢擂他的桌子，他早就出手教训了，但这一刻他居然忍住了，即使是狄英豪出言不逊他也没反应。

"不过，我看你确实是很不顺眼！"狄英豪似乎丝毫不将幽冥蝠王放在眼里一般，不屑地道。

幽冥蝠王脸色一变，这种后生小辈居然敢向他如此无理地叫嚣。

"我也看你不顺眼！"幽冥蝠王说话间，突然出手。

出手是桌上的筷子，筷子快如疾电般飙向狄英豪的心窝。

狄英豪早有防备，不过幽冥蝠王的速度仍然让他为之骇然。

"啪……"狄英豪出手一拗，竟然折断了筷子。

筷子一断，但握在幽冥蝠王手中的一截仍然以极快的速度刺出。

狄英豪的手内扣八大环，如一道道环弧，竟在紧要的关头擒住了幽冥蝠王的手腕并下压。

"噗……"而在此时，幽冥蝠王指尖一弹，那半截筷子如箭般射向狄英豪的小腹，不过打横却飞来另一只筷子，将那半截断筷撞飞而出。

出手的自然是林渺，他见筷子断了，便知不妙，不过出手还算及时。

幽冥蝠王见筷子被激飞，手臂一抖，狄英豪功力自无法与幽冥蝠王相比，竟抓捏不住，让其手腕挣脱。

"啪……"幽冥蝠王翻腕出掌，直击狄英豪的指爪之上。

狄英豪闷哼一声，倒退六步方稳住身形，但与幽冥蝠王对掌的五指竟有点发颤。

"好功力！"狄猛的身形爆射而出，十指化出无数的爪影，如天罗般罩下。

幽冥蝠王吃了一惊，低呼了声："狄家大力鹰爪!"

狄英豪曲指再张，确实吃了一惊，这才知道，自己的武功与幽冥蝠王确实差了一大截，如果不是林渺相救，只怕已经身受重伤了，忙向林渺称谢。

"你先坐下休息一会儿吧!"林渺略带嘉许地道，想当日在棘阳之时，自己还不是被幽冥蝠王一掌击伤？他对此老的功力是深有体会的。

狄英豪只好坐下看祖父与幽冥蝠王交手。

狄猛拥有数十年功力，更凭其狄家博杂的擒拿手，早年便纵横南北，自然也不是好惹的，天下的擒拿手法他几乎无所不精。

在江湖本就有个说法，那便是沈家的暗器狄家的手。

狄家的手上功夫确实是一绝，狄猛的大力鹰爪可洞金裂石，一生曾拜过十四位擒拿高手为师，精通七十八种大小擒拿手。是以，便连西王母门对狄家都另眼相看。

大日法王本是眼高于顶的绝世高手，但为笼络狄家，欲收狄英豪为弟子，却没料到狄英豪竟爱上了梁心仪，而闹得如此结局。

狄家只有狄英豪独子，西王母门欲杀狄英豪，便几乎是要灭狄家，狄龙和狄猛自然不答应。

狄猛与幽冥蝠王的功力相当，转瞬间两人在弹丸之地便交换了近百招，以快打快。狄猛虽然变换了二十余种擒拿手，但却未能制住幽冥蝠王。

幽冥蝠王自然知道这老家伙可不是狄英豪那毛头小子所能比的，如果一旦被缠上的话，便绝难甩开。因此，他也不敢与狄猛搭上手。

百招过后，狄猛似乎也有点招架不了幽冥蝠王的攻势。幽冥蝠王的真气奇寒，渗入经脉之中，使动作渐渐地受到了影响，变得有些沉重而缓慢。

狄猛的招式一慢，幽冥蝠王便扩大了优势，抢攻抢打。

幽冥蝠王本就是以速度著称!

狄龙见父亲招式渐缓，他也立刻加入战团，对付幽冥蝠王这样的高手，他并不必在乎是不是单打独斗。

狄龙身形刚闪入，打横却插入一道白影。

“砰……啪……”在空中，狄龙与白影连击两下。

狄龙竟然落地不稳，连退三步，而那白影如一只仙鹤般，优雅至极地旋落一张桌子之上，竟是一个绝色美女。

狄龙一呆，他居然被一个如此年轻的女子两掌击退，顿感颜面大失，怒吼着再次飞扑而上。

“住手！”林渺突地低喝。

狄龙忙顿住身子，狄猛也迅速抽身而出，幽冥蝠王并未追袭，似乎仍不想惹得林渺出手，但他对那突如其来的白衣美女却大感意外地呼了声：“晴儿！”

“晴儿！”林渺大喜地呼了一声。

突然而来的白衣少女竟是与林渺相别十月有余的晴儿，这怎不让林渺喜出望外？

“师侄见过师叔……”晴儿刚一施礼，却听到了林渺的呼声，不由得迅速转身，却见那中年汉子已立身而起，一怔之际，立刻意识到什么，不由惊喜至极地呼道：“公子！”

“晴儿！”林渺撕下面具，又叫了一声。

“公子，真的是你！”晴儿见果然是林渺，久别重逢，喜不自胜，飞扑向林渺。

林渺自也是大喜，晴儿虽然无白玉兰诸女的美丽，但与他之间的感情却绝对纯朴而真实，两人之间更似乎多了一种兄妹的情愫，这比任何感情都纯真和坦然。林渺大喜之下，拥住晴儿。

两人便在大庭广众之下紧紧相拥，似乎根本就不在乎外人是怎样看的。

两人不久相拥，良久才分，林渺捧起晴儿的脸，不由得欣喜地笑了。

晴儿大感羞赧，却也喜形于色。

“十月未见，我的晴儿可变得更美了！”林渺笑道。

“公子又在拿晴儿开玩笑！不过，见到公子，晴儿真的好高兴。”晴儿兴奋地道。

“哪有，本来就是真的。哦，你怎会来这里？”林渺旋即又正色问道。

“我得知师叔在这里，便找到这里来了，我以为公子会在春陵，我想去春陵见你，没想到公子竟在这里。”晴儿道。

“好险就错开了！”林渺笑了。

“是啊！对了，你们怎么和师叔打起来？”晴儿讶异问道。

“他是你师叔，不是你师父吗？”林渺讶异地问。

“不，师叔带我去了莒城后便把我送到了我师父吕母她老人家那里，我师父是吕母！”晴儿解释道。

“哦？”林渺恍然，想到吕母乃是天下第一奇女子，便是樊崇之辈也对其礼敬有加，天下各路义军都尊其为圣母，只不过在两月前去世了。

“你与师叔之间不是已经不再是仇敌了吗？”晴儿讶问道。

林渺苦笑道：“这要问你的好师叔了。”

晴儿不由得转头向幽冥蝠王问道：“师叔，这是怎么回事？”

“你一个小孩子不懂，我是奉龙头之命前来向他取一样东西！”幽冥蝠王对晴儿似乎有几分尊敬，说话也不是太长辈气。

“那是什么东西？”晴儿心中似乎又意识到了什么，问道。

“《神农本草经》！”幽冥蝠王道。

晴儿不由得向林渺望了一眼，她不说话了，如果叫她在林渺与幽冥蝠王之间选择，她会毫不犹豫地选择林渺。当初她之所以愿意与幽冥蝠王一起，也是为了林渺，在这个世间，除了师父外，便只有林渺才是她最重要的人，事实上，如果不是为了林渺，她才不会跟吕母学武功。不过，此刻吕母去世了，她自然便回来找林渺了。

“我没有！我都已经跟你说了。”林渺依然很平静地道。

“你骗不了我！”幽冥蝠王肯定地道。

“这对你没有一点好处，你根本就打不过我，甚至连我的朋友你都不能胜！就算有，你也拿不去，又何苦要跟我千里呢？”林渺有些无可奈何地道。

“我总会找到机会的！”幽冥蝠王似乎很死心眼。

林渺不由得苦笑着摇头道：“如果不是因为晴儿，你根本就没有机会跟到这里，我敬你是个人物，所以才不为难你，你若真的要苦苦相逼，我只好不客气了!”

“我不在乎，如果你让我打消念头，就必须打败我!”幽冥蝠王固执地道。

“师叔!”晴儿也有点急了，她不知道今天的林渺已非昔日的林渺，所以担心。

“如果真要这样，那我只好要得罪一回了!”林渺吸了口气道。

“公子!”晴儿大急。

“放心，我已不是十月前的林渺!”林渺自信地笑着安慰道。

狄门三英自然对林渺有信心，不过他们对这突如其来的这绝色美女有点意外，狄龙更知此女武功在他之上，却没料到会是林渺的朋友或是女人，不过也庆幸是朋友，否则，他的脸可丢大了。

晴儿有些将信将疑，不过，她一直都对林渺有着异常的信赖，对林渺的任何事都有信心，十月前是如此，十月之后也同样是如此。

林渺知道，不出手是不可能了，对于幽冥蝠王这样一个阴魂不散的对手，不绝其念头，很难有效果。

林渺这已经是第五次与幽冥蝠王交手，以前每次都是狼狈不堪而终，除那日在宛城之中以巧计伤了幽冥蝠王后，便再也未正式交过手。

幽冥蝠王知道今日的林渺，已经不再是昔日的林渺。不过，他只与林渺对过一掌，并不觉得林渺便能胜过他。

晴儿的出现让幽冥蝠王知道如果再与林渺纠缠只会使局势变得难堪，所以，他只能提出与林渺一战。

从另外一个角度说，幽冥蝠王只是要完成樊崇交给的任务，如果他败给了林渺，也好向樊崇有个交代。

“小心!”晴儿很关切地对林渺叮嘱了一声，这种关系让狄门三英有点弄不明白。幽冥蝠王明明是晴儿的师叔，但她却帮林渺而不帮幽冥蝠王，这确实让人费解。

当然，狄门三英并不知道林渺与晴儿的关系，也并不清楚这几个人的过去。

林渺只是很坦然地笑了笑，他知道晴儿在关心他。不过，他对自己很自信，至少他在面对幽冥蝠王的时候是这样。

他们并不是第一次交手，林渺对幽冥蝠王的武功也已经有所了解，以他超强的模仿能力，甚至已经可以将幽冥蝠王的招式施展得很具威力，所以他有信心。

幽冥蝠王的武功并不会比富平的武功更强，但富平却败在了林渺的手中。

“请！”林渺很客气，很洒脱，对幽冥蝠王，因晴儿的关系，他并不想下手太重或有失礼节。

幽冥蝠王不再犹豫，翩然而出，在虚空之中划过一道青虹。

杀气顿时弥漫于酒楼的每一个角落。

“蝠刀！”狄猛吃惊地低呼了一声，幽冥蝠王终于出了兵刃。

幽冥蝠王的兵刃是一柄犹如蝠翼般的薄刀，青冷而锋锐。

所有人都是第一次见过这件兵刃，在昔日的交手之中，幽冥蝠王从未用过他这神秘的兵刃，让人误以为幽冥蝠王并不会用兵刃，但在这次与林渺的交手之中，一出手便动用了几乎是二十年未曾动过的蝠刀。

幽冥蝠王已将林渺当成了最可怕的敌人，这一点是不可否认的。因此，一出手便毫无保留。

狄猛知道，刚才幽冥蝠王与他交手时，仍有保留。这名动东方的老头，确实要比他胜上一筹。

盛名之下无虚士！

蝠刀冷而绝，虚若无形，快若疾电，刀出，便已破入林渺的气场之中。

林渺侧身，如风轮一般旋动起来，只似一抹灰影，一缕淡烟，在千万刀刃之下如碎柳般化成无数影迹。

幽冥蝠王一击即退，未能以快绝一刀逼退林渺一步，他知道，自己必须准备迎接林渺惊天一击。

幽冥蝠王退步之际，林渺的刀影便在虚空炸开，如一片溅起的水雾，迷蒙而透明。

丝丝缕缕的气劲，碎虚空，破风裂气，然后漫布每一寸空间。

狄英豪感到一阵从未有过的寒气自林渺身上透散而出，如八爪鱼一般弥漫于每一寸空间，他全身不禁感到有点发抖。

此际乃夏末秋初，但却有如刹那间进入了寒冬腊月，寒极，冷极。

晴儿骇然发现酒杯中的酒在瞬息间竟凝上了一层薄冰，而酒壶之外居然结有一层晶莹的霜花。

这是什么武功？这是什么功力？世间竟有如此极寒的气劲，发于内，透于外……

幽冥蝠王也为之骇然，他所修习的也是玄寒的气劲，但是与林渺这所散发出来的极寒相比，却是相去甚远，他不由得低低地惊呼：“冰魄神功！”

幽冥蝠王听说过天下极寒的武学，乃是黄河帮的上代帮主迟守信所创的冰魄神功，或许，只有这武功才能拥有如此至极的阴寒。

林渺笑了，他的功力乃是发于本心，并不是冰魄神功，而是借用了玄门内万载玄冰的绝寒之气所发，比冰魄神功有过之而无不及。

当然，这只有林渺知道，外人自无法明白个中道理，但外人并不需要知道。

幽冥蝠王飞退，疾速飞退，如一只窜过夜空的蝙蝠。

林渺悠然而进，似缓却疾，仿佛完全突破了空间的限制。

一退一进，不即不离，幽冥蝠王连换数十种身法，一直退出酒楼之外，却丝毫无法摆脱林渺刀势的笼罩。

“铮……”蝠刀终于还是触及了林渺那冰寒的刀锋。

两条身影错身而过，却在刹那间互换了百刀之多，其速快得让人无法找到头绪，但那金铁交鸣的声音却如龙吟般在虚空中历久不绝。

众人赶出酒楼之外，林渺与幽冥蝠王背对而立，相距四丈。

幽冥蝠王的眉梢、发际和衣服之上竟然结出了一层霜花，脸色也有点苍白。

林渺没有动，手中已无刀，没有人知道他手中的刀去了哪里，或者他根本就不曾拥有过刀。

风中，林渺的轻衫飘摇，如苍崖劲松，沉稳而泰然。

幽冥蝠王败了，任谁都看得出。

晴儿诸人赶了出来，看到幽冥蝠王的样子，倒吃了一惊。

林渺缓缓地转过身来，神色很平静，似不曾发生过任何事情，看不出喜悲。

幽冥蝠王半晌才动了一下，手上掉落一些霜粒，衣服之上也掉下冰块，他整个人似乎被冻在了冰里。

狄门三英也为之骇然，天下间居然会拥有如此可怕的武功，竟能发出如此寒意，连幽冥蝠王这等功力居然也能被冻住。

“这是什么武功?”幽冥蝠王深深地吁了口气，似乎是刚自冰洞之中爬上来，有些惨淡地问道。

“你败了!”林渺并没有回答幽冥蝠王的话，只是淡然道，他似乎并不想回答这些多余的问题。

幽冥蝠王怔了怔，居然笑了，只是笑得有些怆然，缓缓地转身与林渺正面相对道：“是的，我败了，还问这些做啥?”

林渺也笑了，道：“你现在可以回去向樊崇有个交代了。”

“你说得没错!”幽冥蝠王道。

“这个世上，真正的无敌，不是靠武器，而是靠人！我无法将他要的东西交给他，就是他亲自来找我也是一样!”林渺想了想，又补充道。

幽冥蝠王冷冷地看了林渺一眼，却没有再说什么，转身悠然而去，却掉下了一地的冰渣冰渍。

路人都看傻了，几不相信这是真的，在一个烈日高照的炎热夏日里，居然有人身上能够结出一层冰霜。

晴儿当日跟随幽冥蝠王去了莒城，幽冥蝠王确实没有薄待她，因为晴儿的确资质绝佳。他因忙于战事，而且并没有精习门中只适合女人练习的“逆阴败阳”，是以幽冥蝠王将其送到了师姐吕母的门下。

吕母的儿子当年为人所害，便再无传人，在迟暮之年，幽冥蝠王想让晴儿去陪伴她。

吕母对晴儿极好，极宠，因其特殊的体质，更让吕母心喜，是以便倾力相授，直到两月前仙逝之际，竟将残余的功力转输入晴儿的体内，而使其功力大增。

否则，以晴儿自身的功力，绝无法将狄龙一掌震退。

听得晴儿叙说别后的日子，林渺又是喜又是爱。

而晴儿得知白玉兰并未能逃脱嫁入邯郸王家的命运，也为其痛哭了一场，但她知道林渺尽力了，几次险死还生，确实已做到对白玉兰情深义重了。

或许，这便是所谓的命，如果世事都能强求美满，世上也不会有那么多受苦的人了。

林渺自然欢喜，如今他身边又多了一个助手，一名高手，更是随时可以分享心事的人。

迟昭平虽然是他的好知己，却无法丢下平原的事陪在他的身边，而怡雪更是神龙见首不见尾，如果事了，他倒真想去巫山无忧林找怡雪。

林渺突然之间觉得自己心太杂，一方面要去找回梁心仪，可心中却还记着别的女人，这确实让他有点惭愧，因此只好将怡雪的感情放在一边。

眼前他确实有许多事情需要解决，天下的局势依然未见明朗，而他却在为儿女私情纠缠不清。

想到长兄刘寅对他寄予的厚望，林渺有点汗颜，更暗暗决定，处理好梁心仪之事后，便专心天下。

刘玄害死了刘寅，如果刘玄得天下，那么林渺便对不起舂陵刘家，也对不起许多人对他的期望。

另外，刘玄若得天下，必不会放过他，在这个强存弱亡的年代，除非自己依附刘玄，从此苟且生活。

但林渺不是这种人，也做不到！他自小便生活在市井之中，学着忍辱苟且，但只要一有机会，他便会给对手施以致命的一击，所以，他能够在宛城混混中成为名人，更得虎头帮帮主李心湖的器重，若不是因为一些意外，林渺也许便成了虎头帮的帮主。

当然，如果林渺真的成了虎头帮的帮主，那便可能不会有今日的成就了。

不可否认，林渺失去了许多东西，比如梁心仪，还有那自小对他极好的包嫂等等，但是如今他却出人头地了。

林渺名动天下，小刀六也名动天下了，虎头帮也不再是昔日的样子，每一个昔日跟随在虎头帮旗下的兄弟也都脱胎换骨地改变了自己本身的模样，只不过天下许多郡县之中多了像昔日虎头帮一样的混混组织，这些人却是由游铁龙和阿四这干人负责的，负责收集各地的情报。

也有许多人夹杂在难民之中四处流浪，但这也都是属于游铁龙的部下。

每个流浪的难民形如乞丐，他们没有更多的要求，只要有人愿意庇护他们，在许多时候为他们出头，他们便愿意为其卖命。而像游铁龙负责的这遍布各地的最底层的人物组成的联盟，便可以为这些人提供便利。

天下战火不断，难民四处皆有，孤儿寡母更是多不胜数，游铁龙的这些组织则多由孤儿们组成的。

小刀六目前在各地都有生意网络，资金等已经都不是问题，每个地方只要培养几个混混头目就行了，其他的便由这几个混混头目去发挥，这便使得枭城的消息网络更严密，天下各地的消息都不会有失。

昔日宛城乃是中原几大名城之一，能在宛城地头上混的人自然都不简单。而后来，林渺又对这些人加强了各方面的训练，本就是想让这些人发挥出大的作用。

而在去年除夕之前，这些虎头帮的弟子便已随小刀六的生意赶赴各地，经过八个多月的发展，已经初具规模。

所有的一切似乎都以一种极为良性的形式发展，一个独立而完整的体系，正以枭城为中心，以林渺为中心运作着。

这一切，都让林渺兴奋，让林渺欣慰，同时，他也深深地感到一种压在肩头的责任，这使他必须战斗，必须为这许许多多的人的努力作出最好的答复。

这些日子来，晴儿几乎是封闭的，对外面发生的事情并不太清楚，只是近两月因为吕母去世，她才知道江湖上的诸种传闻，也知道此刻的林渺已是名动天下，更在昆阳之战中大破敌军百万，勇救昆阳。更明白林渺此刻是枭城城主，并为黄河帮大破富平、获索的联军，几乎是让其全军覆灭，以至于黄河帮成了两河之间最强的力量。她由衷地为林渺高兴，甚至感到骄傲。

黄河帮近日也极忙，大战之后，若不趁机占领临近诸地，只怕待获索军和富平军恢复过来便没有机会了。

此际，获索军和富平军元气大伤，富平更被擒于平原，黄河帮却得其降兵，声威自是日盛。

黄河帮名气大盛，本来一些地方慑服于富平和获索的豪族，又转头来依附黄河帮，这种一边逆转的形式，使得黄河帮更是迅速得以发展。

当日林渺让富平写信给部下，这使得富平残部知道首领落在黄河帮手中，皆不敢轻举妄动。

获索本想再次联合富平军以对抗黄河帮的力量，但是富平军却担心黄河帮因此而迁怒富平，反而害了首领的性命，只好拒绝与获索联合，在一旁坐壁上观，同时还得派人去与黄河帮修好，以保证富平的安全。

当然，富平的部下，有一些人则干脆暗中降服黄河帮。

在这种年头，义军与义军之间本就没有多大的界限，何况，在一开始黄河帮与富平、获索军本就交好，双方的部下都有过许多的交情。

而这次本就是富平与获索的不对，而又败得这么狼狈，因此，使得许多人都并不对黄河帮怀什么仇恨，而且这一刻的局势已经很明朗，黄河帮一方坐大，若自己仍不改变战略，迟早会被其吞并，倒不如借尚未撕破脸时改旗易帜，还能在黄河帮中捞个一官半职的。

林渺大败富平与获索联军，这一战确实打得漂亮，而且在武功之上，林渺以绝对的优势胜了富平，更震慑了那些降军。

在北方，除了新兴的王郎之外，几乎无人的风头能盖过林渺，无人的名气能与之比肩，尽管他不过只是一个小小的枭城城主。

的确，林渺只不过是一个小小的枭城之主，却有着与其身份不相称的影响力，这确实让人惊讶。

不过，细想却又有其必然所在。

林渺虽是小小枭城之主，但他却与天下几股最强的力量有许多关联，而且又有许多的朋友支持。一个与天下各股力量都有瓜葛的人，想不风光都有些难。

——与北方眼下最强的力量王郎是仇敌，昔日大闹邯郸，因此而成名。

——与北方最传统的力量信都军和渔阳的彭宠军以及上谷的耿况大军关系极佳，更得其支持，这便不能不让各路义军惊羡。因为这三路处于北方的义军乃是旧朝的重臣，更是雄据一方的军阀，每股力量都绝不可以小觑，而这三股力量加起来，几乎是北方的一片天空。

仅凭这一点，林渺便绝不敢有人小视。

——与南方新兴的更始政权也有着极大的关系，以伏牛军大破王邑百万大军而救昆阳，这使其名动中原。

而林渺的另一种身份——他竟是春陵刘家的老三刘秀！这更让林渺的名气镀上了一层皇室正统的光辉，让其成了春陵刘家追捧的对象。有刘寅的刻意宣扬，更扯出了江湖中神话人物武皇刘正。

试问，有这样的身份，又怎能不让江湖侧目？

最庆幸的却是，林渺拥有小刀六及一干出身于市井的兄弟，而这些人更组成了一个密集而庞大的力量。

小刀六成了中原乃至漠外最有名气、风头最劲的商人之一，这是因为其与林渺相依相附的原因。

小刀六与林渺的合作，确实是最妙的组合，有着外人无法想象的默契，这也是两个能够几乎是同时间自两个不同的领域之中崛起天之骄子。

小刀六很明白，他的这一切，是林渺造就的。无论是资金、人力，还是最初的技术，都是林渺所赐，他只是将这些人力、资金和技术发挥到最佳的用途而已。

林渺幸便幸在拥有这股潜于江湖上的实力，这比攻占任何城池都重要。

所以，林渺能够以一座小小的枭城而名动九州，引来八方豪杰竞相投效。

事实上，此人的才智也确实足以名动天下，闹邯郸不说，而破铜马军，败王校军，建起北方的商业大镇枭城，而再大破王邑百万大军，接着又在平原城外破获索与富平的联军，这一连串的战绩，确不能不让人侧目。以至于，许多人都认为林渺必会是将来北方最为可怕的人物。

南方则是更始政权的刘玄，东方是赤眉军的樊崇，西面只有王莽尚在负隅顽抗，北面则有那不可揣度的林渺隐而不发，天下的结果会是怎样一种局势，那是很难预见的。

天下，也流传着四君的说法，这是自平原城外之战后流传出来的。

东君樊崇，南君刘玄，西君王莽，北君不是王郎而是刘秀。

刘秀也即是林渺，之所以用“刘秀”之名而非林渺，是因为刘秀乃是汉室正统，这比王郎更有说服力。许多人更愿意接受一个由汉室正统来领导的新天下，而林渺的真实身份便迎合了众人的愿望。

黄河帮与枭城有着极密切的关系，更有传闻说，黄河帮帮主乃是北君林渺的女人，所以，林渺这才帮其大破获索和富平联军。

事实上，林渺与迟昭平交好的消息并不是第一天传入江湖，早在邯郸之战后，便传开了。

也不知是因为迟昭平的关系而使林渺更加神秘，还是因为林渺而使迟昭平更具声望，不过，不可否认的是，有林渺成为黄河帮的一张牌，这使黄河帮发展更迅速。

迟昭平放着富平的人不对付，专对付获索军，在没有富平大军联手的情况下，在遭遇平原大战后，获索军战斗力和斗志已大不如前，而且实力更相差许多。因此，面对黄河帮的汹汹来势，获索军几无还手之力。

迟昭平采取林渺的各个击破之法，以富平挟制富平军，让其不敢轻举妄动。在击败获索后，再图掉头全力对付富平军。

这确实是很好的战略，也起到了极好的效果。

获索虽勇，但是新近大败，气势尽丧，而黄河帮锐气正盛，稳打稳扎，步步为营，内调外攻并进，这使得获索想以奇兵出袭都不可能，而他的领地却被黄河帮的兵力吞食了。

获索此刻后悔也迟了，迟昭平也不再讲情面，获索这般对平原，她自不会客气。

事实上，一直以来，迟昭平与获索之间不过是虚与委蛇，并不甘心伏小，只是因为没有机会，实力不如人，但此刻便再无此顾忌。

北方的形势也因王郎的崛起和黄河帮的坐大而悄然改变，战火也已经不再止于最初的形态，呈蔓延之势而上。

武林之中，却又有惊人之消息传出，有人说，武皇刘正重出，更要与天魔门宗主决战于秘密之地。

武林皇帝与天魔门主决战！

这消息是真是假并不易考证，没有几个人真的见到了武皇刘正。

尽管传说武皇已经重出江湖了，但除了年初松鹤领着一群人在四处追寻那个疑似武皇刘正的杀人狂魔外，便再也没有关于太多武皇刘正的消息。

如果武皇刘正真的是那杀人狂魔，许多人都不敢想象，后来那杀人狂魔也销声匿迹了，松鹤等人的追查也不了了之，直到松鹤为邪神所杀，仍没有人能真正地告诉江湖众人，谁是那杀人狂魔。

松鹤死了，死于重出江湖的邪神之手，而武当山上的约战也不了了之。

潜隐了二十年的邪神也出来搅乱江湖，还有昔日的杀手盟、现在的天魔门与武皇刘正。

这个江湖确实够乱了，也极为复杂，而天魔门的神秘，使得江湖中人根本就不知其宗主是谁，又在哪里。

天魔门近来实力似乎大挫，频频有人被神秘击杀，分坛被毁，高手被杀，至于是什么原因，或是什么人所为，却非外人所能知道了。

但江湖中人都不傻，也明白此刻乃是非常时期，各大组织的明争暗斗并不会比天下各路义军之间的明争暗斗要弱。因此，聪明人都学会明哲保身，静观其变。

天下各路义军的形势也都有所变化，王莽的力量负隅于西部，渐向长安紧缩，而整个东、南、北三面已经完全脱离了王莽的控制。因此，军阀割地自居，有的自立为王，这使得各地义军的主要目的已经不再是与官军作战而求生存，而是如何扩大自己的力量，吞并其他的义军。

这是一种全新的局势，地主豪绅们与江湖门派并不相同，他们不是明哲保身，静观其变，而是更为活跃。

这些人为了能在将来谋求到更多的利益，他们此刻必须要选准机会和角色，以便以最小的投入得到最大的回报。

商人是天下最有冒险精神的人，只有这样的商人才能真正赚到更多的钱，即使是输得一败涂地，他们也决不回头。

当然，在这种前途无法揣测的境况之中，并不是每个人都能够选准自己的角色，但商人最重要的便是见风转向，随机应变。因此，天下各地的豪强大散家财，招兵买马，揭竿而起，与各路义军遥相呼应，红红火火地不亦乐乎。有的甚至于自封为将军，筑城堡自居。

这种形式犹以南方居多，另外便是更始大军所过之处或欲到之处，这些地方的豪强最积极。

在刘家当权的岁月中，尽管天下百姓的日子也都不好过，但是那些豪强与地主们却很舒服，而王莽一掌权，便鸡犬不宁，百姓没好日子过，连地主豪绅们也没好日子过，所以这些人对刘室复兴有望自是大力支持。

人都是很现实的，他支持你，便一定是你让他有利可图，否则的话，谁会对你好？这些豪强地主则更是如此。

林渺等人行了两日，便到了济水。

林渺并不想自邯郸经过，在王郎的势力范围之中，毕竟对他极为不利，所以他才会选择绕道济水。

这一路之上，林渺早就安排好了接应的人手。

此刻的林渺已不是惯于独自行动的人，尽管他身边并没有带几个人，但他却可以将人安排在这一路上。

林渺想单独行动也不行，枭城的一些将领和军师们都不同意，他也只好由这些人安排。这一刻，他倒体会到了做大人物也不是一件容易的事，想自由一点都不行。

这两日晴儿总有一种感觉，那便是仿佛有人一直跟在他们身后，而且这些人绝对是含有敌意的。

林渺没有忘记晴儿有那种超乎寻常的第六感觉，所以他相信这是事实，不过他并没在意。他始终相信，如果有人想要找他的麻烦，就必须付出沉重的代价。

这群人会例外吗？答案并不是想出来或者说出来的。

只是，这些人会是哪一路人马呢？

济水浩浩渺渺，烟波山色相映，雅致而清爽。

止步于河边，只觉一路风尘尽去，劳累也骤消，精神大振，八月的河风吹得极为清爽。

“感觉真好！”晴儿不由道。

“要不要下河游过去？”林渺带住马缰笑问道。

晴儿不由得白了林渺一眼，脸上升起一缕红霞，道：“要是公子让晴儿游，晴儿哪敢不从？这段河流应该还可以应付！”

“哦？”林渺不由得笑了，他知道湖阳世家乃是以造船出名的，在家族之中，会水性的人自然多，水性好的自也不少，但晴儿这个女流之辈水性好却让他有些意外。

“别忘了，吕母是把我关在一个海岛上练功的，每天都要在水里泡两个时辰！”晴儿道。

“哦？”林渺恍然，晴儿是在那海岛上才学会的水性。不过，他只是笑了笑道：“这里山水如画，奈何人多眼杂，我怎舍得让我的乖晴儿抛头露面呢？”

晴儿也笑了。

狄英豪望着水却有点尴尬，他反而不如一个女人，因为他并不会水性。虽然他出生在陇西狄道城，那里有洮水经过，但却并未曾有过下大河游泳的经历，此刻面对济水这浩浩荡荡的河水，倒有点惧意。

“公子爷，你们要渡河吗？”一名艄公扬声唤道。

晴儿眉头皱了皱，向林渺道：“我们五人五马能渡过去吗？”

林渺望了望那并不太大的船，也微皱眉，他知道，如果是铁头和季步或是洞庭二鬼，自然是没问题，但是这艄公便不能保证了。

“公子担心是吗？我们这有两艘船，渡五人五马没问题，待我唤他过来!”那艄公似乎看出了林渺诸人的犹豫，又道。

“那你就把他唤过来吧!”狄龙道。

“嘿，就过来了。”艄公一指河心的那小黑点道。

“刚才有三位公子过去，你们就来了。”艄公道。

“老人家在这里摆渡多少年了?”林渺随口问道。

“有三四十年了吧，究竟有多久我也记不太清楚了，我小的时候便在这里长大!”艄公乐呵呵地笑应道。

“这条河有多宽呀?”狄英豪脸色有点不好看，问道。

“现在是八月了，这水汛期已过，不是太宽，就三四里宽。若是四五月，这条河水可是满的，足有五里余!”老艄公看了看河水，似乎很深情地道。

狄英豪为之咋舌，三四里宽，确实有够宽的。

“嘿，划快点!”艄公向河心划来的小船高喊了声。